你并不孤独

You are
not
alone

杨劲松 著

江苏凤凰文艺出版社

图书在版编目（CIP）数据

你并不孤独 / 杨劲松著 . —— 南京：江苏凤凰文艺出版社 , 2023.6
ISBN 978-7-5594-7483-4

Ⅰ . ①你… Ⅱ . ①杨… Ⅲ . ①散文集 – 中国 – 当代 Ⅳ . ① I267

中国版本图书馆 CIP 数据核字（2023）第 013745 号

你并不孤独

杨劲松 著

出 版 人	张在健
责任编辑	张　婷
书籍设计	叶　春
责任印制	刘　巍
出版发行	江苏凤凰文艺出版社
	南京市中央路 165 号，邮编：210009
网　　址	http://www.jswenyi.com
印　　刷	苏州市越洋印刷有限公司
开　　本	880 毫米 ×1230 毫米　1/32
印　　张	12
字　　数	250 千字
版　　次	2023 年 6 月第 1 版
印　　次	2023 年 6 月第 1 次印刷
书　　号	ISBN 978-7-5594-7483-4
定　　价	58.00 元

江苏凤凰文艺版图书凡印刷、装订错误，可向出版社调换，联系电话 025-83280257

目 录

你并不孤独

山河故人又逢春	003
吴京的拐杖	006
娄烨的虎度门	009
他们都叫王小帅	011
陆川的眼泪	014
电影长者	016
送别	018
陈凯歌的那把伞	022
李少红卖桃	025
冯小刚的虚心	027
导演陈建斌	030
文晏的《嘉年华》	032
刘浩用银幕写诗	034
鸭绿江畔有大鹏	036
苏伦与魏书钧	038
文隽北上	040
王家卫身后的人	043
张艾嘉做自己的CEO	045
她藏着张国荣的导演梦	047
刘震云的豆腐心	049
太后与小花	051
醒醒妈妈	053
祖峰答卷	057
母亲林嘉欣	059
黄晓明四十不惑	061

1

老徐泼墨	063
张译的乳腺	065
人人都爱彭于晏	066
袁泉的茶与饭	067
杜江的小本本	070
上了三年学的梅婷	072
余光帅哥林更新	074
王珞丹被时光抓走	076
黄轩十年路	078
"林黛玉"的军功章	080
中国话剧皇后	082
马兰花开一棵树	084
她救活了苏剧	086
帆姐的叮咛	088
濮哥的课堂	090
人艺女导演	092
岁岁年年蒋雯丽	094
话剧三人行	096
鲁豫和鲁玉	099
银幕舞男尹昉	102
王佳俊的红舞鞋	104
青春梦	106
毛阿敏的灯塔	108
黑豹的枸杞保温杯	112
李谷一处变不惊	114
别来无恙蔡红虹	116
拒绝歌唱的苏小明	118
夜会李克勤	120
见字如面张英席	121
你并不孤独	123

华灯初上

《人世间》二十年后还会被重拍	129
诗情到碧霄	133
关于英雄的青春神话	136
兰花与韭菜	138
旗帜	142
初恋的地方	144
哪有少女不举枪	146
贾樟柯的爱情风暴	148
被"绑架"的汤唯	151
文艺片的悬崖与围城	153
演"小丑"的刘德华	156
迟暮美人	157
夏衍在召唤	158
电影导演的家	160
年轻电影人的课堂	161
奥斯卡的傲慢与偏见	163
李安的步伐与算盘	166
是枝裕和启示录	168
东野圭吾的密码	170
欧洲电影的良心与初心	172
跨时代的俄罗斯灾难片	175
辜负万贯家财	176
直通人心的作品才有未来	178
一带一路合拍片	181
戏剧的拐杖	183
寻找剧作家	185
人艺古董修复师	187
大师团圆	189

田汉的百年一叹	190
裁缝	192
"制造明星"的"慈禧"	194
邓丽君的乡愁	196
断翅蝴蝶飞上天	197
前世今生《四进士》	199
他让老舍走进"90后"	201
桃花扇里桃李情	203
张謇的当代精神	205
《一句顶一万句》	207
普氏话剧	208
民族歌剧总关情	210
再唱《刘三姐》	212
爱在尼罗河畔	214
瓦格纳的新生	216
文德斯复活比才	218
青衣	220
田汉妙笔《情探》	222
红娘	224
女驸马	226
老瓶新酒	228
莎翁的醉心花	230
永不落幕的传奇	232
华灯初上	234
让文学回归电影	236
文学策划	239
亦舒古稀又回响	241
遍地痕迹	242
港乐的万水千山	244

每到花时不在家

二十岁	251
理发师	253
簋街芳华	255
乞丐赐予的甜品	257
人间有暖流	259
数字导航	261
烈焰红唇	263
北京首映礼	265
当年的《孔雀》	267
烟花三月是江南	270
西湖四大怪	273
盗不走的西泠	276
相思红豆	279
陆游的没心没肺	281
青藤书屋里的"凡·高"	282
请到天涯海角来	283
三峡江中鱼	286
山高人为峰	288
只有山歌敬亲人	291
西班牙小城一夜成名	293
戛纳的门第与江湖	294
在柏林看电影	296
埃及电影节	299
光明使者	301
南丫岛上	303
茶餐厅	304
荷花	307
拖延症	308

回乡美食记	310
大江南北的面点	313
行走的美食	316
前世今生小龙虾	319
南北清明	321
民以食为天	324
八月桂花香	326
一方水土一方菜	328
素食馆	330
一碗红烧肉	332
金陵大肉包	333
2020年的生日	335
我的两位外婆	338
快乐老人	340
乘凉	343
春节过后	345
小芋圆躲猫情	347
老家的大马路	349
舌尖上的乡愁	350
艺考回忆录	353
三十年后来相会	355
每到花时不在家	358
那时剧场	361
把单身过成节日	363
寻找董锋	365
回家的路	367
欲走还留	370
立春	372

你并不孤独

山河故人又逢春

初到平遥古城，是2017年春，探班贾樟柯导演。次日他在这里开机拍摄短片《逢春》，我跟随他去看景。一到古城墙外，贾导疾呼要给联合国写封信，要去汾阳盖座古城！

原来，平遥古城墙外，新修了护城河公园，现代化的景观，破坏了原本土质的本色景观，贾导说这是给古城套上了一个难看的头箍。贾导二十九岁时就到这里拍电影，对古城的一草一木都充满感情，他庆幸五年前在其《天注定》中记录了古城墙最本色的当代原貌。贾导告诉我，在古城某停产的老厂区里，正在改建一座电影城，10月将在此举办首届平遥国际电影节，分"卧虎"与"藏龙"两大单元，展映世界影坛新作。

离开古城，我们驱车进山。时逢3月，车窗外的山沟沟，残冰崖上风留青黛，像一幅中国画。进了一个村子，村子历史悠久。第二次世界大战时期，日本侵略军用炮弹炸开平遥古城墙后，平遥县政府就迁到了这里。电视剧《亮剑》等都曾在此村取景。如今的村子里只有老人、孩子和山羊、狗以及其他家禽。带我们一起看景的是年轻的副村长，只有二十多岁，村长是他爹。我们感慨，或许只有这样的"世袭"，方能留住咱们村里的年轻人。副村长告诉我们，村里年轻人都走光了，在外求学的、当兵的，后来也都在城里买了房，空旷的村子就开发了旅游。

我们看到，不少无人老宅门上，春联尚未褪色，但锁已生锈。

"明天会下雨吗？"这是那天在山里看景时，贾樟柯导演不停问别人最后成自问的一句话。看天吃饭，雕刻时光，是电影工作者的宿命。

下山后，贾导与《逢春》两位主演赵涛、梁景东围读剧本。该片讲述中国政府允许生二胎的政策出台后，平遥古城一对平民夫妻的心灵由远靠近的温暖变化。赵涛是贾导妻子，梁景东主演了贾导多部代表作，贾导称他为"山西梁家辉"。尽管是老搭档，但贾导围读剧本时的示范和解读，仍让梁景东在微妙中见天地。

与演员围读剧本后夜幕已降临，贾导执意带我们去他的家乡汾阳喝酒。车出了平遥，汾阳便遥不可及，因为司机迷路了，原本四十分钟的路被司机绕了一部电影长片的时长。终于到了汾阳"山河故人家厨"餐厅，它坐落于旅游商街，此餐厅里全是电影《山河故人》海报剧照，不少游客一进门还以为进了电影博物馆，常望而却步，餐厅只好在门口立了个大餐牌，告知游客：这里是餐厅。

贾导捧出坛头锅原浆汾酒，给我们普及了"九月九出头锅"的常识。酒好，菜好。我最爱炸糕，红豆加枣泥，甜而不腻。其实炸糕是天津甜点，那晚有道虾酱豆腐也是天津菜，因为汾阳没海鲜，这都是晋商走南闯北带回的美食，渐成汾阳传统。有了刚刚高速路上的黑暗迷途，倍感这场春宴的温暖与珍贵。

平遥因古城闻名海内外，再次成为全球焦点，还是因为贾樟柯创建的国际电影展。

贾导走遍全球电影展，能在家乡创建国际电影节，将全球电影人请到家乡相聚，这无疑是他最欣慰的事。但在中国内地，办一个电影节展映要经过很多审批程序。首届电影展举办时已是深秋，平遥寒雨，开幕片遭遇各种压力后，贾樟柯坚持站在电影人的立场，让平遥国际电影展在诞生时刻就怀揣一颗滚烫的人文初心。

每年金秋将至，我就会收到贾导亲自发来的邀请函。2018年我有事未能成行，次年9月又收到他的邀请，我说必定出席，贾导用"来陪我"三个字表达谢意。可我今年食言了。平遥电影展期间，贾导看我迟迟未到，就让影展梁嘉艳总裁催我前去，这令我愧疚不已。没见过平遥电影展期间贾导之繁忙的人，是无法体会我这份愧疚的。从参赛片首映、论坛、市场、酒会等等，电影节的每个环节都会出现他的身影，到了深夜，他就看哪些朋友来了哪些没来，事无巨细。

平遥电影展是一次家宴，贾导周全顾及他的每一位老友与新客，包括我这样的先把口号喊起来的人。闭幕之前，贾导还手持影展赞助商家的商品在电影宫前合影，刊发到自媒体上，答谢支持影展的所有企业。山西是他的故土，电影是他的家园，平遥国际电影展是他献给故土的情书，也是面向世界电影的家宴。一年又一年，他对电影与山西的钟爱不变。

近年，贾樟柯出任中国电影导演协会新导演"青葱培训计划"主导老师，为众多青年导演执导的处女作担任监制。有年在香港遇到他，他还在为宋方等新导演的艺术片计划洽谈投资。他介绍新导演时，娓娓道来其优势，清晰平和。为新人做嫁衣，或是贾樟柯最大的生意。不管是艺术还是产业，都需要新创作的进入来推动，方能发展。贾樟柯也曾少年青衫，一路辛酸，所以他更懂得新导演之不易与珍贵。

吴京的拐杖

一位初见的朋友曾对我说我长得像吴京。我心想即便我们五官近似，我哪有吴京那功夫与身板，但虚荣心让我微笑地接受了这份初识的谬赞，顺便还给那朋友发了个红包。那时，吴京还未导演出五亿多票房的《战狼》。

与吴京见面是2017年春节前，在丽都的餐厅，一群人，一看他端正的五官，觉得那位说我长得像吴京的哥们儿确实眼神不好。初见吴京，打破了我对他硬汉直男的刻板印象，没想到硬朗外表下的他格外细心。大家在倾听他滔滔不绝对目前中国电影现状的看法时，我在刷朋友圈的小动作被他发现，他指着我说："你们'80后'一定是同时做很多事情，比如现在同时在玩手机。"我在尴尬中虚荣心再次得到满足，这回眼神不好的竟然是吴京。分别时，我对他说："其实我虚长您四岁。"

吴京从小习武，不是虚荣之人。那天下午聊得酣畅时，他兴奋地叫上一瓶红酒与大家分享。这时一位大姐冲进我们包厢，对着吴京问："谁是吴京？我想和他合影。"吴京并没有介意大姐的闯入，反而爽快地答应了她的要求。

张艺谋导演那时筹拍新片，邀请吴京出演，当时因为要执导《战狼2》，他婉拒了。那段时间吴京为了潜心拍好自己的作品，已不止一次谢绝这样的盛请。

2003年，吴京孤身一人来到香港电影界寻找出演功夫片的机会，他满心欢喜等来的首部香港功夫片是《杀破狼》，几句台词的角色，是他用坐冷板凳一年的忍耐等来的。到香港前，吴京也算是天之骄子，与李连杰同样是武术冠军，他毕业于北京体育大学，但踏入影视圈起，他在剧组演过尸体、推过轨道，直到二十八岁才自己投资电视剧。他在影视制作的每个基础环节锻炼过，这为他自己做电影导演打下坚实基础。抛弃内地影视圈演员的优势，吴京在香港那些年并未遇到证明自己的主演电影的机会，他的外甥总对他说："舅舅，你就差一部电影。"

吴京不是赵文卓，更不是张晋，张晋最早还是焦恩俊的替身演员。

从香港重回内地后，吴京深入部队体验生活，为答谢部队对他创作的帮助，他几乎零片酬出演了部队题材电视剧，最终完成了自己的电影导演处女作《战狼》，他一人出任导演、编剧与主演，广获好评，获得五亿多票房，夺得中国军旅电影票房之冠。《战狼2》尚未开机时，各路投资方都挤破了门槛，吴京躲进了长江商学院去学工商管理。面对内地电影资本热潮，吴京更坚信好的内容才是做好电影的根本。

吴京导演的《战狼2》创下中国电影票房新高，在港首映礼时，吴京亲临答谢香港影人，大家纷纷与他合影，既有吴京当年在港电影界打拼时的老友，也有闻名而来的新朋，大家都说沾些票房大王的财气与喜气。吴京一概微笑作伴，来者不拒，成为一个不动的背景板。

成为中国最高票房的导演后，吴京成为众多活动争邀的贵宾，但他出席最多的还是电影活动。成龙大哥的《英伦对决》邀请他，他拄着拐杖出席，走红毯接受采访，为大哥新片打气，依然如当年刚进影视圈时的谦和。吴京拍动作戏多年，在《战狼2》拍摄中，他的膝盖数度受伤。前不久他做了手术,就成为拄着拐杖的病号。《缝纫机乐队》首映时,吴京又拄着拐杖来为主创加油,一到现场就问:"谦哥在哪儿?""谦哥"是著名相声演员于谦,他在《战狼2》中扮演商人,在《缝纫机乐队》中客串演出,吴京也是为他拄拐前来。首映式休息室里都是演艺圈中熟人,吴京在沙发上小憩,随后就去见于谦老师,依然拄着拐杖走完红毯。

　　义气,是吴京不变的拐杖。

娄烨的虎度门

虎度门，是指戏台两边的出入口，演员由此经过，上台成为戏中的角色。以前戏曲演员所扮演的都是历史人物，据说又称鬼道门，在粤语发音变迁中，约定俗成的是虎度门。二十年前，香港电影《虎度门》讲述了粤剧艺人在时代变革中的抉择，更广地传播了这个具有粤语文化特征的舞台名词。

电影导演娄烨也是在虎度门边长大的，其父是话剧表演艺术家娄际成先生。娄老是北京人，是新中国成立后的上海戏剧学院的首届表演系毕业生，留沪从事话剧表演，曾任上海青年话剧团团长，塑造了《战斗的青春》《年青的一代》等经典角色。娄烨的童年就是在剧场里度过的，他记得当年的乐趣就是随父母转战一个又一个剧场，每到一个新剧场，孩子们总是对后台的路径充满兴趣。父母演出，娄烨就在虎度门边上的小板凳上看戏，剧团演员阿姨叔叔们常在上台前摸着他的头，关心地问他的作业做完没有。那种关心的微笑发自化了话剧油彩妆的脸上，那时上海青艺常演外国戏，演员的脸上都是重彩，夸张的表情给他的青少年时代内心留下阴影。娄烨说，他做了电影导演后，始终坚持让演员做到最自然与最生活化的表演，这是对他少年时代在虎度门边记忆的逆反。

舞台边长大的娄烨，选择了学习动画制作，专科毕业后考入上海美术电影厂，参与了《天书奇谭》等影片的制作。1985年到北京报考中央美院，但最终考入了北京电影学院导演系。那时导演系入学两年后进行一次淘汰，过关者方可继续学完本科，否则就离校。这种严格的机制给娄烨这代导演打下了坚实基础，他最终因《苏州河》享誉世界影坛，随后《紫蝴蝶》入围戛纳影展，奠定了他的影响力。后来，娄烨转做"作者电影"时，预算拮据请不起专业人员，他大胆与新人合作。他的影片继续在戛纳、威尼斯、柏林等影展亮相，让不计报酬的新人屡获殊荣，比如编剧梅峰因《春风沉醉的夜晚》获戛纳最佳编剧奖、摄影曾剑因《推拿》获柏林影展最佳摄影奖，但娄烨本人未获任何奖项。而给娄烨本人奖项的则是中国电影导演协会，挑剔的导演同行们将最佳导演奖投给了执导《推拿》的娄烨。

娄烨合作过章子怡、巩俐、周迅、郝蕾、秦昊等演员，但他的表演艺术家的父亲始终没出现在他的影片中。娄烨当年考电影学院时，音乐考题是鉴别莫扎特作品，他准确的回答令师生惊奇，这还是得益于在虎度门边的时光，因为他的父亲主演过话剧《莫扎特之死》，娄烨看戏时把莫扎特的音乐全记熟了。

他们都叫王小帅

2016年初春，我带着高中同学的小说拜访王小帅导演，看他有无意愿将此小说搬上银幕。小帅夫妇告诉我他们正在筹备新片《地久天长》，讲述三对夫妻跨越三十多年的友情伦理的故事，人物设定等故事框架是小帅导演原创，请了编剧阿美执笔写了一稿剧本，导演不是太满意。阿美与小帅夫人刘璇以前是媒体同行，都很熟。我开始参与讨论《地久天长》剧本时，小帅导演已经看完了我同学的小说，觉得是部好电影题材，可作为他的导演计划的备选项目，我听了立刻将此喜讯告诉我同学，那部小说的电影版权已在南京某公司，我们相约在上海安排小帅导演与南京制片方见面。

当年全国各行各业都纷纷投资影视，我陪导演去了一家上海贸易公司。董事长热情接待，表达了投资小帅导演新片的积极愿望，分别时，董事长与导演在公司门口合影。他与企业家乐呵呵的合影次日就被该公司登上了该企业官网，标题很隆重，称该集团携手著名导演王小帅进军电影界，但没了下文。南京那家影视公司的年轻制片人在沪见完小帅导演后，也没了下文，后来我听说，南京来的年轻制片人希望找更年轻的新锐导演来执导我同学的小说，他们觉得小帅导演过时了。

上海之行的各种靠谱不靠谱都成笑谈，小帅导演未理会，回京就去了郊外农家院，修改剧本。

后来，上海那家企业并未出现在《地久天长》的投资名单里，我同学的那部小说至今仍是文字，而《地久天长》却从柏林载誉归来，这时已是2019年的春天。在柏林影展闭幕式上，看到王景春、咏梅获奖，王小帅在台下更为欣慰。男女主演获奖，是导演塑造人物成功的标志，演员完成了导演任务，导演成就了演员。造福他人，是积德善行，也是导演最大的福报。

小帅导演电影首次参赛柏林是2001前，《十七岁的单车》获得评审团大奖的同时，该片主演崔林、李滨荣获新人才演员奖，两位新演员获奖后惊喜万分，深夜在柏林大街上暴走，抒发兴奋惊喜之情。2003年，王小帅导演《二弟》入围法国戛纳影展"一种关注"单元，后在印度新德里国际电影节荣获最佳男演员奖，这位获奖男演员叫段龙，尚在中央戏剧学院读书。小帅从印度回京，将奖杯送到中戏，与段龙在校园外的南锣鼓巷巷口抽了支烟，聊了几句，就算庆贺了。如今段龙已改名段奕宏，因《士兵突击》家喻户晓，近年又荣获东京电影节最佳男演员奖，崔林、李滨却好久不见了。

小帅说，当年内地电影审查环境严格，也影响到自己电影里的演员，他们当年在国际影展获得的荣誉并未在国内得到应有的宣传。当然，那时的媒体环境也很单一，现在是手机自媒体时代，世界任何角落的消息都是无时差传播。《地久天长》从获奖那一刻起，王景春、咏梅就收到无数祝贺，接受了众多采访，回国后的庆功酒会在五星级会所举行，高朋满座。今宵盛景，是十八年前的王小帅难以想象的。

小帅导演在北京电影学院读书时就因短片入围香港影展，作为学生代表赴港，博得舒淇等香港影评人的赏识。小帅祖籍上海，出生两个月后就随父母迁居贵州支持三线建设，他毕业于中央美院附中，处女作《冬春的日子》主演就是画家刘小东先生。

上海与贵州，是小帅电影永远的乡愁，在《日照重庆》中，他让重庆人家中的收音机放越剧作为背景音乐，而从《青红》《我11》到《闯入者》，他始终聚焦计划经济年代贵州老厂区中的人的命运。

小帅毕业后被分配到福建电影厂，户籍便是福州人，但他早就到京北漂。由于常去国外参加电影节，回福建办理出国护照等就成了一件麻烦事，为此，他把户口迁到离北京不远的河北，这样省去办理护照的路程。后来一位朋友说，干脆给你办个北京户口，这样就方便出国了。小帅没过脑子就答应了，朋友很快帮他拿到了北京户口。没想到，两年后，王小帅被公安局告知他的北京户口是假的，2009年北京最大的倒卖户口案被媒体曝光，小帅就是受害者之一。

前些年有回在北京餐馆遇到他，他正和几桌陌生面孔的人欢聚，他热情地介绍这些男女老少给我们认识，他兴奋地说："他们都叫王小帅，来自全国各地！我们在为我的新片做宣传。"他一直希望他在国外获奖的艺术片在内地有票房，为此充分配合发行人的奇思怪想。当然，那次五湖四海的王小帅们的聚会，其实并没有为新片带来多少票房增益。但小帅对他人抱有的天真、憨厚与信任，未曾因电影圈的浮华而改变，他常在工作室烧锅上海老家的赤酱红烧肉招待我们这些江湖老友，吃完肉，看他拍的样片。

陆川的眼泪

陆川导演本科就读于南京某军校，后读的电影导演硕士，我能先睹为快他的《寻枪》，除了南京的地缘亲切，还因为我刚从华谊兄弟离职，是负责宣传的杜扬安排的。这部影片我很喜欢，就写了一篇文章介绍这部影片。文章不仅写了影片作曲者在京北漂组建乐队的故事，更用了大篇幅写了对这部新导演处女作的肯定。我在文中提到在《寻枪》里看到了《罗拉快跑》《盗信情缘》等影片熟悉的锐气与力量，没想到，报社编辑竟将标题处理成"陆川处女作涉嫌抄袭"，并将那三部外国片的海报与简介做了图文链接。文章如此耸人听闻，看到报纸后，我尴尬不已。那时，我还是这家新创刊的日报的实习记者，因此发誓要当上这家报纸的文娱新闻的负责人，这种标题党就是不正之风，必须打击。

几乎同时，杜扬的电话来了，质问我为什么这么不厚道，陆川处女作啊，当面说得很好，背后来这一手，陆川都哭了，你知道陆川拍《寻枪》时遭受过多大的压力吗？流了多少泪吗？电话这头，我无言以对。

还好，我当年的那家日报刚创刊，网络也不发达，那篇标题党未得以广泛传播，《寻枪》还是赢得了观众一致好评。《寻枪》成功后，陆川远赴西藏拍《可可西里》，这是描写藏羚羊命运的故事。

往事重提已是陆川新片《九层妖塔》公映前，该片改编自著名长篇小说《鬼吹灯》，开启了中国盗墓奇幻小说的热潮。陆川沉寂三年将其搬上银幕，他说是被原著超凡入圣的想象力、探索未知世界的无畏精神所打动。他还提到了大学毕业后任职的单位,此工作让他打破了曾经对精神和物质的严格边界。《九层妖塔》为华语奇幻大片注入了稀缺的人文光芒,广获好评。陆川想通过奇幻光影,与挣扎于现实泥潭的大众一起,在壁垒重重的今世撞开一道缺口,让理想与希望的光华照进,用一部电影的狂欢引发对未来的思量。

也记不清《寻枪》那个结,我与陆川是如何解开的,因为确实无心,误会很快烟消云散。到了微信时代,在朋友圈才发现,我还是陆川姑姑的初中同学。陆川祖籍南通,有一位比他小一岁的亲姑姑,名叫陆天艳,天艳是初中时插班到我们县中的,她一口标准普通话,从市区转来,她带来的是距离百里的城市文化。后来,天艳高中去了市里,就断了音信。陆天艳现在定居上海,朋友圈常发些她参加书法与舞蹈的图文。《九层妖塔》首映那天,陆川父母也去了,我见到二老,心想我得叫他俩大哥大姐,如果按天艳同学的辈分。

电影长者

2019年柏林影展主竞赛最年长的参赛导演是九十一岁的阿涅斯·瓦尔达大师，她是法国新浪潮电影运动的鼻祖，已获戛纳、奥斯卡等影展终身成就荣誉，但仍亲临柏林红毯，带着她的最新作品《阿涅斯论瓦尔达》，这是一部创作回忆录，也是特别珍贵的电影教材。该片从她的首部作品开始直到两年前的新片《脸庞，村庄》，回顾了自己的电影创作历程。在跨越世纪的艺术人生中，瓦尔达用各种艺术形式来展示其创作灵感，让这部记录长片未流于简单的作品大串烧，给年轻影人很多可借鉴的经验。近百年回首过后，影片中，在无人的海边的风沙中，她渐渐消隐而去，留下淡淡忧伤与惆怅。这位电影长者记录的心间原乡，鼓励着年轻一代流浪光影、不负时光。

还有位电影长者，我在广州中国国际儿童电影展上遇见。在影展九部创投项目中，有三部是以少儿乐队与表演为贯穿主线并以比赛作为戏剧高潮结局的。如何将乐队拍出新意？在创投终审会上，我提到了1985年北京电影制片厂出品的电影《迷人的乐队》的。该片讲述了大连农民在村里办起了铜管乐队，在新旧观念碰撞中，乐队得到肯定，乐队成员也收获了爱情。这部荣获中国电影金鸡奖特别奖的影片，影响了一代农村观众。

当年，江苏徐州马庄村孟庆喜书记看完这部电影后受到启发，在村里也成立了管乐队，这支马庄农民管乐队一直坚持到现在，三十多年来演出六千多场，还曾远赴意大利等地参加比赛并获得第二名佳绩。从办乐队开始的三十多年时光中，马庄走出一条文化立村、文化强村之路。《迷人的乐队》改变了马庄人的生活,我建议年轻导演们应该拍出这样的影响社会的影片。

举完这个例子后,创投观众席中有人介绍,《迷人的乐队》导演王好为就在现场。王老师已七十九岁高龄,她每年都出席儿童电影的活动,这次也来到现场倾听年轻导演阐述新片计划。

王老毕业于北京电影学院导演系,四十年前轰动中国的喜剧片《瞧这一家子》就是她导演的作品。三十年前,她执导了根据铁凝小说改编的儿童电影《哦,香雪》,获得第四十一届柏林影展国际儿童青年中心艺术大奖,从此,她与儿童电影结缘,始终在推动中国儿童电影的发展。她聊到当年到大连看到农民乐队的演出,增强了创作《迷人的乐队》的信心,并且全部采用了那支乐队的演奏音效。生活是创作源泉,而好电影又影响并改变着我们的生活。

瓦尔达、王好为等电影长者对电影的忠诚的爱,未被时代洪流左右与淹没,这是他们坚持到今天的力量。

送别

中国电影导演中，古稀之年仍坚持创作的长者很多，谢晋先生就创作了《鸦片战争》并成为横店影视基地的拓荒者，张艺谋导演也在古稀后拍摄了《悬崖之上》。2019年1月，我出席了导演李前宽、肖桂云夫妇筹备的新片剧本讨论会。

那天会议是早上九点开始，已经七十八岁的李导与肖导提前半小时就到了会议室，他俩穿着一新，优雅的肖桂云导演热情主动地与已在会议室的年轻人握手致意，感谢大家来参与新剧本讨论。讨论中，两位电影长者认真听取大家意见，从善如流，他俩平易认真的态度，令人起敬与动容。李前宽先生展望这部新片，他希望是一幅彩瓷贴画，个体的光彩组成时代洪流中的斑斓壮美。会上，我对完善该剧作的建议引起两位长者的注意，一个月后我接到肖导的电话，他邀请我帮忙参与剧本修改。

李导夫妇住在北三环附近，每次登门开会，都能看到李导在小区花园里晒太阳。我说导演爱晒太阳啊，肖桂云老师对我说，他那是在迎接你。

李前宽导演曾任中国电影家协会主席，他与夫人联合执导的《决战之后》《开国大典》等影片，奠定了中国当代历史故事片的叙事美学，也启发了近年《建国大业》等历史巨片的创作。近年，他们还执导了多部戏曲电影。二老创作经验丰富，他们谈电影剧本，有独特角度，让我受益匪浅。谈新剧本的同时，导演夫妇俩还谈了不少长春电影制片厂的往事，聊到苏云前辈时，李导饱含深情，他签名赠我的几本书中有本《苏云传》,这些书,让我对新中国电影事业有了更深入的认识。

一起与李导夫妇开剧本会的还有剧作家王霆钧老师,王老师自1994年开始就研究李导夫妇的创作,与李导合写了这部新作。王老师告诉我,李导已与肿瘤君斗争了多年,这让我难以置信。因为眼前的李导精力太旺盛了,他从外地一回京,就去喜马拉雅录制国庆七十周年的诗朗诵;五一劳动节那天,我们剧本会从上午十点开到下午两点多,他的创作激情让我们不觉时光飞逝。那天,李导说这部新片是在磕一块硬骨头,即便磕掉一颗牙也值得。

李导的身体现状,后来我从肖导那里得以证实。国庆七十周年前夕,李导夫妇代表作《开国大典》数字修复版在北京首映。

《开国大典》曾在香港影院创下连映一百四十天的记录,至今无其他中国电影打破。1988年7月,《开国大典》剧本通过立项审查,当年11月正式开机。一开机,李前宽导演就坚持先拍天安门开国大典的重场戏,打破了原定按时间顺拍的计划,这遭到剧组一致反对,但李导坚持到底,最先拍完了开国大典的重场戏。次年6月,该片历经南京、浙江等外景拍摄后,在北京郊区顺利杀青,于9月21日起全国公映。这部国庆四十周年献礼片的拷贝票房收入达到一亿七千五百多万元,而该片拍摄的现金成本是五百万元,剧组人均工资只有四百元。三十年后,《开国大典》再现影院,编剧张笑天、主演古月、孙飞虎,以及摄影等主创均已离世,年近八旬的李前宽、肖桂云在首映现场感慨道:"我们特别怀念他们,也特别感谢他们。"

疫情突发等因素,使李导夫妇那部新片筹备中断了,我也滞留南京。我每次回京,都相约李导、肖导夫妇,他俩与我父亲同岁,都属蛇。一部影片的创作中断了，但这份父辈般的情义却留住了。与李导的最后一面还是在他的工作室，2020年厦门金鸡百花影展过后，北京已入冬，李导依然站在小区花园坚实的石阶上，沐浴在阳光下迎接我，他脸上的老年斑明显增多了，但落座后，声音依然洪亮，他聊起去郑州、厦门参加电影节的见闻，聊起很多新的创作想法，也问起我在南京的父母的近况。我带来在南京的家找到的一张老照片，是九年前华表奖颁奖典礼上，我与肖桂云导演同台领奖的照片，肖导代表《星海》剧照，我代表《我们天上见》，同获优秀儿童影片奖。

2021年在中国影协庆祝金鸡奖四十周年的研讨会上，我没看到李导的身影，于是就发微信给肖导，担心他是否因身体原因缺席。肖导说他们正在厦门隔离，李导没事。两个多月后的上午，我在朋友圈看到了李导在浙江慈溪逝世的消息，当时我在疫情高风险的南京，无法前往送别。

9月，我回京过中秋，相约肖导，直到离京前的上午，我才赶到那个熟悉的小区。那天北京下着大雨，从子夜下到清晨，我走过小区无人的花园，草木在雨水冲刷中坚守秋季最后的绿色，工作室门口等我的是肖导一人，李导熟悉的笑容已在镜框中。面对李导的笑容，我跪拜三叩首，无语凝噎，肖导在身后说：前宽，劲松来看你了……

肖导上好一炷心香，我才发现她已消瘦很多。她说因为疫情，加上慈溪交通不算便捷，很多朋友都没来送别，但都订了鲜花，殡仪馆里堆满了亲朋的心意，那天，慈溪全城的鲜花都送到那里去了。肖导与李导有独生女，李导病危时，女婿的父辈也病重，肖导说苦了孩子们了，两边照顾。我说肖导您瘦了，肖导笑着说上个月最瘦的时候你没见着，瘦了二十斤。她聊起李导的最后时光，聊起李导与肿瘤君的八年战斗的艰辛,聊起李导与她忠诚一生的爱情,聊起带着李导骨灰回到北京这段日子里至爱亲朋的陪伴。她说回京第一次出门是应王人殷、苏小卫等老姐妹相邀,到了餐厅,大家都没怎么说话,都是编剧、导演,都有不平常的语言表达能力,但那天晚上,我们就吃饭,仿佛李导还在北京,姐妹们把对李导远去的哀思压在了心底。

肖导与女儿同住一个小区,李导工作室是租的楼下的物业办公室,一排书柜,一张画桌,一套沙发,一堆李导的画作,这里曾往来达官显贵的问候敬意,也留下工友与忘年交的坦荡笑声,那些创作灵思的火花,见证了李前宽导演的壮志未酬。李导走了,这间工作室就要退租了,我问肖导这满屋李导的巨幅画作以后安放在哪里,肖导笑着说,总有它们落脚的地方吧。

临别时,雨还在下,肖导叮嘱我:慢点走,今年北京雨水多,花园里的砖都被雨水泡活了……

陈凯歌的那把伞

陈凯歌导演在筹备《无极》时，与制片人陈红常常征求我们这些媒体与影评人的意见，从片名到主演阵容。该片最早确定的主演有韩国张东健、日本真田广之，当年日本著名影星小雪特别想演女主角倾城，但凯歌导演夫妇认为这个角色不能再是日韩演员了，必须用中国演员。

我说可以从港台女演员里选，并推荐了张柏芝，建议导演看下她演的《河东狮吼》。后来，在鲍德熹老师的安排下，张柏芝飞到北京在凯宾斯基酒店与凯歌导演夫妇见面，就成了《无极》倾城的女主演。该片第二男主角早就确定的是当年人气极高的谢霆锋，2003年他已与张柏芝分手，却在《无极》中相聚。

2004年5月月底，我去浙江横店探班《无极》，那天是横店外景杀青日，正好拍张东健推开城门救出倾城的戏。杀青后，凯歌导演理发，算是放松。陈红告诉我，谢霆锋人非常好，是电玩专家。张柏芝则性格豪爽，爱喝可乐，化妆时都抓紧时间眯眼补睡眠，与剧组相处很好，包括与谢霆锋。也正是在《无极》剧组的日子，他俩开始了情感的复合，直到2006年结婚。

锋芝婚姻虽只维持了六年，但《无极》始终是陈凯歌偏爱的经典。

2012年，陈凯歌导演《搜索》，主演是赵又廷与高圆圆，两人因戏生情，在该片发布会上公开恋情，两年后在台北结婚，恩爱至今。陈凯歌再次成为月老。

《无极》公映后，陈凯歌经历了空前舆论风暴，夫人陈红为他挡风遮雨，不离不弃，以制片人的身份在幕后当家。

陈红比凯歌年少，除了《大明宫词》，很多资深文艺中老年，都记得她主演的《霜叶红似二月花》。

2002年的岁末，陈红托我帮忙找个保姆，说保姆给孩子洗澡，忘了关窗，感冒便从两兄弟传染到凯歌导演，爷儿仨均发烧输液，保姆却浑然不认错失，竟辞职回家过节了。那时内地保姆市场刚起步，陈红只好一人担起照顾爷儿仨的重任。她聊起用过的保姆说足以写一部肥皂剧，有位保姆做得不错，没想到竟与司机偷偷谈起恋爱，有天两人双双辞职，回老家结婚……

那时我所在的报社在北京影响颇大，有年夏天接到陈红电话，说让我们派记者来报道一下牛奶变质问题。原来是她儿子夏天连续闹肚子，陈红发现是家里订的鲜奶变质，但孩子没有辨识力，她数次投诉，商家均不承认，于是在我们报社记者配合下，将送奶工留在现场对质。那位记者回来后告诉我，陈红那天拉着送奶工的自行车不让其离开，据理力争，她说不仅仅是为了自己家人的健康。此事曝光后，那家牛奶商反躬自省，向更多用户致歉。

如今两儿子均长大成人，小儿子陈飞宇已主演多部影视片，陈红始终是陈凯歌电影的制片人，客串饰演电影《梅兰芳》中的福芝芳后，便淡出银幕。

福芝芳早年曾师从吴菱仙，她与梅兰芳结为伉俪后，就彻底离开舞台，甘愿做梅先生的贤内助，梅兰芳剧团中角儿的包银支付，就是由福芝芳负责，她待人之宽厚，在梨园留下一段段佳话。1946年冬，梅兰芳应邀到上海天蟾舞台演出一个月。抵沪次日，他的老搭档名丑萧长华突然病倒，福芝芳果断协助梅先生调整演出剧目，更是安排医生为萧长华治病。一个月合同期满，萧长华一场戏也未能演出，福芝芳不仅照开给他一份包银，还从梅兰芳的包银中，提出相当可观的一笔钱，加给他用以治病，但萧长华坚决不收。腊月，剧团回到北平，福芝芳再次将包银亲送到萧家，萧长华推辞不果，只好收下，但分文未动。大年除夕，萧长华用此款买了一百多袋面粉，置于梨园公会门前，贴出公示：凡梨园同行，都可自行领取，此乃梅先生买了送给大家过年用的。

　　福芝芳的宽厚与干练，电影《梅兰芳》中没能体现，但都被陈红在角色准备时铭记于心，也成为她随后协助陈凯歌导演担任《赵氏孤儿》《道士下山》《长津湖》等影片制片人的工作态度与为人秉性。如同福芝芳一样，相夫教子的和睦家庭更是陈红最完美的艺术作品。

李少红卖桃

北京偶遇电影人焦雄屏老师,她以影评人、制片人以及编剧等身份,与香港和内地电影界密切合作,还发掘了王小帅导演,为其《十七岁的单车》《二弟》等片监制,并打进柏林影展。

认识焦老师是2004年,我刚离开报社到保利华亿任职,为顾长卫导演处女作《孔雀》做推广,大家自然想到请她出山。那时焦老师在内地纸媒开设专栏,通过报社朋友联络上她后,我们在北京见面。她的平易来自对电影自身的热爱与责任,看完《孔雀》样片后,她很爽快地答应了我们的邀请。在她的努力下,《孔雀》顺利入围柏林影展并获评委会大奖,顾长卫等一举成名。焦老师如同摆渡人,新导演被她送上成功彼岸后的利益,与她无关。《孔雀》在柏林参赛的种种辛苦,如今聊起,成了久别重逢时的调侃。

十四年未见,祖籍山西的焦老师豪爽不改,我们谈起当年的同事,大多自立门户,电影界新人辈出。聊到李少红导演,焦老师说认识少红还是因为杨德昌导演,1990年杨导在洛迦诺国际影展任评委,看完《血色清晨》后告诉焦老师:内地出了位女导演,叫李少红。

从《血色清晨》《红粉》等国际获奖影片,到《雷雨》《大明宫词》等享誉海内外的电视剧,李少红成为第五代女电影导演的杰出代表,近年坚守导筒同时,还兼任中国电影导演协会会长。前些年,她总会忙里偷闲在微信朋友圈为四川一家猕猴桃网店做宣传,这家店主是少红导演家的保姆。

保姆祖籍四川,家乡盛产红心猕猴桃,金秋果园丰收,自家吃不完，保姆就给少红家邮寄很多，少红就送给好友，大家都说好吃。少红了解到保姆家的果园规模后，建议她家开网店做直销，在少红的帮助下，保姆家在网上做起了直销。在微信朋友圈，向大家推广猕猴桃，成了少红导演的日常工作之一。

新摘的猕猴桃一般坚硬，少红让保姆给我家送了一箱，特地告知等一周以后，果肉才能软。一周以后，那箱猕猴桃没软，快一个月了，依然坚硬。之后某天，母亲得知我去与少红导演开剧本会，嘱咐我最好问下这箱猕猴桃到底啥时才能变软，母亲说再不熟干脆就切了炖汤吃。我告诉少红导演后，她惊讶地说我们早就吃完了，怎么你们家的还没熟？她告诉我催熟的诀窍，那就是将猕猴桃与苹果或香蕉用塑料袋放在一起，很快就软了。第二天，还没等我把秘诀告诉母亲，母亲就惊喜地告诉我那箱猕猴桃终于熟了，我说那是因为少红导演昨晚发功了。

少红导演出身于军人家庭，父亲是久经沙场的解放军将领，他让女儿很小就参军去了四川。1971年，李少红从四川军区跨区被调到南京军区，她选择了去后勤部十六分部的八三医院，她当年觉得紫金山郊外的这座部队医院更能锻炼自己，那年，她十五岁。

部队医院留给少红导演的难忘回忆包括到农村去医治血吸虫病人。七年后，她从南京八三医院考入了北京电影学院。七年南京生活，使得从小长在北京军区大院的李少红的口音变成了前后鼻音分不清的南京腔，这让电影学院的台词老师一阵头疼。李少红影视作品关注女性命运与成长，军旅生涯是她难以忘却的第二精神家园。她首次执导战争题材影片《解放·终局营救》，在江苏拍摄时，李导想拍雪景，第二天就天降大雪，这或许是对李少红回归初心之地的一份眷顾。

冯小刚的虚心

电影完成后，导演请圈中好友看样片，听大家品评，虚心听取、坚决不改，这是常事。能将众议作为自己作品修改参考的，几乎少见。因为每位导演都有自己对艺术的坚持。冯小刚导演却虚怀若谷，破了这个常规。

《芳华》是冯小刚的心血之作，完成的样片近三小时。2017年11月月初的晚上，我在杭州接到冯导夫人徐帆老师的电话，她说导演又删减了十二分钟，我说我不信。帆姐说这回是真的下决心了。没几天看到冯导在朋友圈发文，感谢了让他痛下决心的同行。

原来在影片终混结束后，冯导邀请了黄建新、陆川、李晨、葛优等电影界同行看片，并留下酒叙。大家充分肯定了《芳华》，但几圈酒下来开始谈该片不足。哪儿长了，哪儿拖了，哪些部分专业人士觉得好但观众未必买账了，特别是葛优，还从演员的角度提了修剪的建议。最后大家对冯导说你都制作完成了，我们说也白说了。冯导说你们绝不会白说，听大家的，我重剪。

次日一清早，冯导就到工作室梳理大家的建议，他一口气删减了12分30秒的戏，全片节奏明显提神了，这成为《芳华》的最终完成版。冯导说："谢谢导演们的智慧和坦率，我一点没糟践，照方全收了。"一周后，《芳华》在北京大学首映，它成为冯导电影票房最高的作品。

冯小刚有着扎实的文学功底，二十多年前，他从美工转行编剧开始进入影视圈，《遭遇激情》《编辑部的故事》等均是口碑佳传，那还是中国电视文艺繁荣发展的黄金时代，央视春晚、综艺大观等节目上，也有他编剧的喜剧小品。刘欢成名曲《千万次的问》的词作者之一便是冯小刚，而这只是他当年作词的流行歌曲中的一首，《我不想说再见》等至今被内地歌手传唱："我不想说再见，相见时难别亦难，我不想说再见，泪光中看到你的笑脸，我不想说再见，心里还有多少话语没说完，我不想说再见，要把时光留住在今天，一生能有几个这样的夜晚，一辈子能有几次不想说再见。"平实的歌词与他的《甲方乙方》的嬉笑背后的温情一脉相承。

在冯小刚早期喜剧电影中都有病房情结，《甲方乙方》《没完没了》中的植物人姐姐，甚至《不见不散》中养老院的穿越，这种对生命的悲悯根植于他的内心，成为《大腕》《天下无贼》《集结号》《一九四二》甚至《非诚勿扰》中最核心的诗意情怀，他做到了用喜剧穿透人性悲怆之心的至高境界。

我曾在华谊兄弟经纪公司任职，那时与冯小刚无直接工作往来，但与其夫人徐帆的弟弟是好友，又是邻居，徐帆父母朴素和善，徐父当年在中国戏曲学院做客座教授，常常骑电动自行车从望京到陶然亭的戏校上课，穿越数十公里，那时冯小刚夫妇在内地知名度已如日中天，他的每部新片的剧情高度保密，成为媒体追逐的头条。

那时我已在《京华时报》任职，有天缺头条，想起冯小刚正在筹备新片《手机》，就让徐兄把该片招商策划书中的剧情简介发给了我。第二天见报后，正是《卡拉是条狗》的首映，冯小刚被一群记者堵住问《手机》被披露的剧情是否属实，小刚对着镜头严肃地说："这是假新闻，完全胡编！"华谊老同事如临大敌，我还是经受住考验没有供出消息的来源。当然，《手机》公映后大家应该知道当时披露的剧情完全属实。

与冯导的交往倒是在我离开媒体之后,他与我成为微博互动的网友,他每出新片,我们先睹为快,直言不讳说观感,他耳听八方。

2015年在韩国釜山电影节遇见他,我说咱还没加微信,冯导说那赶紧加,我扫了他的二维码后说加上了,他却说不算,随即他对着手机微信喊道:"劲松,我是小刚,请开门儿!"他确认我收到这条语音后说这才算成了。

小刚导演到釜山是为一部新片《坏蛋必须死》做宣传,该片导演孙皓是跟随他近二十年的助手。当孙皓筹备自己的导演处女作时,冯导义不容辞为他出任监制,还拉来了韩国导演姜帝圭一起为孙皓助威,中韩两大导演联合监制,不仅帮孙皓很快解决了该片全部投资,还顺利请到孙艺珍来主演。孙皓带着孙艺珍、陈柏霖、杨旭文等主演亮相釜山,冯小刚也一路相伴,不辞辛苦为后生站台。

中国电影市场增容、观众换代、资本膨胀,但导演生产力奇缺,冯小刚将其行业经验传授给新导演,用其盛名助其迅速融资圆梦,促进了更新换代。在与孙皓等年轻人的合作中,或许冯导本身也能吸收到新能量,再投入自己的导演创作中。

《我不是潘金莲》在圣塞巴斯蒂安国际电影节获得了最佳影片奖时,冯导曾感慨:"我快六十岁了,拍了很多电影也积累了很多经验,这些经验渐渐变成了习惯,成为进步的阻碍、囚禁想象力的笼子。这一次我像拍摄处女作一样把那些经验和习惯抛到脑后,一切重新开始,重新上路学拍电影,无论是内容还是形式。我不知道这种任性的坚持是否有前途,圣塞巴斯蒂安电影节给了我一个明确的答案。从这个意义上说,我感谢评委会对一个新导演的鼓励和肯定。"

导演陈建斌

2017年夏，去探班陈建斌，他正在京郊拍摄电视剧，剧组朋友告诉我："陈老师一直念叨四年前与你的合作呢。"

四年前，我正在做一部小说的话剧改编，通过国家大剧院的关渤认识了陈建斌，那时《甄嬛传》火爆两岸三地，陈老师说当年看完《甄嬛传》剧本后就立刻答应接了，因为剧本好。那时我所在的团队主业其实是投资电影，陈老师说他正在筹备自己的电影导演处女作，我们就达成默契：先合作他的电影。

很快，收到陈导发来的短篇小说《奔跑的月光》，作者是河北作家胡学文。陈导说，本想改编一部话剧剧本，但版权未谈妥，正好看到同期《人民文学》刊登的这个短篇，就向胡学文买了版权。我说《奔跑的月光》好，适合改电影，为此，我集中看了一批胡老师的中短篇。与胡老师首次见面是2021年最后一天，在南京，他已作为引进人才成为江苏作家，在南京生活工作了半年，提起往事，朴素的胡老师以为我是当年改他小说名的编剧，我说那是建斌导演亲自动笔的。

那时，陈建斌在台湾拍戏，他几乎是用手机短信写完了剧本，将影片定名为《一个勺子》。2013年年末，我陪他携剧组去甘肃看景，他说春节后开机。但回京后，我所在的团队因故撤出了该片，另一家公司承担了该片的全部投资。后来，《一个勺子》获得中国电影金鸡奖，成为2015年度佳片。那天探班，我与他叙旧，才知道我们撤资给《一个勺子》带来的艰辛。

原来另一家公司并未补足陈老师所需的原定投资款，整个预算压缩，原定摄影师也换了新人。陈建斌说那时他给自己下的赌注就是：首次做导演，能否把控摄影等年轻的主创班底。当然，他做到了。至于演员，全部是亲朋上阵。他笑道："我是每拍完一位演员，就来个拥抱！因为给不了他们常规片酬。"最后，陪他主演的还是他夫人蒋勤勤。

电影导演处女作成功后，陈建斌又凭借《父亲的身份》《中国式关系》两部大剧延续了《甄嬛传》热潮，每年接一部电视剧间隙，仍在继续准备他的下一部电影导演作品。

陈建斌是位计划性极强的人，当年《一个勺子》历经重重难关但如期开机。他准备的第二部电影，他计划2017年年底开机，还是他自己做编剧，他说这次是原创剧本，写了又改，一直未到最满意状态，与《一个勺子》剧本的一蹴而就不同。剧本不好，就不好意思出手请演员。他说他自己是演员，太知道好演员对剧本的标准。

那天我们聊得最多的还是那部小说改编的话剧计划。陈建斌其实是中国国家话剧院演员，二十年前他从中央戏剧学院毕业后，主演过《科诺克或医学的胜利》《盗版浮士德》《千禧夜，我们说相声》等话剧，是孟京辉、赖声川等导演所信赖的舞台主将。近年，中国各地新建剧场，舞台剧演出的硬件设施得到空前发展，但新剧目创作生产却落后于剧场崛起速度。以导演身份重返舞台，创作一部能经受时间考验的话剧，成了陈建斌的梦想。也正是因为对舞台剧的念念不忘，才促成了他相约的这次面对面的交流，时隔四年之久。

探班恰逢北京桑拿天，在京郊电视剧摄影棚内，他穿着礼服演戏，摄影机一开，空调就得停。问他热不热，他说不热，我说这天太闷热了。陈老师对我笑道："一看你就没待过剧组。这已经算凉快的了！"

文晏的《嘉年华》

认识文晏是在2004年，我随徐静蕾导演赴西班牙圣塞巴斯蒂安影展参赛，文晏作为顾问随行。文晏是著名作家王朔推荐给老徐的，老徐从小在京学的是俄语，参加国际影展，英文流利的文晏就成为重要推手。那年我们一行八人辗转西班牙后，发现与这里的居民的英文交流更为艰难，因为他们是西班牙语系。不过国际影展还是英语通行，文晏鞍前马后，为徐静蕾导演的获奖立下汗马功劳。

后来，文晏离开徐导的团队，消失在我的朋友圈。再见已是多年后，在北京丽思卡尔顿酒店，我去见刁亦男导演，陪同刁导的是久违的文晏，她已是制片人。那次我们谈的就是后来获得柏林影展金熊奖的《白日焰火》。这部影片获奖后，不少参与过此片的影人纷纷表示自己是该片幕后推手，只有文晏不着一言，而她却是真正始终支持刁亦男这部佳作的幕后英雄。

2013年文晏执导的处女作《水印街》入围威尼斯等众多影展，2014年她获邀出任威尼斯国际电影节最佳处女作奖的评委，成为首位担任这个横跨主竞赛、地平线等四个竞赛单元的重要奖项的中国评委。

筹备《嘉年华》是冬天，她已去厦门看了景，我帮她找了一位女律师帮她把控剧本，因为这是描写未成年女孩遭性侵后得到法律援助的故事。

影片在少女被性侵之外，设置了宾馆服务员小米的讲述视角与对应戏剧线索。小米也是位未成年少女，在海边旅馆打工，算是非法童工，她努力赚钱以求生存，为了一张假身份证铤而走险。小米的欲望，卑微中自赎，令人心碎与难忘。围绕三位未成年少女的命运，是成年人的世界，律师、医生、警察、父母、姐妹、大款，正义、善良对抗着邪恶、虚伪。

扎实的剧情之上，文晏很注重电影叙事。我很喜欢她在海滩设计的梦露的巨大雕塑，小米在此雕塑下仰拍"梦露"裙下私处作为影片开篇，片尾落在摆脱暗娼困境的小米与"梦露"雕塑在高速路上擦肩，这时"梦露"已是趴着的残骸，这个画面胜似万语千言，让人回味无穷。美术上大胆使用绿色，游乐园的场景设计也颇具匠心，两位受伤少女在其中快乐玩耍，思无邪。这种画面是有力的。该片音乐用大提琴的弦乐写出人物内心的节奏，也具有穿透力。但这部具有华语片高水准的《嘉年华》却在威尼斯影展铩羽而归。戛纳、威尼斯与柏林这三大国际影展都在欧洲，与华语片就不在一个文化体系。要打破文化之界限，三大影展参赛的华语片必须有更为强大的实力与个性，个性不仅于世界同行有别，还要与自身所处的文化生态有别。如近年戛纳金棕榈大奖的 *The Square* 就在艺术个性之上，还有了哲学高度与人文宽度，自然就揽下高枝，也划出了近年欧洲三大影展主竞赛片的水准线。要成功越过此水准线，华语片还须努力。

《嘉年华》虽在威尼斯颗粒无收，却是当年华语片年度最佳，文晏已是当时最具国际影响力的华语女导演之一。2019年在柏林，又遇到她，在《地久天长》庆功酒会上，文晏与大家一一举杯，他乡遇故知的情义滴水不漏，与我道别时，她又环顾四周，喃喃自语："别漏了谁没打招呼。"

刘浩用银幕写诗

收到刘浩导演的微信："未给大家争气，对不住！"那是2018年一个秋夜，东京国际电影节闭幕，刘导新片《诗人》参赛未有斩获，他给朋友们发了这条微信致歉。

刘浩是上海人，北京电影学院毕业后留京北漂。二十年前，为筹集拍片资金，他做过挂历生意，跑一家一家企业卖挂历，才有了处女作《陈默和美婷》的拍摄资金，该片获得第52届柏林国际电影节处女作特别奖等殊荣。载誉归来后，他就被某电影公司纳入五位新人导演之一，除了他还有宁浩、孟京辉，他们每人从中影集团老总韩三平手里接过了两千五百元奖金，这家公司与中影合作给五位导演各投资一部电影，拿到奖金后宁浩曾致电刘浩问："这事儿靠谱吗？"

刘浩的第二部长片《好大一对羊》就是在那两千五百元奖金扶持下完成，该片入围了中国电影金鸡奖最佳处女作奖，我与刘浩相识，就是那年在三亚的颁奖活动上，那时他说自己下一部想拍的就是《诗人》，剧本已写好，但这个计划后来一搁就是十二年。

十二年间，宁浩已是高票房导演，孟京辉则成话剧界领军，曾经的新人都已名利双收，唯有刘浩依然坚持在艺术电影的清贫之路上，用电影写诗，他的《老那》《向北方》等博得欧洲影坛青睐。

我与他在微信时代重逢，他约我在他租房的附近吃烤鱼，他不喝酒，烟不离手，那时正值《诗人》得到香港江志强先生投资，大家都为他献计献策。刘浩懂得感恩，这才有了该片拍完后在东京未获奖，他给朋友们发歉意微信的一幕。艺术无客观标准，不以成败论英雄，他的诚恳却让人倍感友谊之温暖。

  他从日本回京后,我们在那家烤鱼店再相聚,还是他坚持做东,给我们讲述《诗人》拍摄时的艰辛,谈起当年扶持过他作品的王喆先生等,感慨很多"恩人"都已失联,但他们的名字都留在了电影画面上。

鸭绿江畔有大鹏

2017年,鸭绿江畔的吉林集安市第一中学的高考誓师大会上,电影《煎饼侠》导演大鹏出现在师生面前,作为校友,他讲述了他的高考历程。

17年前大鹏参加高考时,内地考期还是每年的7月7日,比现在的高三学生可多复习一个月,他坦言就是多出这一个月,也未必考得过现在的学侄们。高中时,他的成绩属于中等偏下,曾希望报考体育生,这样录取时文化课成绩可以降得很低,但没想到体育特招专业考试前,他打篮球把脚崴了,错过考试,只有硬碰硬靠文化成绩。

那时查高考成绩还不是用互联网,而是用电话语音查询。大鹏当年在电话语音里听到的分数是414分,而那年吉林本科录取分数线是430多分,为此,那天他的父亲愁得直喝酒、母亲一直在哭,他们认为大鹏这辈子都完了。其实,大鹏高考分数是474分,电话里1和7发音近似,大鹏听错了,一下子高出60分。

大鹏对老家的考生们说:"那时候的我和你们一样,认为高考过去之后,就不会再有这么有压力的事情了,自己将会彻底自由了。我后来才知道,高考才仅仅是个开始,你们以后将会面临更多的、各种各样的大挑战。"

确实,中国10亿电影票房的电影导演中,大鹏是唯一未受过影视专业教育的,因为当年高考录取他的是吉林建筑大学工程管理专业。

在吉林建筑大学的四年,大鹏成为校园中的文艺骨干,他在长春先后组建了两支乐队,担任吉他手与主唱,获得过吉林十大原创歌手奖。毕业后，他就到北京做了文艺界的北漂，到搜狐网站做视频娱乐节目的主持人，从此打开影视圈的大门。这次出现在家乡母校为高考生打气，是因为他正在故乡拍自己执导的第二部电影《缝纫机乐队》。

他的故乡集安是鸭绿江畔的小城，与朝鲜隔江相望。我到集安去探班，正午阳光灿烂，但顷刻乌云来袭，暴雨倾盆，大鹏告诉我集安其实是半大陆海洋性季风气候，因其在四周环山的岭南江畔。在去长春读大学前，他未出过家乡，一直以为世界就是这样。一到长春，平原的一望无际曾让他心慌。他在初中时就热爱香港Beyond乐队，华语摇滚乐兴衰伴随他从少年到而立，这部新片讲述的就是关于普通人的摇滚乐梦想。片中，大鹏需要建一个矗立着巨型吉他雕塑的广场，然后将其推倒，在废墟上开演唱会。这种任性大胆的想法，只有故乡政府帮他实现了，一座高22米的吉他雕塑出现在鸭绿江畔的集安市民广场，江对岸就是朝鲜。大鹏率剧组连夜拍摄，在吉他雕塑前演奏摇滚乐。当年，跨过鸭绿江的是志愿军的枪炮；如今，越过江水的是电影的音乐。

在该片中，大鹏还与已故黄家驹同唱一首歌，用数码技术圆了他的少年梦。Beyond走红的20世纪90年代初，是中国正值社会经济转型的拐点，其音乐影响了正在人生奋斗起点的"60后"与"70后"这一代中国青年，像大鹏这样的"80后"当年其实还是年少懵懂，或许随着年龄阅历的增长，方能品味Beyond音乐。黄家驹意外身亡于巅峰时刻，从此成为绝唱，更将这支香港乐队推向了难以复制的经典。对Beyond的缅怀一年又一年，以各种形式，成为人到中年的一份情怀。

苏伦与魏书钧

苏伦与魏书钧，是我认识的两位中国电影新导演，他们的作品都在国内外取得了佳绩。

苏伦是80后，她的导演处女作《超时空同居》在中国赢得了近九亿元的票房，成为那年票房最高的中国女导演。一鸣惊人的背后，她有着丰富的行业基层积累。

苏伦生长在内蒙古，曾考入北京某理工科大学，她骨子里却满含文艺气质，她在京加盟某乐队成为乐手。乐队解散后，她经朋友介绍进入冯小刚导演工作室，成为一名制片助理，在剧组最基础的岗位上参与了《大腕》《手机》等影片拍摄，同时她还为冯导签约的演员们做助理，这批演员中就有导演徐峥，只是那时徐峥还在冯导那里坐冷板凳。经过电影剧组锻炼后，苏伦考入了中央戏剧学院导演系表导专业，将导演与表演并重研修，她坦言四年专业学习，对她在《超时空同居》导演中对演员把握起到了关键作用。中戏毕业后，她执导了六十多首音乐电视短片，以及名牌广告与城市形象宣传短片。短片导演的经验，以及帮徐峥出任《港囧》执行导演等实践，都为她导演《超时空同居》这样的长片打好了扎实的基础。

《超时空同居》最早是某家地产公司的命题作文，最终被苏伦完成为一部艺术纯粹的大众电影，而且是用最低的拍摄成本完成的。控制预算，她亲力亲为，只有熟悉电影制作流程，方能把握。九亿票房，为苏伦十余年的积累打了个高分，也是最好的回报。

"90后"的魏书钧比苏伦小一轮，他的父母都没有从事影视文化工作，其舅舅是北京琴书传承人，算是家族里与文艺沾边的人。小魏从小学习钢琴演奏，音乐等文艺训练使得他在十四岁时被电影《网络少年》选中，成为片中演员。他陆续出演了《戈壁母亲》等影视片，后考上中国传媒大学导演系研究生，在校期间就从事大量影视拍摄实践，毕业后就导演了纪录片《说在紫禁城》，电影剧情长片处女作《浮世千》入围了韩国釜山国际电影节"亚洲电影之窗"展映单元，成为釜山影展最年轻的导演。

去年，他打算拍摄短片《延边少年》，他对投资方说此片目标就是能走进艺术电影最高殿堂的戛纳影展。为此，他在隆冬远赴东北边境，用二十多分钟的短片，充分表达了延边少年在困顿现实前的梦想渴望，该片打动了戛纳评委，最终获得了短片金棕榈的特别提级荣誉。

苏伦与魏书钧这两位电影新人导演，分别在商业片与艺术片上都获得成功，并非偶然。

电影导演是技术与艺术要求极高的职业，成为一位合格的电影导演，除了专业知识学习外，更重视耳濡目染的现场经验积累。中国国营电影厂要求年轻导演必须经历场记、副导演等重要基层岗位后，方能正式上岗成为导演。韩国电影学院也要求电影导演专业学生，必须有短片入围国际影展，方能毕业。但电影导演这些职业标准与要求，近年都被蜂拥进电影界的资本而漠视了。中国电影界涌现了一批青年导演，他们几乎没有影视片场经验，往往轻易就能获得动辄数千万投资的电影的导演职务。苏伦与魏书钧的故事，启示每一位电影新人导演，成功之路没有捷径，唯有一步一个脚印。

文隽北上

文隽六十岁生日时，姜文、冯小刚、葛优等影人赶来祝寿，这位香港编剧与内地电影结缘已有二十多年。

早在1991年，文隽就牵线刚步入影坛的姜文加盟香港与内地合拍的首部警匪片《狭路英豪》，当时香港最熟悉的内地影星当属刘晓庆。1993年，姜文导演处女作《阳光灿烂的日子》缺投资，刘晓庆找到文隽，文隽为其落实了一百万美金的资金，在当年已属大投资，没想到姜文这部导演处女作不仅成功入围威尼斯影展，更在1995年内地影市取得年度最高票房。与内地电影市场的低迷相反，当年香港影坛鼎盛，文隽编剧监制的古惑仔系列影片大获成功，成为香港电影类型经典。

进入新千禧年后，香港本土电影市场衰落，而内地电影市场正逐步复苏，文隽成为北上第一人。他将多年经验传授于内地导演新人，出品了《我的兄弟姐妹》，这部苦情催泪的低成本电影，一举名列2001年票房前茅，成为利润最高的华语片之一，更让刚进入电影发行圈的于冬的博纳影业赚得第一桶金。文隽成为当年香港影人进入内地市场的重要媒人，内地影坛的广博人脉、合拍片的深厚经验，使得他赢得香港同行尊重，被推举为香港电影金像奖主席。但我第一次与他接触却是在他的火锅店北京开业的大喜日子。

那是在2002年年底，文隽的宁记火锅店首次在京开张，选在丽都四得公园附近，博纳的于冬约了电影圈中影人与记者助兴。文隽介绍说，这火锅是她妻子怀孕时在台湾吃上瘾的，为此他常从台湾将火锅底料打包回港，于是就在香港开了一家店，逐步发展为香港火锅的知名品牌。

当年，与电影一起复苏的还有内地都市报。对香港电影的多年浸透，使文隽成为香港电影的历史活字典与趋势展望人，他在不少都市报开设专栏。我代表《京华时报》第一次向他约稿，就是他在北京开张火锅店的那天，开张的热闹中，他大声对我说："我的稿费很贵啊！"

文隽的专栏至今在香港和内地的报刊均有刊载，但他的宁记火锅在内地却消失了。北京丽都店开张不久即遭遇非典，餐饮业遭遇重创。后来，他随于冬的博纳影城将宁记火锅进驻朝阳门悠唐商场，又遭遇海底捞等麻辣火锅的风行，宁记这样的台港口味显然被市场淡漠，京沪两家店均先后谢幕。

首次到宁记香港总店是2014年春天，我与文隽老师要谈部电影，他约我到九龙宁记共进晚餐，同来的还有位美丽的孕妇。那是文隽的幸运年，他喜得贵子，同时，监制《京城81号》赢得四亿多元票房，成为黑马。

之前，文隽一直以低成本电影著称，开拓了不少新的电影类型，徐峥《泰囧》即源于文隽的《人在囧途》。文隽出任香港电影金像奖主席期间，香港合拍片在内地达到产量与票房的高峰。在他卸任金像奖主席之后，香港合拍片也陷入成本攀高、票房降低的低谷，同时内地院线类型片以及新公司迅猛成长。内地新的电影公司成立，往往会找文隽监制电影，一是他不贪高成本，二是他为人平和实在。他还是救火队长，专门补救那些遭遇制作困境的电影，《京城81号》即这样的救场电影。

该片尚在后期时，文隽曾带我到九龙塘的传真公司看样片，精良巧妙的制作让我预言该片票房不会低于两亿元，他当时笑道那投资方会赚翻了。那时，我正与他商洽《魔宫魅影》的投资，他给了我一个合理的预算。几个月后，《京城81号》大卖四亿元票房，他并未因此提高自己的片酬，不坐地起价，实属难得。

文隽的香港办公室里除了书与影碟，便是一堆印有文隽字样的竖排方格稿纸，他介绍说这是他为写报刊专栏特地印制的。他拒绝电脑，坚持每天用笔手写稿件，为各大报纸撰稿。

王家卫身后的人

2015年有着时尚界"奥斯卡"之誉的纽约大都会慈善舞会落幕，主题是"中国：镜花水月"，艺术总监是香港王家卫导演，他曾赴故宫、中国电影博物馆，在百年电影影像中寻找激发时尚灵思的中国元素。因为王家卫，那年大都会红毯更是将巩俐、章子怡等中国女影星"一网打尽"。

王家卫有女人缘。他虽与刘镇伟等合伙出道，但二十年坚守在他身边的除了他太太，还有彭绮华等电影女强人，他的泽东公司员工都是女性。泽东公司原在铜锣湾道上的天后地铁站口，与之合作过的马伟豪导演曾执导过《下一站天后》，片名即地铁中的到站提示语。除了《春光乍泄》，王家卫电影主要聚焦女性，从王菲、张曼玉到章子怡，都在他的电影中过足戏瘾，特别是《一代宗师》，写叶问的这部电影让梁朝伟颗粒无收，却让章子怡获得十二个影后奖座。

王家卫爱读书，他的办公室一面墙全是书，不仅关注徐浩峰、张嘉佳、金宇澄等当代内地作家，对现代文学史遗珠更有探研。他曾向我推荐过民国作家周天籁的《亭子间嫂嫂》，此书当年风靡上海滩，写的是一位暗娼的辛酸，读完让我想起王家卫导演的《爱神》，片中巩俐演的那位神女最后与小裁缝痛别。而重拍谢晋经典《舞台姐妹》，也曾是王家卫的一个建议。

其实，徐浩峰是位优秀的文字工作者，而非优秀的影像工作者，将他的电影过誉，反而扼杀了他的电影之路，因为观众的选择根本还是自身的观影感受，影评人的口水骂不倒一部真正的好大众电影，更难以制造一个大众电影的奇迹。王家卫将徐浩峰、张嘉佳从文字原乡摆渡到影像的彼岸，其后之修行便是各人的造化了。

当年，电影《一代宗师》面临众多投资方追逐，王家卫导演选择了香港银都公司，当时挂帅的是来自西安的宋岱。宋总与王导的交情缘起于在西北拍摄《东邪西毒》，西安电影制片厂曾是最早与香港影人合作的内地机构，宋总从制片人到西影老总，再到银都任职，与王导重逢已是二十年后。当时香港电影与内地正紧密合作，但银都尚缺焦点力作。我在香港与宋总相聚，还是《立春》在港首映，宋总做东，为西安老乡顾长卫导演夫妇接风，我们按时来到上环，发现王家卫导演也在场陪同，宋总赶地铁匆匆赶来，歉意中透露说：我正盯着王导的下一部呢。

宋总到东北探班《一代宗师》，时值严冬，在现场他被王导慢工出细活的著名作风震惊。正是宋岱的毅力与银都的信任，给了王家卫导演最大的时间成本，从而成就了《一代宗师》。后来银都又投资了另一部华语经典《聂隐娘》，王家卫、侯孝贤两位大师会聚银都旗下，算是宋总业绩。

离任银都，宋岱先生回到北京工作，我去拜访，聊起他在北京的起居，他说还在四惠租的房，平时单位有车接送，每周轿车限行日，他就坐公共汽车，正好从家到单位门口。我说北京公交太挤，他说还好，一上车就有年轻人给让座儿，长得沧桑点儿没想到有这便利，他憨厚笑道。

张艾嘉做自己的CEO

与张艾嘉小姐见面是看完《华丽上班族》之后,她到北京宣传前夜,我们在瑞吉酒店品红酒。我说很喜欢这部电影,张姐说是杜琪峰导演改编她的同名舞台剧,编剧是她自己,她说改自己的东西最难。当年该舞台剧刚上演,2008年金融风暴就来了,雷曼银行破产,当时是边演边改。去年,杜琪峰找到张艾嘉说要把这出戏改成电影,尚未公映,内地股灾已让人惊心动魄。张姐严肃地说自己不是故意的,该片说的还是职场。

她说有记者问她没上过班怎么会把职场写得如此准确,她说演艺圈就是最大的职场,在这个职场中她已历练多年。当然,她也受台湾电影人邱复生之托,做过电影卫视的总裁,也算是常规职场中最高的职位了。其实,人生是舞台,也是职场,每个人应该做自己的CEO。

张艾嘉聊起《山河故人》,片中她与1993年出生的内地男演员董子健演一对情侣,小董妈妈是北京著名经纪人,董妈妈得知小董的对手戏演员是张艾嘉时,提醒儿子说:"知道演你情人的张老师多大岁数了吗?"小董上网百度后大惊,他第一次见到张艾嘉时,紧张得只说了一句话:"您比网上看起来年轻多了。"

当张艾嘉与我们说起这段往事时,乐得双眼泛起了鱼尾纹,我们纷纷用手机百度她的年龄,她手一挥说:"不用搜,我是1953年的,我比小董整整大四十岁,比他妈妈年龄都大,算姨奶奶了,我从来不忌讳年龄,我也不知道贾樟柯要我去演什么。"《山河故人》中,张姐与小董的戏成为全片的华彩。她谦逊地说,电影永远是导演的荣光。

其实她自己也执导过多部电影，《少女小渔》的导演就是张艾嘉，张姐说："我把原著小说改动得很大，当时很多人质疑我，包括原著作家。当影片拍出来后，原本不愿意署名的初稿编剧也提出必须把他的名字加上。"张姐说是李安推荐她导演了《少女小渔》，接手匆忙，她至今没见过这部影片的原著作家。两位才女在一部作品中隔空相望，张姐聊起来一如谈自己的年龄那样坦荡大度。思无邪，或是她容颜不老的秘诀。

她藏着张国荣的导演梦

4月成为怀念张国荣的季节。

他走的那天,我在《京华时报》负责娱乐新闻,已签完版面回到家,看到凤凰卫视的新闻,又冒雨赶回报社,组织报道。那时互联网自媒体尚未发达,突发事件还是靠传统媒体的深度报道。

哥哥是最早与内地电影导演合作的香港演员,《霸王别姬》之后,叶大鹰导演的《红色恋人》更邀他出演中国共产党人,片中他颇有表演大师金山当年的神采,片中他扶持了新人梅婷,她的拍片经验并不多,哥哥一点架子都没有,细心与她搭戏。种种场景,梅婷在接受我电话采访时言犹在耳。

京剧演员宋小川是《霸王别姬》时张国荣的京剧表演指导,宋老师与程派艺人张火丁主演张元导演的京剧电影《江姐》,该片投资人是张国荣的内地好友石雪,石先生亦是香港电影《蓝宇》的投资人。张元导演回忆有次张国荣在京聚会,看到有点发福的佟大为,哥哥掀开自己的衬衣,露出腹肌,说做艺人不能放松自己的形体。每回到京,哥哥都会邀宋小川一聚,宋老师也为哥哥的电影导演处女作做了大量筹备工作。听到哥哥的噩耗,宋老师、张元等都难以相信,但哥哥那年与他们突然疏于往来,没想到之前一面竟成永别。

张国荣未圆的导演梦是部叫《偷心》的电影,他多次与编剧何冀平老师去青岛采景讨论剧本,但却因投资人变故而搁浅。这个未圆的梦,像是哥哥生命中的留白,引得荣迷们无限遐思,他生命最后几年的心绪,或许都在这部电影的剧本中。

2010年，我才与何冀平老师因为舞台剧相识，成为忘年交。第一次与她见面是在东涌喝茶，我说您是最了解张国荣最后心绪的人，何老师惊讶，当她得知我在胡军所在的华谊兄弟经纪公司供过职后释然，她说《偷心》当时确定的主演是胡军。这段与哥哥交心的往事，何冀平从不提起，也拒绝了很多企图以各种方式展示这部电影剧本的善意，封存了体现哥哥最后心思的剧本。

何老师年轻时就因《天下第一楼》成名，定居香港后，在她的创作年表上又出现了《新白娘子传奇》《新龙门客栈》《德龄与慈禧》等众多名篇，后她又为她的老东家北京人艺六十周年写了出大戏《甲子园》，虽常往返京港，但内地不少记者都以为何冀平是位男性编剧，足见她的处世低调。

有次与她聊起如今艺人粉丝的疯狂，她说有次《雪狼湖》演出，大家冲着张学友与女主演蜂拥拍照，满屋子就剩下她一人傻呵呵站在旁边，我问她干吗去凑这个热闹，她说我是《雪狼湖》的编剧啊，得盯演出现场。隐秘并伟大，或是何老师的风范。

有年，何老师到京邀我看她编剧的京剧《曙色紫禁城》，赶到梅兰芳大剧院，看到她正和毛俊辉导演一起与观众合影，此剧改编自何老师话剧《德龄与慈禧》，毛导是此话剧的导演兼主演（饰演光绪），中国京剧院将其搬上京剧舞台，毛导亦被邀担任导演，只不过光绪则由宋小川出演。我想起张国荣走的那天电话采访小川老师的情景，如今哥哥已仙逝多年，在无常的江湖上，唯舞台与艺术永恒。

刘震云的豆腐心

"那时最漂亮的女人都在军队,目前最漂亮的女人,谁说都在影视圈了?影视圈都是刷了满脸的大白。"作家刘震云在北京大学语惊四座,刀子嘴是他留给公众的形象符号,也是我当年采访他时的印象。

我离开报社后,初次与他私交是一起去看话剧《琥珀》,我携作家虹影同行,与刘震云、王朔邻座。散戏后,我们四人去三里屯消夜,刘震云点了店里特色羊肉烩面,我说我不吃羊肉,震云老师说太可惜,忘了你们江苏人口淡。王朔聊戏,说袁泉像其前妻,刘震云点支烟默默倾听。消夜后,刘老师坚持送我们回家,虹影与我都住在望京,刘老师与司机迷了路,把我俩分别送回家时已是深夜。

刘震云最有电影导演缘,他的《我叫刘跃进》被女导演马俪文搬上银幕,小马想请作家叶京客串,叶京是冯小刚等人老友,刘震云自然帮她牵线,设了酒局。叶京海量,与刘老师对饮已酣,说咱把这最后一瓶干了,我就去客串你的电影。此刻刘震云已到酒量临界,摇手说实在喝不下了,于是现场大乱,不欢而散。次日,刘震云向马导抱歉,说要不今晚我再去请叶京喝一顿,把客串的事儿给办妥了?马导握住他的手心疼地说:"昨晚都那样了,刘老师,咱就算了吧!"

2020年遇到刘老师是在苏州,他给话剧《一句顶一万句》的出品方站台,参加江南小剧场的论坛,我们都是论坛嘉宾。北京来的嘉宾都爱现挂与互抬,我发言时提到了看完《琥珀》后的那顿羊肉烩面,那就是话剧撬动的夜经济。

刘老师压轴发言，声调轻盈，却沉着真挚，他的眼睛总是面向前方，哪怕前方是四方大厅的墙角。他调侃完史航后，接着说在"劲松家乡"南通的一件事，那是他两度在张謇故居所遇，他认为那是无法复制的沉浸戏剧，张謇后人感动了他。他讲述的那一刻，眼神里是远方，我看到了他眼中稍纵即逝的泪花。

太后与小花

清宫剧《延禧攻略》中崇庆皇太后给观众留下深刻印象，从第五十集开始，清朝官场腐败、乾隆身世之谜、后宫政治等重场戏，均围绕太后的戏剧核心，给全剧增添了扎实的历史尺度与人性厚度，具备了清宫剧前所未有的现实温度。

扮演太后的演员是年过花甲的宋春丽，她深厚的表演功力让观众对太后这个角色回味无穷。严、威、慈是太后的三个关键词，尤其是乾隆身世之谜的重场戏，宋春丽将太后复杂的心态刻画得百转千回、丝丝入扣，当魏璎珞问太后乾隆生母真相时，太后一句"你说呢"的反问，千帆阅尽后的淡然微笑落入岁月无情的深渊。

宋春丽性格爽朗，1998年我刚到北京时，在东华门潮好味和她吃过一回午饭，她来了小瓶北京二锅头，和朋友们说了两件事。一是刚买了蓟门桥的新房子，尹力导演推荐的，确实方便，在电影学院对面，在家化好妆，步行就能走到北影厂摄影棚拍戏了。二是刚接了《烈火永生》的电视剧，下午要去试装，导演何群，我们问许云峰是谁演，她说陈宝国。说完喝完，她就撤了，干脆利落。

宋春丽老师十三岁就入伍，成为广州某军区战士歌舞团的文艺兵，从战士话剧团考入北京电影学院表演系，毕业后进入八一电影制片厂，在这个历史悠久的军队电影机构中，她主演了《苦难的心》等众多电影。由于部队演员的身份，她出演的角色都是战士、革命烈士或农村女性。她是将中国电影金鸡奖、华表奖、百花奖三大奖项囊括的演员，2002年她主演的电视剧《浮华背后》曾被观众追捧，剧中她饰演的被黑势力裹挟的女市长堪称其表演的巅峰。

我曾说宋老师是中国的梅丽尔·斯特里普，可惜她没有梅姨的运气，未能遇到更多风格的影视剧以发挥她的深厚积淀。中国女演员一过五十岁，就彻底难接到女主角的好戏。好莱坞迟暮美人排着队，但每年美国都有中老年妇女题材电影等着她们，这才有梅姨的神话。《延禧攻略》热播后，宋春丽才被观众热搜出来，年轻观众其实错过的不仅是一位演技派女演员的黄金时代。

对于五十岁以上的中国观众而言，"小花"这个词是陈冲的代名词，因为她主演的《小花》当年家喻户晓。陈冲于盛名巅峰时出国留学息影，还记得她在本命年时回国出席春节联欢晚会，说自己系了红腰带求吉利。现在看起来再平常不过的一句话，当年却掀起轩然大波。

与陈冲面对面，是非典那年，在上海车墩，她回国出演电影《茉莉花开》，我在剧组采访了她，聊起我童年时看过她的《小花》《海外赤子》，她感慨中国电影又进入了繁荣期。

近年，陈冲依然把电影与家庭放在生活两翼，回国拍片时她总要回上海看望父母，陈冲用笔记录家乡往事，展现了她的文学才华。

陈冲大女儿热爱文学，她写的处女作小说获奖并参加了夏令营，陈冲去接她回家时却受到很多同学与家长异样的目光，陈冲回家看完女儿获奖小说才明白：原来女儿写的是个凶杀故事，凶手是位变态的母亲。

老二还是女儿，聊起二女儿许文珊，陈冲显得轻松些，说这孩子有演戏天赋，如果拍片，只要有适合二女儿的角色，陈冲都举贤不避亲。电影《误杀》在内地获得票房与口碑双丰收，片中饰演平平的许文珊，眉目间依然有小花当年芳华。

醒醒妈妈

孟京辉话剧《茶馆》，其实可以叫《茶馆隔壁是疯人院》，与老舍原著互为文本。先锋实验话剧被孟导喊了二十多年，已变成中国话剧的主流表现形式之一。熟悉孟京辉话剧的观众，对他的《茶馆》未必会有太多新鲜感，孟导新作一般都会重复自己，或是集自我之大成。他的《思凡》《两只狗的生活意见》《活着》等，都是我偏爱的作品，特别是《活着》，体现了孟京辉扎实的导演功力，而且舞美也充分体现了导演语言。《茶馆》舞美亦然，转动的巨型钢筋舞台，如时光通道，在最后一场演绎出巨大幻灭感。

孟京辉很懂舞美语言，1998年，他将荣获诺贝尔文学奖的意大利剧作家达里奥的《一个无政府主义者的意外死亡》搬上舞台，首演在北京王府井儿艺剧场。那时我们看戏都找熟人带进剧场蹭票，看着空座儿就坐。那天我和好友林麟就坐到了第一排，快开演了，这座位的主人拿着票来了，说这座儿是他们的，我和林麟非常尴尬地让了座儿，干脆跑到后面靠走道的边座上，安稳下来。

戏看到一大半，林麟有点乏味，悄悄告诉我，坐我们后排的就是张艺谋新片的女主角。我扭头一看，身后的女孩确实清丽，她身边还有位阿姨。刚想问林麟这女孩是哪个学校的，突然，舞台上一声巨响，整个景片轰然向前倒塌，无政府主义终于死亡了！只见灰尘从舞台上涌向观众席，别说第一排了，起码前五排观众都被尘土淹没。那一刻，我为孟京辉舞美语言折服的同时，顿感人生无常，尤其从心底感谢那位开演前把我们从第一排赶走的观众。

散场时，我又望了望身后的那位年轻女演员，她就是章子怡，身边阿姨是她的母亲。多年后，我在复兴门百盛采访子怡，阿姨陪同。我们聊起那年看戏偶遇，阿姨说她们也是没票蹭戏，没好意思占前排空座。

2001年《京华时报》创建，为扩大影响，员工都有给各界朋友赠报的任务，章子怡给我留了她家里地址，我就给她家赠了报。那时子怡与父母住在西城，每次采访都约在复兴门百盛，子怡母亲陪同。

一天，我接到子怡母亲电话，告诉我子怡快拍完《英雄》回京了，我提醒给她家赠了我们的报纸，电话里她的声音提高了："我说我们家没订这份报，以为给送错了，每天我收到《京华时报》后都交给居委会了，让他们代管着。原来是你送的啊，那我马上就去居委会把那些报纸再拿回来。"

子怡父母都是北京邮电职员，子怡出名后，回京一般由母亲陪着住酒店。在当年的演员中，坚持拍电影的子怡算是较晚购房置业的，她自己买的第一套房是在北三环，离我家不远，乔迁时她邀我与她父母在附近的乡老坎餐厅共进晚餐，其父寡言，他聊了帮女儿看的剧本的意见。子怡母亲依然快人快语，我问她从西城区搬到朝阳区有没有不适应的，子怡说我妈早就把周围的菜市场全跑遍了，哪儿便宜哪儿贵门儿清。

2006年我做《茉莉花开》宣传发行，安排央视《面对面》记者王志采访子怡，子怡妈也陪同来了，她穿着很年轻，我说阿姨越来越会穿衣服，她低声告诉我："这衣服是子怡穿过的，她穿一次就不能穿了，你说扔了怪可惜的，还好我个子和她差不多，就穿呗，只是她的那些露肚脐的衣服我穿不了。"

二十年前，我到京北漂，她将毕业，算是同代人，总能在不同时期相遇。在微信时代，久别重逢章子怡，是2019年春，在京郊《攀登者》外景地，一见面，她的经纪人灵灵小姐调侃："我们都百年未见了。"

记得新千禧年元旦前夜，我们一起去南京参加一个节目，因大雾，她的航班改降杭州，我落地上海，她与哥哥子男从杭州到沪与我们会合，坐中巴车赶往金陵。那时，她已主演《我的父亲母亲》《卧虎藏龙》，都是哥哥协同处理事务。子男很有礼貌地与从南京赶来的司机打招呼，热情寒暄。车途遥远，一过无锡又是大雾，子怡依偎着哥哥就睡着了。到宁后，已临近直播，子怡直接就去了演播厅配合导演彩排，兄妹二人并没有传言中的大牌作风。

后来我从事媒体工作，子怡成为我的采访对象，当年电影《英雄》封锁新闻，她还帮我牵线制片主任张震燕老师，争取到宝贵的剧照信息。从横店回京小憩，她与她母亲约我与《北京青年周刊》的王江月老师小聚，一杯星巴克咖啡，聊半天。在我们那代记者眼里，子怡是大方的北京小妹。

那天在京郊见面，主要陪严老师去探班，严老师带了两位朋友，我们一行浩荡。子怡与灵灵姐善解人意，分手时主动与大家合影留念。为配合新片拍摄进度，子怡与她的团队驻扎京郊，她把女儿送到幼儿园，周末回城看孩子。

前几天，某位媒体人英年早逝，与子怡通微信时，她感慨人的生命太脆弱了，毫无征兆，命运的无常让我们更加珍惜身边的一切。

如今她已是两位孩子的母亲,从北京小妹到醒醒妈妈,不过二十多年,时光雕刻了一代人。我们这代人经历过计划经济时代的物质贫瘠,也见证过社会转型带来的物质财富极速发展与积累,文化秉性算是承上启下,淡水君子之交却重情重义。子怡的微博名叫"稀土部队",我的微博名叫"不靠谱",从微博到微信,不管断了多久的联系,总能再相逢。

那天我们加上了微信,我说子怡,我以后可以帮你看看剧本的,她说不用,你有空就和我说说八卦,我就爱听你说八卦。我想,这就是命运吧!马上春节长假,我决定把她的首部电视剧《上阳赋》补看,这是她很用心的一次创作经历,尽管播出时影响力未达预期。

人生就是这样,不是所有的努力与付出都能心想事成,我们只能步履不停,不过在每一个节日里,我们都需要彼此祝福。

祖峰答卷

20世纪90年代中期,内地原创流行乐与音乐电视最盛行,中央电视台全国青年歌手电视大奖赛是收视率最高的盛事。认识祖峰是听到他演唱的一首歌,他那时是南京汽车制造厂的工人,我建议他去参加业余组,工人阶级嘛。但他说不想当歌手,要考中央戏剧学院表演系。心有多大舞台就有多大,我陪他去杭州参加中戏一试。那年我外婆去世,我就写了一首歌词《一炷心香》,江苏作曲家刘天华看到后很激动,就谱了曲,让祖峰录了小样。刘老师曾将戴望舒先生的《雨巷》谱了曲,被孟欣导演拍成音乐电视后在央视播出,刘老师在江苏几乎与同名的已故民乐大师一样著名,我和祖峰一致认为我们终于攀上了江苏流行乐的高峰,与央视殿堂一步之遥。

那年央视全国青年歌手大奖赛隆重举行,《一炷心香》终于亮相,演唱者不是祖峰,歌词署名也不是我。刘老师将此歌授权给省内歌手蔡老师,蔡老师邀请了大奖赛一位评委改了词。那时,唱评委写的歌以保证获奖的"人之常情",不过我和祖峰完全不懂。失落的同时,祖峰却顺利拿到北京电影学院表演系的录取通知书,这首歌的小样被他带到了北电宿舍。有年我在凯宾斯基对面的金山城与陈坤吃饭,他对我说听过我写的《一炷心香》,旋律像是从佛堂飘来的。

四年本科时,祖峰既没同班同学陈坤当年那样的代表作与知名度,也没能进北京的文艺团队落户首都,而是成为北漂艺人中的一员。北电表演系高职培训中心成立,他重回学校成为表演老师,寒暑假帮助志同道合的导演拍戏,偶尔客串影视表演,合作最多的是同校的姜伟老师。后来，姜伟导演的《潜伏》创下年度最高收视率，祖峰饰演李涯，一举成名，从此片约不断。后再因《北平无战事》又赢得关注，从此改名"锋"，或许期冀自己能有一部男主角的影帝之作。

祖峰圆梦已是四十不惑之年，但他的北电同班同学中，大部分未能有如此成绩，或还在影视圈中不断努力，或已彻底放弃改行。在祖峰艺考时代，只有中央戏剧学院、上海戏剧学院、北京电影学院、解放军艺术学院这四所表演专业高校，如今表演艺术教育遍布全国各大高校，加剧了表演人才残酷的市场竞争。当然，我们在了解到祖峰幸运的表面时，却未必能体会他多年隐忍与积累的真相，幸运总是给有准备的人。

祖峰星途坎坷，确切地说他就没有过星途，《潜伏》出名后他没有急于赚钱，他在家练成个篆刻书法家，我做纪录片《西泠印社》时，他给出了不少专业意见。他的名字从"峰"改成"锋"，又变成"峰"时，他已成电影导演，处女作《六欲天》入围戛纳影展，历经坎坷。祖峰坦言这份答卷有些遗憾，但遗憾也是魅力，我说咱有理想就勇往直前吧。

2020年疫情过后，我与祖峰夫人刘天池教授在无锡相遇，天池对我说："最近在北京搬家，祖峰整理出很多你写给他的信，那时他刚到北京，你还在南京，你的字真漂亮。弹指一挥，那是二十五年前的事了。"

母亲林嘉欣

2016年，参加上海国际电影节评委工作，与林嘉欣相处了一段时间。我的一位老师与她二十三年前就已相识，那时林嘉欣刚满十五岁，她的继父与那位老师的丈夫是某商会的同事，两家常有往来，但她俩却从未谋面，上海电影节让她俩终于相见，而此刻嘉欣已是两个孩子的母亲。

提到两个女儿的故事，林嘉欣洋溢着母性的光彩。她提到在加拿大的一位女邻居有个儿子与她的大女儿同岁，女邻居丈夫去世后，嘉欣就常让小男孩到她家与女儿作伴，后来，小男孩被领养送到德国，她与大女儿也回到香港。前不久，小男孩来到香港，希望见她的大女儿，两个孩子一见面什么话都没说，就紧紧抱在了一起。林嘉欣聊起这个场面，至今挥之不去的感动依然在她的双眼中发光，感染了周围所有的人。与内地育儿传统不同，两个女儿都是林嘉欣自己带大的，而没有劳烦父母辈，她笑着说或许她的母亲还是个孩子。

因为两个女儿，她减少了片约，2015年却因《百日告别》一举拿下众多电影奖的最佳女演员。在评委会工作之暇，她常去沪上小店吃面点小吃，去美术馆看展览，她感慨上海近年的变化，可以看到很多不错的艺术展览，而看展览的观众也今非昔比。她说自己也在做艺术策展工作，这是她上学时的爱好，现在做母亲相对有了空闲，希望把自己喜欢的艺术介绍给更多年轻人。

那年夏天一别，三个月后，日本著名书法大师井上有一的"花"字书法作品亮相香港中环，策展人就是林嘉欣。

她说五年前，她在东京看到井上有一的书法，就被其自由磅礴之风所打动，井上有一对生命的好奇也引发了她的共鸣。在一位日本忘年交的鼓励下，林嘉欣终于实现了为井上有一作品做策展人的梦想。

还在学生时代时，林嘉欣就常背着背包阅尽各种艺术展览，后来成为电影演员，但这个习惯并未改变。她觉得不同类型的艺术作品，可以看到不同的故事，看画展，那就是用画家的眼睛看世界。她说："有时我无法形容我自己的心情，但却能在艺术作品中看到表达，艺术会牵动到不太符合逻辑的自己，是心灵的营养。"首次做策展人，林嘉欣把这种空间语言的极致融合视为一种突破，她觉得策展人工作近似于电影导演，是率领团队工作的二度创作，引导大家用新的角度看艺术品。

为了这次策展，林嘉欣放弃了今年的电影片约，她没想过策展能给自己带来物质回报，她说就像演戏，只想保持对角色的好奇心和对生命的热情。她做策展人的梦想就是有一天能在森林做展览工作室，与儿童一起办个画展。

黄晓明四十不惑

黄晓明拍《琅琊榜2》时,我去横店探过班。电视剧市场火爆,让电影演员回归,他坦言他就是从荧屏出道的。他从电影学院毕业时,《还珠格格》正引发华语偶像剧热潮,他也因《大汉天子》一举成名,《新上海滩》《神雕侠侣》等让他攀上电视剧高峰。

在中国电影市场复苏后,他从冯小刚导演《夜宴》开始,成为影坛宠儿。晓明在同代演员中的勤奋与厚道,有口皆碑。刚出道时,他因英俊外表而被诟病演技差,但他勤能补拙,在同代演员中,他最早囊括了中国电影金鸡、百花、华表三大最佳男演员奖的大满贯。三大影帝盛名之下,他为接演《大唐玄奘》等艺术片放弃了不少票房电影的邀请,他的原经纪人导演电影《何以笙箫默》时,他还将主要执导此片的一位电视剧导演老友联合署名。

横店见到他时已是深夜,他刚收工,见他比以前壮了很多,他说增肌是为了去洛杉矶拍《金蝉脱壳2》,与史泰龙演对手,他说能成为好莱坞大片里的中国面孔的硬汉,我们的肌肉块儿绝不能输!为此,他和教练为角色严格执行了自创增肌教程,拍完《琅琊榜2》就赴美,这是他全英语表演的首部好莱坞电影,史提芬导演很尊重他,将他的青岛家乡话写进戏中,成为"舒"的接头暗语。电影仍是他的钟爱,不过对电影的参与不仅仅是演员,制片人或导演都会是其选择。《金蝉脱壳2》公映时,黄晓明在朋友圈感慨道:"每拍一部电影,其实我都会尽全力!尽量打碎自己重新来过,无奈也许天分、能力有限!亦或是作为演员太过于被动,很多方面无法控制!但是无论结果如何我也至少无愧自己，努力过！我依然坚定地要成为我自己人生道路上的阿甘！"

与晓明相识多年，二十多年君子之交，唯一的工作交集是当年我带他去参加湖南卫视《快乐大本营》做嘉宾，同去的还有他的同班同学郑佳欣。那时晓明还在电影学院读书，剧组就给我和他安排了一个标间，我对制片人说，这孩子再没名也是演员，必须单间。后来我就与其他人挤了一间。那是《快乐大本营》最低谷时，预算少，晓明首次参加这个节目，也就两千元化妆费。做完节目回到北京，他特地请我到东三环亚洲餐厅吃了大餐，那天还遇到唱《祝你平安》的孙悦，那还是歌星爆红的年代。那时晓明每回搬家，也常约我们相聚，牡丹园也聚过一回。

到了微信时代，和他就见字如面，多年未面对面畅聊。那次在横店，我们意外聊到父母。晓明是孝子，对父母长辈的孝心使他关注老年电影题材，生命的终极点上的思考。就前一天，他去了浙江农村给少儿捐款。关爱少儿、关心老人，成为黄晓明生活的一部分。

黄晓明四十不惑，他已开创了自己的影视公司，扶持新人、积极参与公益，演戏已非他事业的全部，这是他与"80后""90后"部分演员迥然不同的一面，更是他一个新征途。

老徐泼墨

老徐是徐静蕾，早在北京电影学院读书时，她即被同班同学昵称为"老徐"，其实她的年龄在班上并不大，但她一手好的毛笔字等修养，方得同学如此尊称。她因主演偶像剧《将爱情进行到底》等成名，囊括中国各大电影表演奖项后，于2003年转行做导演，执导的《我和爸爸》获中国电影金鸡奖等最佳导演处女作奖，次年执导茨威格名著《一个陌生女人的来信》荣获西班牙圣塞巴斯蒂安电影节最佳导演奖。

那年，我陪她去西班牙参赛，我首次出国，我说担心我的英语，老徐说她中学学的是俄语，我们俩英语菜鸟到了西班牙小城后才发现，当地人的英语比我们还弱。有天我们剧组人员走散，大家各显神通相约会师时，纷纷感慨手语比英语更重要。

当时，内地商业电影尚在香港电影的示范下起步。拍完三部艺术片后，她导演商业片《杜拉拉升职记》票房破亿，也破了华语女导演的票房纪录。

导演徐静蕾之外，她曾是一代网络红人，那是博客盛行的时代，她的博客拥有亿万读者，她同时主编电子杂志。在博客被微博取代后，老徐依然活跃于互联网，同时执导《亲密敌人》《有一个地方只有我们知道》继续获得票房佳绩。

近年，她疏远内地，偶尔在朋友圈看到她在美国的日常。她的弟弟新宇，倒与我常来往。老徐再次泼墨，是为父亲出书还人情。

2019年秋天，当当网文学类新书销量冠军是长篇纪实文学《父亲的军装》，就是老徐父亲徐子健先生所著，此书以抗日战争与解放战争为背景，详细记录了一位普通军队医生在战争中的成长和蜕变。该书口述主角是百岁高龄的徐成沄老人，也就是老徐与新宇姐弟的爷爷，他曾荣获中国抗战胜利七十周年荣誉勋章，子建先生执笔，以父亲亲历者和见证者的视角，讲述了淞沪会战、挺进大别山等重大历史事件的个体经历，是抗战与解放战争的真实战地记录与家族之书，难得一见。

唤起记忆即唤起责任。徐子建先生用十年时间走遍当年父亲曾战斗过的所有战场实地，并在南京的档案馆的史料中浸泡，终于成就了这部长篇报告文学，并得到著名作家王蒙推荐。徐子健说他的文字比不了大作家，但这部长篇的内容是作家们写不出的。好文学不仅是文字，更是文字里的浩瀚乾坤。

《父亲的军装》更是父亲的抉择、父辈的旗帜，我们回望从同治中兴时期起，徐氏湘潭望族的半个多世纪来的命运浮沉，也看到了在民族存亡之际，一个普通中国家庭如何投身抗日战场，御敌救亡，更看到在大江大河的伟大转折上，一位国民党军医选择了中国共产党领导下的人民军队，留在了养育他的土地上，与新成立的中华人民共和国共荣光！

《父亲的军装》里有老徐手书，为爷爷的光荣，也是父亲的匠心。

张译的乳腺

张译是哈尔滨人，他的理想是考广播学院播音专业，但艺术高考总与他擦肩而过，最终他入伍参军，成为北京军区战友话剧团的演员，服役长达九年。他是战友话剧团学员，别的同学都已成为主演时，他却无戏可演，做着装台卸台的剧务工作，偶尔做晚会的主持人，表演串场小品。他又因写得一手好字，成为部队的会议记录员、政治处的干事，直到参加话剧《士兵突击》演出后，再被同名电视剧确定为史今班长的扮演者，他才成为全国闻名的演员。

成名后的张译保持着当年平凡本色，人缘好，常为朋友的戏奔波千里，客串演出。2017年夏天我在巫山遇到他，他正在为贾樟柯新片《江湖儿女》客串一场戏，演的是三峡当地人，他一直在学川渝方言。但那几天只要有空，他就拿出纸片学宁波话。原来他是从上海《八佰》片场请假而来，在那部片中他的角色说的是宁波方言，戏份重、台词量大。在部队当干事时，他走南闯北，虽方言模仿力强，但遇到宁波话这种南方语系中的特例，他格外用心。

张译拍香港导演林超贤的《红海行动》时腿骨折，但仍坚持在非洲完成了拍摄，直到回国后才去医院。他说最特殊的看病经历是他因做慈善活动时被熊猫在他的胸部咬了一口，回京后被咬的胸部那边就肿胀起来。他只好戴着墨镜，捂着胸口去了协和医院，后被确诊为男性乳腺发育。再提往事，张译笑言自己啥都经历了。

人人都爱彭于晏

姜文导演拍《邪不压正》时我去探班，正好碰到在拍彭于晏的戏。北京郊区春寒料峭，彭于晏穿着片中的夏装一遍遍让导演确认。那天同去的还有一位加拿大导演，姜导去看机位时，就让小彭陪我们聊天。与我们一行握手时，我发现他的手冰凉。他依然穿着夏装，与我们用英语畅聊，尊称我们"老师"。

彭于晏早年在电视剧《仙剑奇侠传》中，演的是胡歌的配角，胡歌因此剧走红时，小彭并未得到太多关注。后来他转身演电影，演《近在咫尺的爱恋》练成了拳击手，演《翻滚吧！阿信》练就了体操运动员的身形与技巧。从小荧屏走到大银幕，彭于晏的付出有目共睹。从《激战》到《寒战》，他成为观众喜爱的演员。而他主演的《乘风破浪》《湄公河行动》等片，又赢得十多亿票房。他成为真正受华人观众喜爱的电影演员。

就在他电影事业大顺时，胡歌也凭《琅琊榜》回归剧坛巅峰。胡歌因车祸沉寂的岁月，他俩依然保持联系。彭于晏从配角起步，稚气未脱的娃娃脸其实是他电影戏路的障碍，但他用刻苦勤奋摆脱了自身局限。

探班《邪不压正》那天离开时夜幕降临，室内被灯光雕刻成民国的黄昏，小彭演喝下午茶的戏，一遍遍拍，一遍遍吃茶点，他用童真的微笑默默向我们道别。

袁泉的茶与饭

与袁泉约的时间是下午两点,地点是她家附近的咖啡馆,她说傍晚要到幼儿园接女儿。那天是3月8日国际妇女节,全国职业女性有半天假期。2017年年初,袁泉拒绝了一切片约,朋友圈也突然不发图文,我约她出来聊聊。一见面,我就对她说你千万别是抑郁症吧。她一笑说:没有。

那天是阮玲玉的忌日,袁泉说北京人艺《阮玲玉》是她在北京自己买票看的第一部话剧,那时她还在戏校学戏曲。1996年,她考入中央戏剧学院表演系,和章子怡、秦海璐等同班,尚未毕业就获得中国电影金鸡奖最佳女配角。同为影视演员,袁泉却一直没有离开话剧舞台,主演了《琥珀》《暗恋桃花源》《活着》《简·爱》《青蛇》等经典话剧,她主演一场话剧,有时每晚演出费只有一千元。

袁泉与演员夏雨结婚后生有一女,情海上未遇惊涛骇浪。波澜不惊归于平淡,也是她与夏雨在影视圈的心态。他们都算年少得志,娱乐圈风起云涌,他们不争一时。内地商业片大潮来临之际,袁泉也参演过《大上海》《危城》等港片。香港合拍片要求主演中必须有内地演员,她也就成为香港导演最爱邀请的内地女演员,大多出演片中香港警察的妻子。

2016年,她主演了一部电影,该片被要求撤换男主角重拍,袁泉说自己无法重来。演戏如此,人生亦然。

袁泉说演那部新片投入了很多心力,为了缓解心情,她接拍了一部都市题材电视剧,她说电视剧演得很顺。3月8日那天,她并未细聊那部电视剧，三个月之后，那部电视剧引发了全国收视高峰，她饰演剧中第二女主角唐晶，这个角色也成为袁泉如今的代言人。那部电视剧就是《我的前半生》，当时只是她轻描淡写的一部普通作品，竟然成为她被大众追捧的代表作，始料未及。

电影的风波，也让她删除了微信朋友圈的全部内容。拍完此片回到家，她发现七岁的女儿显得格外陌生时，才意识到离家太久了。夫妻都在外拍片，看着女儿的叛逆和疏远，袁泉为此而自责。夏雨从小由姑姑抚养成人，两年前长江船难中，姑姑、姑父不幸遇难。命运无常，让她更珍惜与亲人在一起的日子。

她说2016年她的经纪团队成员也都发生了变化，大多回归生活，远离职场。在家陪伴女儿的时光，她说自己感受到很多不可言传的收获，关于母亲的责任，关于生活的本真。微信朋友圈有时让她看到偶尔冒出的人性的两面，退出朋友圈后，又被众多好友关心，她相信真善美还是友情的主流。

那天的下午茶聊天内容里还未出现后来她主演的《中国机长》。

在国庆七十周年的三部献礼片中，《中国机长》演员阵容是最素净、最低调的。主演张涵予、袁泉均毕业于中央戏剧学院，都有戏曲、台词的扎实功底。这部群戏叙事特征的历险片，改编自去年四川航空某机组的真实事件，两位主演在最有限的戏份中给予角色最大的表现空间，众多表演细节抢出了角色的前史与留白。

片中险情发生后，在客舱内镇定乘客、安定人心的便是袁泉饰演的女乘务长。假如不是袁泉，很难想象全片的这个定海神针的重场戏会是什么成色，这场体现机组带领并陪伴乘客与命运的抗争的台词，袁泉靠的就是功力，她让观众感同身受。片中，袁泉的第一场戏，是她在车中窥视女部下与未婚夫恩爱相送，袁泉通过眼神表演透露出这位女乘务长是全机组中唯一渴望真爱的孤独人，在情感中早走过沧海桑田，袁泉在短短几秒钟抢出或者帮编导填补了人物前史。片尾，她与张涵予在满目疮痍的客舱重逢，两位演员都有千帆阅尽的大度，余韵悠长。

随着《中国机长》票房逆袭，袁泉在三部献礼片演员中成为最大焦点。在国庆七十周年的宏大叙事中，网络自媒体需要一个具体个体形象，来完成大众在盛世欢庆时的个体命运倾诉欲，饰演时尚平民英雄的袁泉正熨帖了这一需求。众多介绍袁泉的文章从她少年时代待的武汉写到求学成家的北京，从京剧、话剧到影视，袁泉的前半生是中国文艺大众化发展的时代投影，亦是女性奋斗的榜样，盛誉她对表演的热爱、对名利场的淡泊。

2020年夏天，一位师长托我帮他的山东亲戚的孩子要个袁泉的签名，网上搜了半天，没看到与袁泉相关的图书写真，联系袁泉，她说正在无锡拍戏，我说我来探班吧。袁泉说最怕朋友来探班，怕招待不好，毕竟还要拍戏。在她休息的一天，我俩约了中饭，聊了近年的电影与舞台剧。就两人的分餐，她吃得很少，没吃完的打包了。

临别时，我取出一个空白笔记本请她签名，她推辞说她的字太难看了，还是等回到北京家里找张剧照签完直接快递给那位影迷吧。把她送回剧组，我突然觉得刚才拿出一张白纸请她签名有多滑稽，好在彼此熟知，否则真有骗取签名之嫌。在纸媒退化的今天，签名已无从依托，却始终难以割舍。

杜江的小本本

电影《烈火英雄》中主角出场的第一个镜头给了杜江饰演的马卫国,当时他还是江立伟的副手,开场戏就塑造了险境里的马卫国。江立伟因失职离队,马卫国接任队长却遭到父亲等家人的淡漠对待。油库火灾危急全城,马卫国与江立伟相逢火海,马卫国带领战友坚守至最后一刻。他从生死线上凯旋,父亲身佩旧勋章向他敬礼。马卫国见证了此次紧急救灾前后战友的命运,自己也参与其中得以蜕变与成长,按戏份与出场顺序而言,他也是该片男主角。与江立伟英雄壮举的主动性不同,马卫国在火灾中最突出的戏剧动作就是坚守岗位,阻止生化仓库燃爆,几乎没有强烈的外在动作与行动主动性,在规范的固化情境中,杜江通过眼神塑造人物内心世界,调动观众的情绪共鸣,为全片情感升华做了基石。

首次看杜江的电影是《罗曼蒂克消亡史》,他在其中饰演一个小配角,在巨星云集中他的表演毫不逊色。因为很少看电视剧,也一直没看过《红海行动》,所以我第一次在柏林遇到杜江时,对他的印象还是《你好,之华》中的当代暖男,在柏林获奖片《地久天长》中他饰演负压多年的生存者,与他自身气质相反。

杜江生于20世纪80年代中期的山东,安定优良的家庭环境使得他坦荡真诚、亲和正气,他浓眉大眼的英俊五官,符合了东西方关于完美人格中的英雄审美,他有着穿制服男性的天然气质。这种本色魅力,加上他对人物内心的塑造,使得《烈火英雄》成为杜江最具表演实力的电影代表作。

从柏林回国，与杜江夫妇成了见字如面的微信网友。深夜，收到他发来的邀请，我回复他届时一定会去《烈火英雄》首映，他发来一句叮嘱："写到小本本上。"我想，杜江心里一定有个小本本，书写着所有相遇相知的友爱。

2020年春天疫情最紧张时，我收到杜江夫妇发来的微信，要给我快递口罩，我说我在南京安好，江苏人民的口罩供应挺充足。金秋时节，看到杜江到扬州拍片，一直无暇去探班。那天在厦门的金鸡奖颁奖典礼上，我突然发现在《烈火英雄》中表现优秀的杜江却在金鸡百花奖中颗粒无收，连个提名都没有，仿佛这部电影与他无关，就微信问候了他，他回复我说："没所谓啦，金鸡年年有，踏实工作再接再厉呗！"

上了三年学的梅婷

20世纪90年代是电视文化的黄金时代,南京电视台做了介绍流行歌曲的节目《音乐新节拍》,主持人是南京军区前线歌舞团舞蹈演员梅婷与钱辰,这是舞蹈队里一对最上镜的金童玉女,他们负责把编辑写的介绍新歌的串词说出来,用的是抠像,他们身后都是万花筒般的画面,风格模仿当年最火的卫视音乐台。当年能拿到各大唱片公司的音乐电视带的是电台的主持人,南京经济台的主持人苏威就是这个节目的客座编辑。苏威是我南大校友,她是外文系英语专业的,我和她在进南大前的夏天就认识了,江苏教育出版社搞了个中学生作文夏令营,我们是营友。夏令营在锁金村的计划生育干部管理学院封闭举办,多年后,我才知道这个学院已改名为"人口学院"。

通过苏威,我认识了梅婷,才知道她已拍完电视剧《血色童心》,离开前线歌舞团是早晚的事,因为在前线歌舞团参加的各大晚会歌舞节目里,已看不到她领舞或伴舞,倒是常看到钱辰在台中央,率领一群舞者像阳光般欢跳。没多久,她就北上进了中央戏剧学院,进校没多久,就与张国荣主演电影《红色恋人》。后来,苏威和我告别,说他辞去电台工作了,去北漂陪梅婷拍电影。梅婷说看到张国荣在剧组常落落寡欢,干脆让苏威去剧组陪他,做他助理。史航老师在网上收藏的《红色恋人》工作照里,还有苏威当年的身影。

我从南京辞职到北京发展时,《红色恋人》正公映,梅婷早已从中戏退学。2020年,我们俩同时回到南京,参加江苏省人社厅组织的高级职称评定,才知道梅婷确实只上了三年学:小学一年级读完,就被南京小红花艺术团录取了。进了南京一中,读了一年初中,就被南京军区前线文工团录取,成为文艺兵。好不容易从前线考进中戏,读完大一,就因选择自己想拍的影视而选择了退学。小学、中学、大学,各一年。因为从小长在部队大院,又一直在部队,梅婷到北京时才办了身份证,所以身份证号一直是北京号,但户籍早已回了南京。我俩一前一后离开南京,又同时回南京参加文艺职称认定,我说这是叶落归根。

和梅婷的见面,是她回南京参加老家节庆晚会,她把前线歌舞团老友约着相聚,聊彼此子女成长,家长里短,时光荏苒。她提到与小说《推拿》的缘分,也是回南京,突然感染肺炎住院,在病床上看了《推拿》,病愈后第一件事就是找毕飞宇买下电影改编版权,毕老师提到请娄烨导演拍,梅婷又把娄烨导演从北京请到上海,毕老师从南京过来,三人确定了合作。因为这部影片,梅婷与摄影师曾剑结缘,一对儿女成为恩爱的见证。曾剑因《推拿》获得柏林电影节最佳摄影奖,梅婷正鼓励他积极筹备导演处女作,她说希望在南京拍。有年回南京过春节,他们驱车到八卦洲,看到当年在那里拍电影的场景甚至道具还在,这份不变或许就是一夜之间成为过往,但那一刻回眸的固守,让梅婷夫妇感到故土的温暖。

余光帅哥林更新

余光帅哥，就是茫茫人海里，你用眼睛的余光都能发现他的帅气。2008年，我第一次见到林更新，就是如此。大约是秋冬，在上戏黑匣子看完戏，路过一楼教室，我突然回头对同行的黄博士说："教室里有一大帅哥。"黄博士说不可能，我打赌，转身走回教室前，推开门，林更新正和一女学生练小品，我们破门而入的义正词严很像保卫处的干部，把他俩吓得不轻。回京后，收到他来见组的资料照片，我给他回信说你要减肥，有啥都不能有肚子，他当年惊讶于我透过现象看本质的眼力。其实，那时他已签约于北京某家公司，后就断了联系。

后来《步步惊心》大火，每回到沪黄博士总数落我当年竟然没看重林更新。在微信上重逢林更新，还是因为他的上戏同班同学，虽没面对面，因有一面之缘，他大大方方互加微信。微信上见字如面，一年365天，就没看他闲过，一直在拍戏。同时，林更新在公众视野中不断更新着卖萌的形象，成为一代"妇女之友"。这种留给媒体与舆论的公众表演，往往比塑造影视形象更为费心，这其实是一个好演员走出校园后开始真正地打开天性。在微信朋友圈里，他与大家的互动也很放松自然，随心随意，常为他人点赞，挺真实的一人。

林更新那年星运亨通，不仅有经纪人郝晓楠老师携手，更有著名导演徐克辅佐，特别是从《智取威虎山》开始，就确定了《三少爷的剑》《西游伏妖篇》等大片男一的焦点位置。就电影男主而言，林更新之前最好的还是《同桌的你》《智取威虎山》，遗憾的是，凭《智取威虎山》他竟然没得到任何电影奖项的认可。期待值最高的《三少爷的剑》口碑也一般，其实那是尔冬升的个人情结，这个结果意料之中。所以，《西游伏妖篇》格外瞩目，对林更新也更关键。

因为徐克掌舵《西游伏妖篇》，林更新的大圣果然没出大问题，影史上最帅的孙悟空算是被他演实了。很多人惊呼林更新演技爆发，估计以前是没怎么看过他的电影。在"85后"这批男偶像中，林更新算是唯一受过专业戏剧表演训练的，上戏表演的底子有，演技本来就在那里，就看遇到的导演如何调配与发酵了。林更新演出了徐克心中的孙悟空，也颇像生活中的本我。与其说他坚持了自我，不如说林更新更新了自我，瞧他这名字！

王珞丹被时光抓走

那是2007年。赵宝刚夫人丁鑫大姐请我看电视剧《奋斗》样片，每集后面打算拍一些社会名人谈人生，想增加些商业卖点，因为主演都是新人，担心星味不浓。看完三集粗剪，我说无须名人后缀了，《奋斗》已经出了未来明星，最突出的就是王珞丹和文章。该剧首播新闻发布会是在北京亚洲大酒店举行，我还担任了发布会主持人。果然，该剧轰动全国，文章与另一女主演因戏结缘，而我再与珞丹相逢时，已是2018年的冬天，文章的那段婚姻已一别两宽，珞丹好像还是孑然一身。

那天聚会是中午，苏小明老师组局，她多次在影视剧中与珞丹演母女。苏老师喝了红酒，我们倾听苏老师讲她父亲的往事，我才知道苏老师父亲是《刘胡兰》等民族歌剧的开创者。那天，珞丹的沉静让我们意外，后一想，毕竟《奋斗》的年代已成人生一轮，青春已在光阴中成长。

与珞丹加了微信就见字如面，后来接到她的邀请看她主演的电影《被光抓走的人》北京首映，我在江南难以赶回，她说北京近日雾霾深重，就别着急归来。当然我回京首日就去支持了这部新片的票房。这是编剧董润年的导演处女作，讲述了假定情境下渴望真爱的社会群体的困顿、焦灼与不安。王珞丹饰演李楠，她在探寻消失丈夫的情感真相中找回自我。有人形容女演员的最高境界是"生活像演戏、演戏像生活"，王珞丹不是生活里的两面人，她是那种在生活里不会演戏的，往往会被演戏的负心人刺伤的坦诚者，她就把曾经的伤痛体验带到了这部电影的表演中。面对丈夫的情人，李楠涌动的波澜张弛在淡然之中，打动了观众。

《被光抓走的人》在导演沉郁的表达中演绎人世间对真爱的悲悼，王珞丹就是伤逝中的曙色，哀而不伤，她的彷徨早已被时光抓走，只留下坚强。

2020年后，我很少回京，有次在京，接到王珞丹微信，问我上午是不是在颐堤港酒店。我说是，约了个工作早会。她回复说，那我没看错，点完单本想去和你打个招呼的，一抬头，发现你不在了。我问珞丹怎么一早也在那里，她说约了英语老师的早课，那会儿困着呢。

前不久，珞丹的爱犬狗子走了，她在朋友圈发了图文悼念，写道：

"朋友说，别难过，狗子就是过来陪你一程的……可是这一程怎么这么短……以前累了、心情不好回到家，就在狗子身上趴一会儿，一会儿电就充满了，可是现在我的充电宝没了。"

黄轩十年路

在海口外景地，黄轩没有一个助理，拍戏间隙，他默默与其他演员一样候场。该片除了黄轩，其他都是新人演员，为了不影响这些新人，他这次到海口只带了个司机，每天把他从酒店送到外景地就离开了，他和新人演员们一起投入创作。

黄轩从小习舞，毕业于北京舞蹈学院。那年海岩电视剧《舞者》找主演，我把他推荐给经纪人常继红大姐。那年夏天，他的父亲英年早逝，他突然消失几天后，我们又一起去亚运村见刘心刚导演。我还记得送他到柳芳地铁站安慰他的情景。这一幕，他不记得了。在海口叙旧，他说只记得我们在保利附近喝过茶，而这一幕我却忘了。我说你父亲走了多少年，我们就相识了多少年。一算，十年。

十年间，黄轩从大电影的小角色开始演起，逐步在《红高粱》《芈月传》《女医·明妃传》等电视剧中挑大梁，但每次看到他演电视剧，我总是给他发微信说你还是演电影吧。2016年，不少电视剧大咖都把他作为剧王的假想敌，就怕他在电视剧里爆红。

黄轩的电影之路颇为坎坷。几年前，黄轩参与了娄烨《春风沉醉的夜晚》拍摄，不过片中他的所有表演最后都被导演在定稿时删除。娄烨还了他一部《推拿》，他在该片中的演技受到一致好评，虽未获任何表演奖，前年他却被邀成为上海国际电影节亚洲新人奖评委。那时我遇到常姐，总对她说给黄轩抓点影帝电影，常姐总是说快了快了。黄轩原来的经纪人刘凯人很好，这次我们在海口聊起刘凯，黄轩说刘凯当年说改行就改行了，那么坚决。我说如今决绝的人不多，大多人欲走还留。我们缅怀了半天。

黄轩粉丝众多，有回上飞机，他发现前后左右都坐着他的粉丝。后来他就主动找她们谈心，劝她们不要把时间与金钱浪费在追逐他上面。他数次坚持，换来了粉丝们的妥协，换来了自己拍戏时的单纯环境。黄轩进海口剧组第一天就参加舞蹈排练，执导老师年近七旬，对黄轩问寒问暖，现在住哪儿啊，租的还是买的啊，问一句黄轩答一句，毫无隐私保留，那天整个排练厅，都知道黄轩如今住哪儿，即将搬哪儿了。

去年海口圣诞夜，我陪导演喝高了。次日酒醒得快，一大早就到排练厅看黄轩排练。他迎上了问我没事吧，我说出啥事了，他愣了一下，说："还给你带了阿司匹林泡腾片，对宿醉特管用。"我一摆手说不用，早就醒了。我把黄轩拉一边语重心长地说："今晚我回京，下次来就开机了。几句话提醒你一下。你们学舞蹈的从小吃过苦，眼里都多少有些暮气，子怡、韩庚也都有。"黄轩忍不住笑着接上我的话："是，我要摆脱这种暮气，不能带到刘峰的眼里！这话你都对我说了三遍了，昨晚我们送你回酒店的路上，你一路反复在说。"我看着他，问："是吗？我喝成那样了？"

"林黛玉"的军功章

20世纪50年代初,新中国的文艺精英纷纷上抗美援朝战场鼓舞志愿军,越剧艺术家王文娟也在其中。当年,她与徐玉兰在朝鲜前线猫耳洞里唱《楼台会》,有战士开玩笑说让马文才来当兵就不会有梁祝的悲剧了。有次演出突然停电,战士们纷纷亮起手电为她照明。对家乡戏的热情、对美好情感的热爱,是严寒中战斗的志愿军的精神支柱。1952年,她参军成为总政治部文工团越剧队的主演。次年,她加入志愿军停战谈判代表团政治部文工队,为中朝子弟兵演出和承担有关战务工作,荣获朝鲜劳动党颁发的三级国旗勋章和中国志愿军二等军功章。

出于对朝鲜人民的感情,王文娟于1954年创作主演了改编于朝鲜文学经典的《春香传》,她成功塑造了朝鲜少女春香,成为其代表作。1961年,应金日成首相的邀请,王文娟首次到平壤演出《春香传》,同时她主演的《红楼梦》特为朝鲜劳动党第四次代表大会演出,引发朝鲜《红楼梦》热。次年,朝鲜决定创作排练音乐剧《红楼梦》,王文娟、徐玉兰又应邀远赴朝鲜进行辅导,该剧成为朝鲜音乐剧经典,盛演至今。中朝两大文学名著通过越剧跨越了语言的障碍,都成为跨时代的艺术经典,九十一岁的王老师说这或许印证了民族的才是世界的。

越剧诞生一百一十周年的春天,绍兴举办了《千里共婵娟》王派越剧专场演唱会,九十一岁的王文娟老师率先登台演唱了自己谱曲的《水调歌头》,她说:"我是个戏曲演员,是舞台和观众造就了我。

岁数大了,更加想念我的观众朋友,更加难忘我演过的角色。"

意外的是,这台回顾演出中并未出现她的林黛玉、孟丽君等经典形象,而是选取了极少公演的剧目,都是20世纪四五十年代她演过的角色。比如《红娘叫门》,王文娟与陆锦花合作的代表作《晴雯之死》《珍珠塔》,还有与徐玉兰合作的《梁祝》。当晚压轴的是1959年由王文娟参与编剧的《则天皇帝》选场,此剧当年得到郭沫若先生的赞许,"文革"后,我曾看过南通越剧团演过此剧。这台演出中,我觉得最好的一出老戏是《踏伞》,当年由王老师与范瑞娟改编自川剧折子戏,说的是战乱中一对陌生男女的萍水相逢,编剧叙事、唱腔作曲、形表设计等堪称完美,《追鱼》中的不少精彩表演其实源于此折子戏的影响。戏曲贵在传承,复排《踏伞》这样已失传的老戏极有意义。

当晚演出结束已近子夜,不少年轻观众涌到台前,王文娟老师两次谢幕后,观众仍然围堵在剧院后台门口,王老师卸妆后为大家签名致谢,直到凌晨3点观众方才散去。

中国话剧皇后

被誉为"中国话剧皇后"的北京人艺艺术家朱琳先生仙逝，临终前表示不开追悼会、不举行告别仪式，平静与低调，始终于其壮阔的艺术人生。

与朱先生结缘于2001年，我刚到《京华时报》着手著名导演凌子风的遗产纠纷报道，发现朱先生与凌导曾是挚友，就约访她，她爽快应约。那时她已告别舞台，寡居在北京东直门附近的老式居民楼中。她听出我的江苏口音，说咱俩是老乡，我说我是南通海安人，她笑道说她是海州人，可能现在归连云港管了。朱先生从小随母亲学京剧，她十四岁就参加了抗战剧社。我们就在唠家常中聊到了凌子风导演的家事，清官难断家务事，但朱先生还是以见证人的角度给了我客观关键的事实，给我极大帮助。

采访结束，她送我出门，她家老旧的楼道正对着东直门外大街的车水马龙，我对她说您住这里不嫌吵吗？她笑道这可比当年抗战的炮火声小多了，她指着窗外东直门交通枢纽的工地说："你看那就是为奥运会建的，直通机场，我家可是黄金地段。退休后热闹一点没事，舞台演戏很清静的，可惜你以前没在剧场看过我在舞台上演戏。"老人在遗憾中向我从容挥手作别。

别后，东直门交通枢纽大楼没能赶在北京奥运会前竣工，但朱琳先生却在2012年出演人艺院庆大剧《甲子园》，终于，我在台下，她在舞台。

因《甲子园》，朱琳先生请战上舞台："我在这个台上六十年了,现在九十岁了,腿不好,耳朵不好,眼睛也不好,我到台上坐轮椅转一圈就满足了。"她如愿坐着轮椅上了舞台,台词依然能穿透到剧场最后一排。

朱琳先生扮演的王奶奶在搬离甲子园时,冲着远方喊了一句:"你们看,火葬场怎么还排队呀,老伴儿唉,你别急,我穿上小牛皮鞋好来陪你。"这是朱先生自己加的台词。

再回首,朱先生已远去天堂。

马兰花开一棵树

《马兰花》是中国儿童艺术剧院的保留剧目,出演剧中树公公最久的演员是原国家话剧院院长周志强。周先生1973年从山东考入上海电影制片厂演员剧团学习表演,在谢晋《青春》等上影电影中跑龙套。1978年的一天,周志强在传达室接到著名表演艺术家张瑞芳老师从北京打来的电话,让他赶到北京。

张瑞芳老师是上影演员,那年她正在北影拍《大河奔流》,把周志强紧急叫到北京,是让他参加中国青年艺术剧院的考试。那时"文革"刚结束,百废待兴,首都各大院团都在招各类人才。张瑞芳对周志强说自己的艺术梦想不在银幕而在舞台。原来,张瑞芳老师成名于重庆时期的话剧舞台,也是中国青艺创建者,但因为与丈夫金山的破碎婚姻,在周恩来总理的协调下,她远离北京青艺加盟上影。青艺是张瑞芳的娘家,她希望周志强能成为青艺舞台上的演员。

为准备考试,周志强在京暂居中国儿艺的大院宿舍,有天他误入儿艺考场,被时任儿艺院长的周来一眼看中,对他说你也别去考青艺了,我们儿艺正好缺你这样的大树。一般儿童剧演员是两类,一类是矮个,主要是女演员;另一类是像周志强这样的大个头男演员,专演舞台上的孩子们的教练,或是拟人化的大树与动物。周志强就这样被儿艺"强行"给留下了。

周志强一进儿艺,就成为《马兰花》里陪孩子们欢笑的树公公,一演就是近二十年,默默无闻。那时,中国电影复苏,进入辉煌期,与他同进上影的郭凯敏、毛永明已是全国闻名的演员。

与已退休的周志强老师聊天，他聊得最多的是演出事故。影视演员回忆里难忘的都是成功，或许影视表演呈现给观众的总是最好的一条，缺陷被忽略了，而舞台剧表演是与观众面对面的、一次性的、不可复制的，更是无法掩藏与更改的，所以遗憾终生难忘。有次演《钢铁是怎样炼成的》，周志强演朱赫来，赵有亮演保尔，两人有场拳击对手戏，赵有亮忘记了假定的规范动作，被周志强一拳击中，满眼金星，接不上词，现场大乱，舞台监督赶紧关灯拉幕，一块景片落下正好砸到周志强。就在大乱过后的几分钟后，大幕拉开，两人又恢复常态继续演出。周志强介绍说还好他是赵有亮的入党介绍人，还是他的自行车的专职修理工，关系很好，否则舞台上的那一幕真说不清了。

从演员到副院长，周志强将二十多年时光献给了中国儿艺。之后他主持国家博物馆与国家大剧院两大文化工程建设，在国家话剧院院长的职位上退休，未辜负张瑞芳老师当年对他的期望。2012年张瑞芳老师辞世，当时他正在延安学习，不能奔丧，只能于千里之外寄哀思。

她救活了苏剧

徐大姐向我推荐苏剧《国鼎魂》时说，香港汪明荃女士追到上海观摩了这出戏。2019年5月，我从香港回南京，恰逢该剧参加江苏戏曲名作高校巡演，我就追戏到校园。

戏是要追的。有别于影视可复制的工业化传播，戏曲是现场手工化人本传播，何况是失传多年的苏剧。中国剧场艺术最繁荣的20世纪80年代，我在老家看过苏州的苏剧，还有镇江丹阳的丹剧，后来这些江苏地方剧种都随着娱乐工业化时代的来临而消亡。

《国鼎魂》讲述的是苏州收藏世家"贵潘"传人潘达于的女性史诗，此剧围绕潘家所藏的大盂鼎、大克鼎的时代运转，女性传奇视角舒展的却是"文运同国运相牵、文脉同国脉相连"的家国宏大叙事。编剧李莉尊重戏曲演员唱腔展现空间，在叙事与传情中，将人民性、历史观与女性主义进行了当代融合。导演杨小青将人物丰富的内心世界，分化为潘达于的青、中、老年三代形象上，用结构解决了全剧的节奏。主演王芳女士的表演显示了大青衣的非凡魅力，赢得了大学生观众阵阵掌声。

演出结束后，去后台拜访王老师，我说刚从香港回来，她说她香港最熟的电影人是杨凡，我说回南京前正好在香港与杨导小聚，我把那天的合影给王芳女士看，她指着照片上杨导的围巾笑道："这条豹纹围巾，杨导都戴了好多年，他一直喜欢这款。"

2001年，杨凡在苏州拍摄故事片《游园惊梦》，请苏州昆剧院协助拍摄，他因此成为苏昆戏迷。后来，杨凡为张继青《痴梦》拍摄戏曲电影再度来到苏昆，在排练场看到王芳在排练《紫钗记》，印象深刻。回到香港，杨凡导演难以忘怀王芳的霍小玉，便将她《折柳阳关》一折拍成电影，与张继青的《痴梦》组成一部半剧情、半纪录的戏曲长片《凤冠情事》，该片入围威尼斯国际影展，轰动欧洲影坛。王芳说那年因身体不适，未去威尼斯参加首映，次年春天倒是去了香港出席了该片放映活动，还去了杨凡家做客。前不久，杨凡在新近执导的动画片中使用了王芳的一段昆曲念白，还特意致电她，以征得其授权。

2019年3月，王芳到香港演出昆曲《白兔记》时，与汪明荃一见如故，汪老师得知她将演苏剧新戏《国鼎魂》后，就相约5月去上海千里追戏。

那天，王老师还给我补了一课。她介绍，苏剧与昆曲是相依偎的姐妹艺术。20世纪40年代，越剧盛行市场，昆曲已无人问津，苏剧是昆曲的当代通俗版，将昆曲进行了当代化改良，受到江浙沪地区观众欢迎。那时的昆曲演员都靠演出苏剧而有了收入才活了下来，当年苏州昆曲叫"苏昆"、浙江则叫"昆苏"剧团，直到20世纪50年代昆曲《十五贯》得到国家的肯定，昆曲才在国家支持下得以复苏。一出戏救活了一个剧种，昆曲也与京剧成为中国戏曲的领军剧种，但曾经救活了昆曲传统艺人的苏剧，却被时代淹埋了。

2016年，昆曲传承艺术家王芳得到江苏省委宣传部的支持，苏剧传习保护中心在苏州成立，在此排演新戏，苏剧重现芳华。

帆姐的叮咛

2017年，北京人民艺术剧院话剧《阮玲玉》再次公演，这是该剧1994年首演以来的第二次复排，扮演阮玲玉的依然是人艺演员徐帆。

1992年，香港电影《阮玲玉》获得柏林国际电影节大奖，时值内地改革开放，文化新潮复苏，对民国文化的关照也进入内地文艺创作视野。擅长创作《茶馆》《龙须沟》等京味大戏的北京人艺，则于两年后创作排演了《阮玲玉》，编剧是曾任北京人艺院长的刘锦云，导演是林兆华、任鸣，扮演阮玲玉的则是刚从中央戏剧学院毕业不久的徐帆，与徐帆配戏的还有谭宗尧、濮存昕、梁冠华、杨立新、唐烨等人艺三代演员。当年该剧轰动京城，二十七岁的徐帆一举成名，奠定了她如今北京人艺首席青衣的地位，更成为中国戏剧梅花奖最年轻的获奖者。

徐帆出生在武汉的戏曲之家，父母都是楚剧演员，她不顾父母反对报考湖北戏校，打下京剧童子功，后考入中戏表演系，毕业后成为人艺演员，并与葛优主演电影《大撒把》，是影视圈最瞩目的新秀。话剧《阮玲玉》则充分展示了她的表演功力，剧中大段独白，首演时台上台下泪眼对泪眼，感动无数观众，其中就有当时还是电视剧导演的冯小刚。

2013年《阮玲玉》首次复排时，谭宗尧已去世十五年，其他演员已成人艺栋梁，唯一在舞台上陪伴徐帆的只有濮存昕。而此时，徐帆已是冯小刚的夫人。冯导早期影视代表作《一地鸡毛》《情殇》《永失我爱》中的女主角都是徐帆，两人因戏结缘，直到1999年9月才喜结连理。

爱屋及乌，阮玲玉也成为冯导追随的话题。2001年，香港电影《阮玲玉》的导演在京拍片，冯导得知后，在亚运村八先生涮肉馆宴请，安排徐帆与香港导演畅聊阮玲玉。那天是2月14日，艺术探讨成为徐帆与小刚这对伉俪的节日礼物。

我先相识徐帆弟弟徐驰，徐驰学美术，寡言，与父母同住，正好与我家是邻居，徐家父母的温善给我留下深刻印象。徐驰近年在画坛有所建树，2018年1月在深圳开画展时，徐帆带着女儿去给舅舅打气。

相识多年，首次与徐帆大姐欢聚还是2016年圣诞夜。我去海口探班冯导的《芳华》，冯导留我与他家人共进晚餐。和冯导一起工作时，我不敢喝酒，那晚过节，便陪他多喝了几杯，席间也敬了帆姐的酒，加了她的微信。次日中午，接到帆姐电话，邀我去她家来喝点粥或蜂蜜水，我说我吃过午餐了，她说昨晚你喝酒了，等会儿又要赶长途飞机，别把胃累坏了。她的叮咛，让我突然意识到昨晚我真的喝大了。

濮哥的课堂

徐帆重回舞台演出《阮玲玉》，首版演员中，陪伴她的只剩下濮存昕。

2003年，在话剧以及影视表演上已有建树的濮存昕，被任命为北京人艺副院长，上任四个月后，他即提交辞职信，表示他只是演员。2007年，他借新院长上任之际，再次提出辞职，表示："让演员介入管理，真的不行，演员强调个性，但做领导就要将个性隐去，代之以大局观与服务性，这是矛盾。"多次辞职，均未被批复，直到2017年，他如愿以偿，卸任了人艺副院长。

在出任人艺副院长的十三年，濮存昕坚持每年在剧院演出一百场话剧，作为他担任"不称职"副院长的补偿，其实这也是他为剧院其他演员树立的榜样。因为这十三年，是中国影视飞速发展的黄金期，戏剧院校毕业的学生很少愿意留在舞台上演话剧，话剧演员收入是最低的。为了自己定的百场演出，濮存昕放弃了众多影视剧的邀请，有时甘愿在人艺舞台上演配角。

2013年年初，人艺话剧《天之骄子》复排，该剧是濮存昕父亲苏民的导演作品。1995年首演时濮存昕演男主角曹植，复排时他给剧院年轻演员当配角演曹操。时隔十八年，他从儿子演到了父亲。看该剧彩排时我去后台探望濮老师，他在化妆室给自己定的造型与化妆，那时，他的女儿刚出嫁，他说女婿一直叫他濮老师改不了口，他感慨当名人当得连要个岳父的称呼都不易了。在人艺同行中，在北京记者圈，濮存昕被称为"濮哥"，不管他的职务与辈分怎么变，这个称呼不变。

2021年1月,正在南京演出的濮哥参加了江苏大学生戏剧展演的颁奖仪式,面对江苏的大学生们,他说了五分钟寄语,阐述了戏剧对人的素质赋能。他说他读完六年小学后就没再上过学,直接下乡当了知青,"到今天,我的教养都是因为自己从事的艺术,念过的台词、演过的各种各样的角色,让自己有点成熟了。虽然今年已经六十七岁,但就当青春未曾走远,我一直在戏剧中间,永远年轻。我特别愿意表达热情,表达我的感受。我今晚还得演出,现在来到大学生中间,我感觉接了点气,今晚会演得更好"!

这位坚持舞台演出的中国剧协主席,成为我申请加入中国剧协的推荐人。濮哥在我的会员申报表上这样填写他的单位及职务:北京人艺退休。

人艺女导演

多年前就听说唐烨导演夫妇在北京金融街采风，创作反映金融骄子浮沉的话剧。2019年冬天，接到唐导邀请，她的新戏《红马甲》首演，我以为是说类似火车站搬运义工的故事，唐导说"红马甲"是20世纪90年代初期，中国证券交易所早期工作人员的代称，那时未进入数字化交易，此戏就是多年前着手酝酿的那部金融现实题材。

编剧张民是唐导丈夫，二人都是北京人，唐烨是北京人艺目前在编的唯一女导演。北京人艺是抒写北京人命运交响的创作高地，从《茶馆》《龙须沟》到《天下第一楼》《窝头会馆》《古玩》，人艺的京味话剧都离不开吃喝与古玩。近年现实主义题材总脱不了城区拆迁带来巨变的套路，或将城市土地买卖作为全剧戏剧核心，相对口碑不错的《甲子园》也未能免俗。

《红马甲》却是有别于这种创作惯性或套路的突破，看似是金融行业戏，以北京前门首家证券交易所为背景，其实说的还是北京市民近三十年的生活变迁。这个变迁的主角不再是拆房子卖地，而是人心，在金钱与财富面前的沧海桑田。编剧在建构眼镜儿、葫芦、大狗这三位金融弄潮儿的同时，成功白描了李姐、马三儿、傻子、二勇等街坊群像，他们的北京胡同俚语方言，与证券金融的都市风情，形成巨大反差，也给予金融行业戏更为落地钻心的深远空间。唐烨在此戏导演调度上已趋成熟，玥玥的两次歌唱、广场舞大妈转场处理得很妙，都在展现时代上紧扣了人物刻画与戏剧叙事。

人艺导演有接班传承的传统，唐烨师从濮存昕父亲苏民导演那里，传承了《蔡文姬》《李白》等人艺经典，更与任鸣院长联合导演了《甲子园》等新创作品。她早年是人艺演员，在20世纪90年代的人艺舞台上留下了芳华。后来，她离开演员队伍转向创作，跟着苏民导演学习经典，一部戏一部戏走到今天，成为这座剧院女性创作者的代表。

工作空余，她还活跃在影视配音、文学演播等领域，参与了《唐顿庄园》等的配音。尽管她在人艺已经不登台演出了，但她与人艺首都剧场的观众却场场见面，因为首都剧场每晚演出前的观演提示，是唐烨的播报："亲爱的观众朋友们，欢迎您来到首都剧场，演出马上就要开始了！请您对号入座，如果您需要帮助，请于场内服务人员联系……"以此独特的方式，唐烨与这座剧院的观众每天相依。

岁岁年年蒋雯丽

1994年香港电影《年年有今日》中，梁家辉饰演的已婚白领钟有诚，于1964年因台风在大屿山邂逅袁咏仪扮演的未婚少女蕙心，二人展开跨越三十年的情感传奇，他们每年都在大屿山相聚一夜情，见证了彼此长情，也掠过了港岛变迁。这部港片改编自美国百老汇名剧《明年此时》，该剧首演于1975年，获得托尼奖等戏剧大奖，三年后被搬上银幕，同名电影又横扫奥斯卡等奖，女主演Ellen Burstyn因此剧与电影先后获得戏剧托尼奖、电影金球奖的最佳女主角。

北京央华戏剧将这部盛演四十多年的美国名剧搬上了话剧舞台，还邀请了俄罗斯著名导演尤里来执导，并且保留了原剧的美国情境：1951年美国加州海滨旅馆，一对男女邂逅，随后看似荒唐地在每年同一天同样的地点约会，伴随其二十年的悲欢离合，映照出社会时代的变迁和道德观念的转换。该剧女主演是蒋雯丽。

陈凯歌《霸王别姬》中，蒋雯丽出演了程蝶衣的妈，虽是只有几分钟的小配角，蒋雯丽却将这位妓女不甘于命运的苦难演绎得丝丝入扣。她也因此与该片摄影师顾长卫结缘，后结为恩爱伉俪。1992年《霸王别姬》的惊鸿一瞥，让刚走出北京电影学院校门的蒋雯丽的演技得到了业界认可，但那时中国影院与国营制片厂等产业转型，中国电影产量下降，创作处于低谷，她的演技并未得到进一步施展。直到1999年，她因主演长篇电视剧《牵手》，成为中国家喻户晓的演员。

蒋雯丽出生在安徽，父亲是工程师，母亲是铁路局话务员，家里三个姐妹。姐姐蒋文娟跟着母亲进了铁路系统工作，蒋雯丽从水利学校毕业后被分配到自来水厂，这在计划经济时代都是当地最好的单位，但蒋雯丽还是辞职考取了北京电影学院表演系。从电影《霸王别姬》中的小角色开始，后因《牵手》《中国式离婚》《金婚》等剧集成名，家喻户晓。姐姐蒋文娟也北上帮她料理经纪事务，那时已是市场经济，文娟姐的女儿随母亲到京读书，从中国传媒大学毕业后进入影视圈，她就是因电影《七月与安生》获得众多电影节荣誉的马思纯。

马思纯二十八岁获得电影节最佳女主角，蒋雯丽二十八岁时还在产量不高的中国影视界努力打拼，一家两代明星的演艺生涯，见证时代巨变。

顾长卫曾入围美国奥斯卡最佳摄影奖，顾导的电影导演处女作《孔雀》获得柏林影展评委会大奖，蒋雯丽虽未在片中出演任何角色，但一直默默在背后支持丈夫从摄影师转型。直到顾导第二部长片《立春》，她才得以主演，并一举获得意大利罗马电影节最佳女演员、中国电影金鸡奖最佳女主角等中外大奖，她在该片中的表演成为中国电影表演的教科书式表演。同时她也把中国电视剧飞天、金鹰、白玉兰等三大女主角奖全部囊括。

蒋雯丽在影视表演巅峰之际，从演员转型做导演，处女作电影《我们天上见》在韩国釜山电影节、上海国际电影节获奖。蒋文娟也转型为制片人。我与两位大姐的缘分也始于《立春》《我们天上见》。那时，中国院线市场不大，文艺片被商业片挤压，但蒋雯丽如苦行僧一般坚持去各地宣传推广。如今，她主演的话剧《明年此时》，每周末到全国各地与观众直接交流，似当年高山流水遇知音。

话剧三人行

电影是导演的文本，经典电影大多以导演作品著称，如谢晋电影、王家卫电影。歌剧是作曲家的文本，如威尔第歌剧、比才歌剧、莫扎特歌剧。名传千古的话剧，则是剧作家的文本，如莎士比亚话剧、曹禺话剧、老舍话剧。近年，话剧则形成了导演文本，田沁鑫话剧、孟京辉话剧等，品牌核心则是导演，形成此现象，一是受当代欧洲现代观念的影响，二是导演品牌建设的自觉。

2019年在南京看了孟京辉导演老舍名剧《茶馆》，开演前，孟导来到台前报幕，给观众介绍了这出戏的原著背景，短短几句，未必有多少干货，但让观众加深了对导演的印象。这种导演报幕在话剧界很鲜见，可孟导在七八年前就开始这样坚持了。

2012年我在杭州看过他执导的改编自余华小说的《活着》，一票难求，过了开场点还不开场，孟导突然出现在舞台上，那时他的辨识度确实不如当晚主演的黄渤与袁泉，但他很沉着地自我介绍："哦，都来了，我是这出戏的导演，孟京辉！"台下几乎没有掌声，很多观众以为后台出了什么事故，导演上台对观众致歉，剧场顿时安静下来。面对冷场，孟导点点头，顽强地继续说："我们这出戏时间比较长，没有中场休息，希望大家和我们度过一个美好而难忘的夜晚。"

南京那晚与杭州那年不同的是：孟导的知名度今非昔比，如今他一登台，掌声就响遍全场。

田沁鑫导演不报幕，多年前，她爱穿着宽大朴素的棉麻布衣，一般在开场前十多分钟就来到观众席转，她与相识或不相识的观众点头致意，她那平实温暖的目光里有种为创作耗尽全部精力的虚脱，令人心疼并平生敬意。她在剧场里从单号转到双号，最后她随便一落座，让周围观众受宠若惊后，台上演出这才正式开始。

幕前只是秀场，作品才是导演立名的根本。

在南京探班话剧《浮士德》，是在该剧2020年首演前夜。制作人与投资人雷婷，带着五岁女儿在南京已奋战数日，彩排中场休息时，她把女儿送回酒店。

认识雷婷已有十八年了，那时我在报社，被邀参加张一白导演处女作《开往春天的地铁》内部试片，我说了几句充分肯定、殷切期望的话，负责宣传的雷婷兴奋得告诉投资人刘奋斗。看到我的报道，雷婷短信说要感谢，送个礼物给我，我说别客气。偶尔碰面，她说哎呀，那个礼物又忘带了。我俩的友情就在这持续遗忘中从短信时代走到了微信时代，牢固不朽。转眼她结婚生女，她女儿刚学会走路时，我们见过一面，我们约在公园里，娃娃在阳光下蹒跚学步，人之初的朴拙带给我们的欢喜，让冬日暖阳更加温暖。

雷婷出生于戏剧世家，外婆是中国著名话剧表演艺术家沙漠，九十五岁高龄还登台演了话剧《裁缝》。雷婷从中央戏剧学院毕业后进了中国国家话剧院成为职业编剧，话剧低谷时，她的同学纷纷转行影视，她在剧院坚持至今。田沁鑫导演出任国话领导时，曾疼爱地拉着她的手说："相信话剧人将不再清贫！"雷婷的生活其实未有物质困扰，稳定的家庭后盾使得她今天成为话剧《浮士德》的投资人与制作人。

《浮士德》曾被林兆华导演等先后搬上中国舞台，雷婷邀请了立陶宛国宝导演里马斯·图米纳斯执导华语版，他希望这出戏演员表演有幽默。但幽默怎么出来，雷婷说演员要有人自身的自信、要有表演的自信。廖凡就是这样的演员，他饰演的魔鬼墨菲斯特游刃有余，与饰演浮士德的尹铸胜形成一张一弛的表演节奏。该剧结束南京首演后，将赴西安、杭州、无锡与北京巡演，巡演路上，雷婷依然与女儿相伴、与歌德的灵魂依偎。

鲁豫和鲁玉

我是凤凰卫视最早的观众,在20世纪90年代中期,我姐夫的父亲是南京某研究所的领导,当年效益好的大单位都有闭路有线电视,姐夫家就有,能看到凤凰卫视、凤凰电影台等海外频道,关键研究所宿舍冬天还有水暖气。后来提到那个大院,是和《蒋公的面子》编剧温方伊,她说她家就住南京某研究所宿舍大院,我说没准儿你小时候我就见过你。

看鲁豫节目,就是在凤凰台,我一直以为她是香港人或台湾人,20世纪90年代媒体没那么发达与八卦。到了北京后,《鲁豫有约》火的时候,我已离开媒体做影视,没采访过她,一直觉得她是挺睿智的人。但网上时不时冒出调侃她的段子,最典型的就是采访精神病医生那个。

与她面对面相识,是在两三年前冬天,三里屯莎莎餐厅,没有窗子的包厢,根儿姐组的局,鲁豫在其中,我仔细看了看她,发现没传说中的那么邪乎,人长得很匀称。那么瘦小,在节目里能量却那么大。那天,我特想问她网上调侃她的段子是不是真的,但人多眼杂,就不冒傻气了。我主动加了她微信,开始见字如面。

鲁豫的朋友圈是感性的,我发现我和她有很多共同朋友,她点赞点评,是愿意表达的人,我比较愿意亲近这样的人。因我在《大公报》开专栏,爱在朋友圈里打草稿发剧评、影评,她挺关注,有好戏,我就推荐给她,也帮她找过票,我们就隔空成了戏友。在网上疯传她与某某某绯闻时,我差点就要和她求证,后来想想还是算了。

见字如面两三年吧，再见面还是在去年的厦门金鸡奖上。一位老乡组织电影编剧论坛，也不是中国影协的官方活动，资历老的大编剧全因疫情在海外，我说你们请个大主持人来增个辉吧，鲁豫不错，她爱看电影，你们试试请请看。没想到，鲁豫答应来了。

这些年，中国电影论坛上的发言加起来估计比国产片的台词都还长，中国电影界特爱搞论坛，我参加的论坛很多，但遇见鲁豫这样有准备的论坛主持人不多。她的开场与串词，显然是做了功课的。听说她之前已与胡坤、赵君瑞等嘉宾加了微信做了沟通。我是知道的，起码近二十年的电影论坛主持人，都没像鲁豫这样备课的。我认为她是做事认真的人。

参加完厦门论坛，我建议鲁豫进军电影界，把中国电影论坛好好激荡一下，荡起一股春风！我们曾相约去年年底在京面聊，后来酒仙桥疫情让我止步北上，就在春节彼此祝福时，我又喊了口号。

春节期间，看到网上有个热帖里提到鲁豫的艺术人生，算是帮我补了课，我才知道当年我印象深刻的央视《艺苑风景线》的主持人就是鲁豫。这个节目开播时我大学刚毕业，还是《综艺大观》黄金时代，这个新节目的主持人叫"鲁玉"，但后来这节目就被广播说唱团拿去了，换成了赵保乐大哥，美学风格大逆转，我就不看了。也就前天，鲁豫在我朋友圈留言，我说哎呀，我刚知道你当年主持过《艺苑风景线》，我国功勋剧作家胡坤老师看到我们对话，就挤兑我太不会聊天了，鲁豫替我解围说，一看就是剧本写完了，出关了。我知道鲁豫想说的潜台词是，刚出关的人都会冒着傻气，比较没心没肺。

后来，我问鲁豫，《艺苑风景线》里怎么你叫"鲁玉"，她说因为当年编辑打字幕，觉得"豫"字难写，就改成"玉"了。我心想，就是这一个"玉"字,让我没把"鲁玉"和"鲁豫"想成一个人。我问她有没有当年的剧照,她说她手机里没有,估计她妈妈那里有。

春节,我姐回那个研究所大院,我姐夫父母还住在那里,那座20世纪80年代建的五层宿舍楼至今无法加装电梯,供暖早就停了,当然,研究所的闭路电视早就是全省有线网了,凤凰卫视也不是热门频道了。

那个年代走远了,但生活还在继续,我们还是要相信明天的日子。

银幕舞男尹昉

20世纪70年代德国舞蹈剧场女神皮娜·鲍什以《穆勒咖啡屋》震惊世界，皮娜·鲍什带着《穆勒咖啡馆》来到北京演出已是2007年，那场演出震撼与启发了一批中国青年舞蹈艺术家，其中包括当年已脱离舞蹈行业的尹昉。

那年，尹昉刚从北京师范大学毕业，在某演艺公司从事幕后管理工作近一年，皮娜·鲍什的表演，重新燃起他对舞蹈的热情和追求，他辞去了稳定工作，作为建团舞者加入北京当代芭蕾舞团，开始职业舞者生涯。

尹昉1986年出生在长沙，十一岁便来到北京学习芭蕾，后考取北师大舞蹈学本科专业，同时获得工商管理双学位。他的求学与舞蹈的青春时光遭遇父母离异、母亲离世，尹昉眼中有少有的深邃，他的沉郁又被他未消的纯真瞬间淹没。在历经六年舞台生涯后，他被摇滚音乐家崔健选中，主演了崔健导演的电影《蓝色骨头》后，成为影视界垂青的明星，他主演的《路过未来》《少年的你》先后入围戛纳、柏林电影节，成为文艺片导演偏爱的演员。

在北京看演出常遇到尹昉，在人艺看话剧就碰到过几次。真到面对面相识，还是他刚拍完许鞍华导演的《第一炉香》回京。当他看到小说《舞男》封面时说："这不就是我吗？"那封面是速写白描的少年头像的叠影，确与他神似。

舞蹈是无声表演艺术，舞者内心藏有千帆沧海，方能让肢体燃烧出动人的灿烂花火。尹昉深知文学、电影甚至旅行的积累是舞者的宝藏。尽管已是电影演员,但他依然坚持舞蹈表演。在北京国际芭蕾舞比赛开幕式上,尹昉编舞并邀请荷兰舞蹈剧场艺术家吴孟珂演出了《混沌》,如潮好评更是对他坚持舞蹈的肯定。

2020年春天的远足,他消失在朋友圈。直到他千山万水归来,大家才放了心。他是那种让朋友不时牵挂,其实又可以安心放手的人。

前不久看《第一炉香》,看到尹昉饰演的卢兆麟出场,与俞飞鸿的梁太在花园唱诗班初见那段,许鞍华拍出了暧昧的味道,令人忍俊不禁。尹昉演出了原著与编剧未着笔墨的少男羞涩,让那段不伦之情平添一份诗意,那种抽离道德俯视的宽容,来自演员本色魅力对文学形象与电影角色的二度创作,这份观感可能也是对演员熟悉的亲朋的私人感受。看完影片,给尹昉微信发了个大笑的表情包,他回我反问道:"是刚看了《第一炉香》吗?"

王佳俊的红舞鞋

与尹昉从小离乡北上的舞蹈之路不同，上海歌舞团首席演员王佳俊则在家门口跳了二十四年的舞蹈。他十岁进上海舞蹈学校到毕业进团，从给歌星伴舞到获得"上海工匠"中唯一的舞蹈演员的荣誉，假如没有舞剧《永不消逝的电波》的全国影响力，这位国家一级演员与他主演的多部舞剧都会被大众忽视与淡忘。

见到王佳俊是在2019年秋，看完舞剧《永不消逝的电波》后，发现他个头比舞台上更为高大。我说昨晚与陈少华团长一起看的演出，他说陈团长每场必看，到外地巡演分两组主演阵容，无演出的演员都要在剧场看演出，看完要提不足，舞台剧每场演出都是新的。陈团长是该剧的艺术总监，他邀请了北京的韩真、周莉亚两位"80后"女导演执导该剧，去年年底首演后获得盛誉，获得中央宣传部五个一工程奖、中国文华奖两项大奖，引发全国观剧热潮，一票难求。

王佳俊说陈团长是其学艺老师，他跟随师父一起学习与演出的时间，超过了他与自己父母相处的时间。师徒传承，但王佳俊直到三十而立才成为台柱，主演的舞剧《朱鹮》先后出访美国、日本等国，2019年秋仍再度赴日本巡演。

舞蹈、杂技与中国戏曲演员等，都有必须从小训练累积的童子功，豆蔻年华基本与汗水相伴。舞蹈专业练成后，未必能有舞台高光时刻，因为舞剧是舞台艺术小众品种，产量极低，各种演出中的伴舞成为舞蹈演员工作的常态，所以，舞蹈演员学成转行影视演员的居多，章子怡、尹昉都是相对幸运者。

王佳俊则固守上海舞台，住歌舞团宿舍，以团为家，每场演出收入不高，舞蹈成为其最大财富，他更安于在每一个台上起舞的日子，这份单纯与单调让他眼中依然有豆蔻年华的清澈，塑造《永不消逝的电波》中的李侠，这算是上天给予他的福报。表演艺术家孙道临扮演的同名电影中的李侠，曾在中国家喻户晓，但对年轻观众而言却是陌生的。王佳俊说观众看到剧中《渔光曲》都以为是电影《归来》的插曲，其实此歌早在八十五年前就被传唱，这出舞剧在年轻观众中普及的不仅是英雄传奇。

　　那天见面，王佳俊地铁往返，平凡于人海，芳华留舞台，乃舞者本色。

青春梦

2019年深秋，在广州遇到王翰涛，他担任国际儿童影展创投的主持人，我对他说："我是看着你主持的音乐电视节目长大的。"

翰涛比我年轻好几岁，我们大学毕业正值中国原创流行乐崛起的20世纪90年代，我在南京媒体工作，策划组织了中国歌坛著名的《光荣与梦想》演唱会，而翰涛在杭州做电台音乐节目主持，我们有很多乐坛的共同朋友，比如浙江著名乐评人彭激扬。

20世纪90年代，广州与北京是原创流行乐两大中心。我首次坐飞机就是从南京飞广州，追随太平洋、新时代、白天鹅等唱片公司的企宣与歌手，下榻的就是广州的花园酒店，接待我的是广州卜通一百歌厅的老板陈凯先生，在卜通驻唱的黄晓霞却始终沉寂，直到二十年后，她参加湖南卫视《我是歌手》一夜成名时，她的名字已改成了黄绮珊。当年从岭南乐坛出道成全国大歌星的都是外省歌手，广东本省歌手廖百威、麦子杰则至今未能如愿。

二十年前，广东改革开放前沿影响力渐弱，广州的外省歌手纷纷北归、定居北京，翰涛也从杭州辞职到京北漂，加盟音乐电视台中国部任主持人，其总部在广州，故广州也成了他工作的第二中心。几乎与他同时，我也北上，不同的是，我彻底与流行乐绝缘，一头扎进了那时方兴未艾的影视界。

如今，翰涛也已从事影视多年，流行乐真成了青春的代言。我们感慨，二十多年前，京广两地满大街都是写歌打榜、出唱片专辑的文艺青年，现在，全国都是找剧本、投资拍电影电视剧的追梦人。我与翰涛自嘲说："咱俩倒是一直在青春梦的大潮中。"

广州活动结束,我飞南京、翰涛飞杭州,都是因为亲情而折回二十年前决意离开的故园。

如今,杭州成为明星直播带货的平台中心,一批当年翰涛采访过的歌手纷纷飞到杭州,加入到这一新兴产业中。这批20世纪90年代全国知名歌手中,善于语言表达的,如今在直播产业蓝海中遨游,把《爱情鸟》在1994年唱红的林依轮是其中代表。林依轮祖籍北京,20世纪90年代初广州是内地改革前沿,他南下成为广州歌坛主力,他当年首次亮相南京演唱会,被观众追捧不让他下台,而紧接他上场的是那时已家喻户晓的那英,观众掌声把那英堵在了台口。

内地唱片业转向低谷、互联网飞速发展、文化演出市场的开放,使内地华语原创音乐不再一统神州。外型高大俊朗的林依轮成为影视舞台剧的新宠,或许他未有太多表演天赋,但却是最为努力的演员。有次在上海拍片,演醉酒的戏,他竟然真的喝下一斤白酒,导致胃出血却浑然不知。央视请他去主持美食电视节目,这燃起了他少年时的梦,他不仅胜任主持人工作,还出版了不少美食书籍。

已是两位男孩父亲的林依轮创立的餐饮品牌"饭爷",已是网红食品名牌。每天到工厂监督生产、查看业绩,参与直播销售,已成为他的日常。创业,让他仿佛回到了二十年前踏上南下列车闯天下的年少时光。

带货的直播间里,每日新货伴随的是当年的流行歌,青春梦依旧。

毛阿敏的灯塔

1988年是龙年，我那年考入南京大学，背着行李走到十一舍三楼，映入眼帘的是五个漂亮的行书大字：相聚在龙年。这是龙年春晚上韦唯唱的一首歌的歌名。九月新生开学典礼后，招待八八级新生的电影是北京电影制片厂拍摄的《疯狂歌女》，主演是春晚上把《思念》唱红的毛阿敏，片头上她的名字占据了整个银幕，这部电影当时尚未公映，学校是让我们新生先睹为快，这是一部关于歌声、性与谎言的电影，床戏尺度颇大，纯洁的女歌手受到了凌辱，看得我们这些刚成年大学生的荷尔蒙充满了为妇女解放而奋斗终身的崇高正义。

后来这部电影赢得当年最高观影人次，按现在的话说就是最高票房，毛阿敏人气如日中天。毛阿敏就在南京城外卫岗的前线歌舞团，那时南京牛奶厂就在卫岗。到了大三大四，课少，我常组织校园歌星大奖赛，就说请毛阿敏来南大做评委吧，南大毕竟是校园，象牙塔嘛，不能等同于南京，她要是愿意来，肯定也不会向我们穷学生要什么出场费的。我把大家说得很兴奋。那时，她已离开卫岗，成了总政歌舞团歌唱演员。

有天，听说她要到丹阳演出，我就带着广播台的同学去了丹阳，赶到丹阳县委招待所时天都黑了。刚唱完开场的郁钧剑老师回到招待所，慈祥地接待了我们，他严肃并意味深长地说要请阿敏去南京啊！他见我们无动于衷，依然沉浸在必请毛阿敏到南大的梦想中，于是他双手一挥，说别等了，我给你们签个名你们赶紧回南京吧，说着就主动给我们签了名题了字：祝南大校园十大歌星圆满成功。

与毛阿敏面对面，应该是1996年夏天，她在南京做了一场颁奖演出，主办方去北京邀请的她，她再到南京演出，离开南京后，她就出国了，暂停了四年演艺工作。在海外游学时，历经丧亲之痛的跌宕人生，这使她复出后的歌声更为醇厚。

那年一别，她记住了我当年的手机号，直到1998年9月，我接到北京的一个电话，电话那头传来一声沉稳的问候："我是谷建芬，是阿敏给的我你的号码。"谷老师家，成为我北漂第一天落脚的地方。

与毛阿敏重逢在北京，已是新千禧年，她普及了又一个新词"腰椎间盘突出"，这个在海外缠绕她的病症，终于在301医院得以治疗。在病房，我得知这个病并不是歌声突出的高个明星独有，是人到中年后的病症之一。后来我在报社写蔡国庆老师带着腰椎间盘突出病痛坚持春晚彩排的新闻时，直接把他写成坐着轮椅上台了，蔡老师对我说你怎么这么了解这病，我还没到坐轮椅那一步呢。

毛阿敏漂泊半生，归来仍在台中央，专注于歌唱，偶尔在崔健《蓝色骨头》、顾长卫《微爱之渐入佳境》等影片中露个脸，后来才知道，都是老友与新邻的情谊。

2016年我与她相遇在北京机场，她赴东京，我回香港，我俩已近十五年未谋面，她依然把我认出。过了安检到了休息室，她与丈夫报平安，她是两个孩子的妈妈，微信视频时提醒丈夫：周围有朋友，说话注意点。安定与幸福，已在其举手投足间。

2017年跨年夜，她在家乡上海举办了个人演唱会，按1980、1990、2000三个年代成三个单元，展现她的成名曲同时，也回顾了内地歌坛的三个年代。《小城故事》《跟着感觉走》《冬天里的一把火》，她们这代歌手最早其实都是翻唱这些港台流行曲，那时两岸三地音像版权市场仍未开放。直到20世纪80年代末，她才有了《思念》《渴望》等属于自己的成名曲，内地歌坛开启了原创黄金时代。她演唱了电视剧《封神榜》主题歌《神的传说》，这首歌除了她的女声版本外，还有香港谭咏麟的男声版本，而谭校长也是红遍内地的首位香港歌手。那时，北京举办亚运会后，各地开建高楼场馆，也是一个造神时代的开始，物质财富成为内地百姓最大的神。《同一首歌》其实是北京亚运会的宣传歌曲，毛阿敏不是首唱，首唱是男声，香港歌星甄妮与北京歌手杭天琪曾在春节晚会上以二重唱形式演绎此歌，都没影响力，直到毛阿敏独唱并将此歌拍成和平主题的音乐电视，这首歌才风靡全国流传至今。她多次将别人的歌唱成自己的经典，这得益于她将自己丰富的人生阅历与情感投射到歌词的体味与表达中，加上她娴熟的演唱技巧，使得一首首老歌在她的演唱中焕发新生。她的《天之大》歌咏母爱，后被台湾歌手费玉清翻唱。她出道时翻唱港台名曲，如今代表作又被港台歌手翻唱，这期间毛阿敏走过了四十年时光。

2017年春寒料峭，我们在北京围炉下午茶，在她家附近的郊区，那天风很大，已是春风却寒冷，在她的画室，没有暖气，真的就是围着一电炉，聊透了三十年歌坛风云、二十年影视风雨。她给我看了孙青等老友的照片，都是匆匆那年。那年春晚，她和张杰唱了《满城烟花》，能唱到现在，还是靠艺术修养、职业修养与江湖修养。她说为了照顾孩子基本出不了北京，在画室学画画，等孩子们放学，她说窗外的农田马上会打理得越来越好，就等春风一暖。

后来，我们在香港聚过。我问她怎么到了香港，她说儿子在香港读书，她来伴读，雁南飞了。我问住哪个地铁站附近，她说住乡下没地铁，让我到城市广场等她，她开车去接我。她开着辆小保姆车把我接上，在人潮拥挤的铜锣湾穿行，有点碟中谍的味道。很快到了她家，我说以后我可以从铜锣湾坐中巴来，她说这不第一次认门嘛，怕把你弄丢了，那怎么向中国电影界交代。

到她家时，已是晚上，听说我还没吃晚饭，她就让保姆蒸了俩包子端上来，一看是蟹黄大肉包，还有镇江香醋，我说："天哪，这包子在香港得卖两百港币一个吧。"她大声道："拿一千块都买不到，亲戚从上海做好了带过来的，千金难买乡情啊。"

我们边吃边聊，就近期文艺界形势交换了意见。她连说带笑，那爽朗的笑声，把海上月色打亮。

"是什么力量让我们坚强，是什么离去让我们悲伤，是什么付出让我们坦荡，是什么结束让我们成长；是什么誓言让我们幻想，是什么距离让我们守望，是什么欲望让我们疯狂，是什么风雨让我们流浪……"

她歌唱，因为她悲伤。善良与豁达，是毛阿敏心中的灯塔，划破浓雾，让她披星戴月的一次次别离都铭心刻骨。

黑豹的枸杞保温杯

"人潮人海里我又看到了你，保温杯里泡着的枸杞"，这是网友改写的黑豹乐队名曲《无地自容》的歌词，用来调侃原黑豹乐队鼓手赵明义。最近，他被一位摄影师遇见，摄影师在网上发了句感慨："不可想象啊！当年铁汉一般的男人，如今端着保温杯向我走来。"赵明义迅速反应，在网上发了张自己低头凝视保温杯的照片，一夜走红。从保温杯中看中年危机，看青春易逝，看摇滚已死，点燃了网民的狂欢，淘宝网上迅速推出了赵明义版保温杯。

黑豹乐队是近三十年前崛起于北京的摇滚乐先锋，是当年理想主义叛逆精神的音乐代表之一，是中国经济社会转型在音乐文化上的映射。那时，我大学刚毕业，在《让我欢喜让我忧》港台情歌围剿中，黑豹音乐似清泉喷涌而出。在那首主打歌的MV中，还留下了电影演员咏梅的年轻身影，那时她是对外经贸大学的代培大专生，毕业后应该回内蒙原籍。因为被选中拍MV进入文艺圈，就放弃了老家稳定的事业单位，成了北漂，与黑豹乐队成员栾树结为夫妻。当栾树经营马场时，咏梅从《悬崖》到《地久天长》，成为首位在柏林国际电影节获最佳女主角奖的内地女演员。

当市场经济确立后，大众娱乐成为主流，"一无所有"的摇滚乐呐喊便成为一只历史琥珀，当年愤怒的音乐青年们如今已知天命。

认识赵明义，是因为我在微信朋友圈里老看到他被友人调侃的图片，加了他微信后，才发现他原是黑豹乐队鼓手，但前后判若两人。赵老师常往返于北京与洛杉矶，陪孩子读书。近年他与黑豹乐队老成员们常常去各地演出，音乐甚至影视活动依然频繁。而与他同代的张楚、窦唯、何勇等却归于沉寂，远离音乐了。

保温杯里装着一种安定生活的心态，与年少轻狂的不安分的摇滚乐，形成反差，大家对岁月弄人的感慨转化为消费动力。如今，老年版的黑豹演唱会在全国各地也是一票难求。

李谷一处变不惊

李谷一老师荣获了中国改革先锋称号,是百名先锋中唯一的歌唱家,"讴歌改革开放"成为其表彰词。

李老师早在二十岁时就主演了湖南花鼓戏电影《补锅》,扮演追求自由恋爱的女儿兰英,与街头补锅匠相爱,两人用智慧让兰英妈放下了偏见。俏丽的李谷一从此脱颖而出,她从沈湘、郭淑珍、高玉倩等名师处广采博学,从湖南花鼓戏剧院调入北京中央乐团成为独唱演员。1978年以后中国电影繁荣,她配唱了众多电影歌曲,一首融入气声唱法的《乡恋》风靡全国。那时改革开放,中国社会各界还有诸多不适应,李谷一演唱的流行歌曲甚至被打上"精神污染"的标签,这种固化保守后来还是被大众的美学觉醒所突破,她也因此成为20世纪80年代家喻户晓的歌手,她的唱片盒带销量惊人,中国"70后"都是听着她的歌长大的。

1984年春节联欢晚会上,李谷一演唱的《难忘今宵》,成为春晚主题歌,至今与中国百姓相伴除夕已有三十多年。在《难忘今宵》出现时,中国流行乐坛已出现多元格局,电影歌曲已不是通俗歌曲传播的主要途径。李谷一演唱的民族化、戏曲化风格更为突出,她演唱的作品也趋向民族情怀与宏大叙事,《前门情思大碗茶》《我和我的祖国》等依然风靡全国。李谷一讴歌的其实是改革开放中国百姓的情怀,明媚且亮丽。

20世纪90年代,李谷一出任东方歌舞团管理工作,她性格耿直、一身正气,培养出不少歌坛新人,安然面对时代变化,不为潮流所左右。她们这代歌手,成了20世纪90年代歌坛回顾的主力,认识李老师,就是她到南京参加各种回顾演出,压轴的总是她。有回我办了回顾与展望歌会,一批20世纪七八十年代歌唱家,与20世纪90年代当红流行歌手同台,李老师在后台看监视器里的直播,兢兢业业。

千禧年的元宵节,我与李老师曾相逢河南平顶山的一次演出,演出结束后,观众跳下体育场看台围堵演员,慌乱中我们撤回宾馆。消夜时,一位女歌唱家问李老师怎么没来吃饭,她坚持说李老师到了我们再动筷子,演出接待方这才发现李老师不见了。原来李谷一老师从露天舞台被护送到体育场休息室后,又忙着给护送她的武警签名,浑然不知大家都撤离体育场了,就一人在休息室里,安静地等大部队会合后一起撤离,没想到竟成了被遗忘的人。

别来无恙蔡红虹

1998年秋，到京北漂的第一天，我去了作曲家谷建芬老师家，她说："哦，你从南京来，你们江苏有位蔡红虹唱得很棒，可惜她就不想留在北京发展。"20世纪八九十年代是中国流行乐坛黄金期，全国各地的歌手都到北京寻求更大发展，蔡红虹却是例外，她在全国青年歌手电视大奖赛获奖并亮相过春节联欢晚会后，很早便迈入婚姻殿堂，我还应邀参加过她的婚礼。

红虹不过长我两岁，我代表南大学生会、广播台常邀请她到校园演出，她基本有求必应，一来二去我们便成了朋友，包括和她的父母。她当年的婚礼是在刚落成的南京中心大酒店举行，酒店陶总经理热爱写歌词。那年我已是大学四年级，买了人生第一套西装，参加完那场盛大婚礼后，便穿着那套西服奔波在找工作的路上。毕业后我进了一家没有文艺节目的电视台，红虹婚后生了女儿，淡出歌坛，便疏远了。

2000年冬，我在南京办过一场演唱会，邀请她演唱了两首歌，从此便杳无音讯。2019年年初，经朋友牵线才与她在微信上重逢，在南京见了一面。

与她一见面，我说我还记得你那首《不想你同样说曾经》，挺好的旋律，你应该再唱。她说不唱了，声带小结，现在参加朋友的聚会都改配乐诗朗诵了，都是推不开的人情。我们交换了十九年彼此的家长里短、儿女情长，还有彼此的星座，我说咱俩认识时都不知道什么是星座。

看了她女儿的照片，孩子已是快大学毕业的留英的金融高材生，她说女儿还单身，我说一定要帮孩子找个好对象。后来，根儿姐从日本发来消息，让我帮她给她干儿子介绍对象，我就把红虹女儿介绍过去了，没想到他俩暂无结果，他俩各自的大学同学却因此结缘成双。我在南京，根儿姐在东京，遥控了这对意外的成人之美。这就是在一次次错失中，善良与美好成就人之旅途。

那天见面，听了红虹女儿用唱吧软件录的歌，我对红虹说遗传基因是伟大的，她比你当年唱得还好。红虹姐说女儿的唱功还得磨，像自己当年能唱得好靠的是苏州评弹的童子功。我说现在数字技术都能改变歌手的音准音质，没几位歌手去磨基本功的。我说我们过时了守旧了，她莞尔，像当年她披着婚纱的一个回眸。山河故人，别来无恙。

拒绝歌唱的苏小明

改革开放后最受欢迎的军旅歌曲当属《军港之夜》，它用全新角度与风格歌咏中国海军，风靡全国，演唱者苏小明不亚于当年邓丽君在大陆的影响。她盛名之下出走法国，成为中国首批艺术专业留学生。

认识小明老师是20世纪90年代末，她已回国淡出歌坛，我为湖南综艺电视节目做策划，常邀请她去做节目嘉宾，她每次都建议我带上她的闺蜜张暴默，暴默老师也是当年唱红《鼓浪屿之波》的歌手，她俩与姜文导演是邻居，三人常去秀水街服装市场。当年此市场可以砍价交易，三人当年便有"秀水街杀手"之誉，为演艺圈好友购物拔刀相助。

这种豪情又被小明带进影视圈，为朋友电影帮忙客串，苏小明常出现在徐静蕾、姜文的电影中，即便几个镜头，也格外用心。直到在轰动全国的《奋斗》中饰演妈妈，苏老师的表演天赋才被认同，至今片约不断。改革开放三十年、四十年纪念中，她这代歌星再次被媒体热炒，她拒绝了复出演唱的所有邀请，她说每个人都有自己的时代，过了就过了，不回首。

拒绝歌唱的苏小明一直研习油画，有次著名主持人倪萍去她家，小明姐建议倪萍也学画画，可以颐养身心。几年后，倪萍中国画出师，被市场热捧，倪萍遇到小明说："现在，我的画有人出价很高，改天我画几幅给你送去。"苏小明却对倪萍打趣道："那你还是直接给我送张现金支票得了！"

到了微信时代，小明姐微信取名时想把"明"字拆开，叫"日月"，她觉得这名字气场太大，不就是白天和黑夜嘛，干脆用感冒药的名字得了，诙谐中意思全到了。于是她的闺蜜们也纷纷拆字取微信名，属狗的张暴默笑道："我的名字拆开来好玩儿：黑犬！"

我们聊起朋友圈里的微信名，说名字体现性格。比如"飞天德"，这是迪斯尼动画主角，崇拜猫王的侦探鸭子；体型偏胖的，则取名为"风吹不动的胖子"自嘲；也有用子女名字做前缀的，"某某妈妈"，母爱弥漫。

给自己取个花名，还是某些集团的企业文化，有个企业鼓励员工用喜欢的武侠人物名给自己取花名，花名甚至可以印在名片上，日常工作中，公司门牌上郭靖、杨过、黄蓉、令狐冲，都是员工们心境的一种反射。

人不可能选择自己的出生，却可以选择自己活着的方向。人的本名是父母所取，通过微信给自己取一个花名，格式化了天注定的宿命气场，强化了自我个性与价值观的认同与向往，这或许是花名文化之本质。

夜会李克勤

春节前,导演冯小刚特地到香港,与一位电影观众进行私人会面,不言疲惫。此番到港,不拍片、不出席颁奖礼,冯导难得在香港有这样的休闲时光。当晚,冯导与众友人一起K歌,他先点唱了陈奕迅的《好久不见》,献给作陪的英皇集团杨受成、欢喜集团董平等香港老友。随后,冯导点了李克勤的《红日》,说:"这歌我不会唱,但我爱听。"他把李克勤的原唱放出来,静静地享受歌中的激昂与暖意。

没过多久,李克勤就意外出现在冯小刚面前,原来是善解人意的杨受成先生把克勤给请来了。这个意外的惊喜,让冯导很激动,他对李克勤说:"我是个悲观主义者,一听到《红日》这样的歌,就忘忧了。这是我最喜欢的粤语歌之一,律动极强,歌词与旋律都特别励志。一曲终了,心头的乌云立即驱散!"

李克勤介绍,《红日》是1992年他参与的一部电视剧的主题歌,作曲是日本作曲家立川俊之。填词那天,李克勤因拍戏几天都没休息,凌晨三点多拍完戏,他就坐在TVB的停车场写,直到红日出东方。看到有的艺人才下班回家,有的艺人刚睡饱了来上班,当时他就觉得命运为什么会这样,"命运就算颠沛流离"这样的心声就跃然歌中。这首给自己打气的歌,李克勤没料到会成为自己的代表作,传唱至今,还遇到冯小刚导演这样的知音。

分别时,冯导邀请克勤来北京,他说:"我们很多电影导演会唱这首歌,我把他们都介绍给你。"次日冯导离港飞横店,出席横店剧组的年会,《红日》歌声伴随他继续奔波于江湖。

见字如面张英席

张英席十上中央电视台春节联欢晚会，这是作为歌手极大的荣誉。作为他的歌剧观众，看他上春晚不过瘾。但央视春晚节目有严格筛选机制，张英席服从大局，从《难忘今宵》《我爱你中国》等经典，到《时代的勇气》《相逢春天》《当那一天来临》等新创，不管镜头多少，他都认真对待，春晚的短暂亮相，算是给他的歌剧观众拜年。

张英席是河北秦皇岛人，是中国音乐学院声乐硕士，师从中国著名声乐教育家金铁霖，金教授培育过四代中国民族声乐歌唱家。张英席从东方歌唱声乐体系的中国音乐学院出发，于十四年前来到美国，他被西班牙著名男高音多明戈选中，在华盛顿参加了全球青年艺术家培训计划，师从多明戈学习西方歌剧。在美留学期间，张英席每天只睡几小时，听、看、唱，满脑子都是宣叙调和意大利语。他克服了语言障碍，在一部部歌剧经典旋律中记忆力飞速增强。他只花了三天，便将多明戈临时给他的《奥兰多》全背了下来。在华盛顿歌剧院，他出演了多部世界经典歌剧，于2009年在肯尼迪艺术中心主演了威尔第歌剧《法斯塔夫》。四年的西方歌剧表演，使他融通东西方声乐艺术精髓，这在中国男高音新生代中是最难得的。

张英席的高音透彻醇厚，其嗓音天赋与英俊外表，被誉为前途无量的歌剧王子。他学成回国，主演了北京国家大剧院出品的《赵氏孤儿》《兰花花》等新剧，以及民族歌剧经典《白毛女》《木兰诗篇》。但歌剧在中国尚未普及，他还是因参加大量电视晚会逐步被中国观众熟知，他调侃自己是"字幕席"，因为在晚会上，他大多是压轴演唱，没等唱完，晚会主创字幕就升起覆盖了他的画面。

与他相识源于《珊瑚颂》，这是著名歌剧选段，多为女声保留曲目，但张英席的男声演唱却透亮酣畅、别具风味。在朋友圈看到一位朋友发了与他的合影，经友人牵线，加了他的微信。朋友圈里，彼此有众多好友交集，多为歌剧与电影。与张英席见字如面已三年，一直没面对面。有年在长春电影节，我看到闭幕晚会节目单上有他的节目，问他在不在后台，我去探个班。他说因航班延误刚落地长春，当时晚会已开场，我就通过微信播报晚会节目进展，遇到获奖者发表感言多说了几句，就恭喜他又赢得了时间。当然，他及时赶到，从容登台。

2019年，湖南卫视邀请我参加《声入人心》策划会，去节目现场看录制，卫视领导问我和哪位选手熟，我说张英席。到了现场，卫视领导说带你去化妆室见他，我说不了，待会儿他要比赛，得真唱，别让他分神，以后有的是时间再叙。我看完录制就离开长沙，在机场发了朋友圈，他后来发现了，留言说怎么又没见面。他参加《声入人心》最大收获是瘦身成功，之前英席请我在保利看过他主演的歌剧《平凡的世界》，这是他帮福建省歌舞剧院，仅用一个月拿下总谱。当他在舞台上深情演唱，月光照耀着孙少平瘦弱身躯时，我们这些熟悉他的朋友在台下都笑场了，因为他演的孙少平穿着汗衫，一身健壮。

你并不孤独

看音乐剧《面试》，认识了徐均朔，他是《声入人心》第二季选手，因为张英席参加，我才看这个节目，发现了这位创作型的音乐剧演员。

《面试》是近年韩国原创音乐剧，这出独幕剧，讲述了跨度十年的连环凶案，用高度戏剧性描写了男主角辛克莱的五重人格，主演徐均朔在近九十分钟里没喝一口水，最后仍保持很好的嗓音状态与表现力，他将辛克莱的脆弱、多变与癫狂表现得淋漓尽致。我总以为电影擅长表现分裂人格，没想到舞台剧依然有更多样的手法，这种手法完全要依赖好演员。《面试》以三位演员、一位键盘伴奏的简约的样式呈现，但所表现的戏剧强度、情感浓度都远超很多制作庞大的音乐剧。

见到徐均朔，是看了他出演音乐剧《赵氏孤儿》中的赵武之后，在他常去的一家茶社。小徐来自中国茶叶胜地福建，对茶的熟悉远胜于我。据说他十岁就学习树叶演奏，能用树叶吹奏出大多数的流行乐曲，七年苦练，客家吹叶的传人邱少春给了他很大帮助。鼓岭的榕树叶，相伴小徐年少时光，融入他现在的个性特质中。从福建优秀音乐少年，到上海音乐学院，从本科免费保送硕士研究生，小徐的道路，非常平坦。我们见面的前夜，他刚用《面试》演出做了他硕士生涯的学习汇报，我说你这是把论文写在了舞台上。

小徐说最近查出声带小结，今后会减少音乐剧演出，会把有限的舞台演出放在好戏上。丝不如竹、竹不如肉，舞台剧演员还是以最为人本的艺术劳动在体现魅力、价值与收入，远比影视演员更为辛劳。小徐说自己赚的钱够花就好，不追求高物质生活，他对现状已是最满足的。他主动说到他曾经历的抑郁时光，突然就有了那种状态，他找遍了全城的心理医生，那段治疗像是灵魂出窍，又是心灵深处摆渡，一次次自我挣扎，那种孤独，只有走出后才能体会。

我对小徐说起了我的一位故友小尚。

认识小尚，是因为八一厂电影《枪火》，他是男二号，这是他在中央戏剧学院表演系三年级时拍的。影片公映时，他刚毕业，风华正茂，我把他推荐给经纪人常姐。常姐说早就认识他，还有他的父母。原来，小尚从小随父母从湖北到深圳，父母在深圳成就了自己的产业，小尚学习成绩优异，完全可以考清华但却坚持学表演，进了中戏，父母就在距离中戏几个胡同的地方买了套公寓，母亲陪读，同时也与北京的朋友联络，为小尚星途铺路。当年，能用新人的电影导演是张艺谋，年轻态的网剧尚未出现，电视剧还是中年演员挑大梁，中戏毕业的年轻演员出道的机会很稀缺。我建议小尚不必去那些一般的剧组跑龙套，既然衣食无忧，可以到国外游学或潜心再读书，好莱坞男演员也都是熬到三十岁才能出头。他的父母也曾给他找了一部大戏的出演机会，但进组没多久就回京了，那个角色换了其他演员。那是元旦过后，北京下了场小雪，小尚五官帅气，天生一脸微笑，你根本看不出来他内心会有的落寞。之前，我推荐他去张艺谋新片试戏，但最终那个角色还是请来了一位知名演员，张伟平先生为表达歉意，在北二环的日料铁板烧设宴邀请我和小尚，那天共进午餐的还有电影发行人姜伟。我们四人小酌，张伟平安慰小尚，说就像你没演成的那部戏的剧名一样，卧薪尝胆，这是人生必经阶段。

冬去春来，小尚很快签了一家公司，承诺给他几部电视剧主演机会。我建议他别签，因为那家公司并没有好的业绩也看不出过强的发展潜力，你们家不缺那点钱。小尚说他不想再在家里待着了，时间一久，他怕自己都不会演戏了。一年多后，小尚回京，约我到他家，他家已从北二环搬到亚运村北的联排别墅。我说啥时能看到你主演的电视剧，他说主演了一部，还没卖出去，公司也没付他的片酬，在三亚拍戏，一阵海浪，还把腰给打成腰椎间盘突出了。他边说边带我参观他们家地下室新装的影院，说以后不拍电视剧了，他爸在宋庄买了块地，打算做美术馆拍拍艺术片。后来，他还投资并主演了崔子恩导演的一部影片，在秦皇岛拍的，拍完回京告诉我，我说你真的艺术了。有床戏吗，他微笑说有，可以先请你看素材。

2010年9月，我去纽约参加电影展，朋友们在惠新西街的钱柜为我送行，小尚带着他的女友也来了，女友是他在松雷排音乐剧时认识的，那时，小尚热衷于舞台剧演出。那天，他没唱歌，他知道我是麦霸，我一停下来他就和我聊天，说得来看戏，我说好。后来，他的戏演出时，我不在北京，从纽约回国后一直忙，几次都错过了他的舞台剧，直到一年后，听到他跳楼自杀的消息。还是朋友们的转述，说他是从和女友租的公寓的楼顶上下来的，在朝阳大悦城附近，那是北漂影视演员密集居住区。在百度百科上这样记录：2011年10月25日，因患抑郁症，在北京跳楼自杀身亡，年仅二十八岁。

我对徐均朔说，小尚的死，让我更加留意关心那些愿意和我倾诉的朋友，因为刚认识小尚时，小尚和我无话不说，他曾说起他高考前到楼顶，望着深圳湾的蓝天白云，一只脚都已经快迈出去了，但最后没跳。小徐说，那这已经是很严重的抑郁症症状了。我说，那时我并不知道这就是抑郁症,我看小尚一直把微笑挂在眼梢,以为他年少时那就是高考压力大,我那时并不知道抑郁是不会写在脸上的,心灵深处的魔障随时会爆发。假如,在小尚生命最后那段时光里,朋友与家人能多听他倾诉,多走进他的心里,或许,悲剧就不会发生。

小徐说我是理想主义的人。我说,我现在常常把小尚的故事说给你们年轻人听,你们或许比他那个年龄更加成功,或许比他那个年龄更不如意。说故人,一是我知天命,二是故人已在我心里,也在很多无法忘记他的人的心里,他并不孤独。

华灯初上

《人世间》二十年后还会被重拍

原著党对五十八集的《人世间》肯定是不满的，但电视剧就是独立文本，不问来处。《人世间》形成近年国产剧收视高峰，说明中国电视剧一旦回归现实主义创作轨道，一旦抒写直通人心的中华传统美德与哲学关照的好人情怀，一旦遵循电视剧的戏剧美学传统，观众就会以最大的包容与热情去追随，奉上热泪与好评，即便它存在诸多遗憾。

小说《人世间》是梁晓声基于个人史的普世创作，同名电视剧也是李路导演的作者表达，准确说是2021年的作者表达。给抗美援朝烈士后代分房、周楠见义勇为死于美国、苏联航母给周秉义机会救活军工厂、冯化成出走法国，剧中这些国际远景符号都具有明显倾向。生于长春的李路，将原著背景从哈尔滨改到长春，切割了原著中更为深远的历史背景与社会内涵，将周秉昆清晰定位为无文艺气息的工人形象，熟悉的生活有利于导演的艺术再现，也便于建构周秉义、周蓉与周秉昆三兄妹形象的阶层差异。

《人世间》前二十集确实好，成功奠定了全剧的总体气质，牢牢抓住观众，汇聚成《人世间》的收视洪流，最后十八集产生了意料中的滑坡，但并未影响观众的总体体验。尽管电视剧中很多主要角色的人物命运不如原著中在跌宕起伏间表现对时代的思辨深刻，但编导自圆其说，保证了电视剧独立文本的相对完整。

该剧的中部是一出青春的悲剧，围绕周楠的短暂生命的最后时光展开。在得知自己身世的真相后，周楠与表妹冯玥青梅竹马的亲情，成为水到渠成的爱情，却遭遇父辈的反对；骆士宾与郑娟的宿怨，秉昆、周蓉对于郑娟贞洁的维护，光字片成为无形的道德审判者，他们成为历史与社会的威严的注解。周楠与冯玥这对代表未来的恋人，与这张庞大的历史潜网抗争，周楠的死是偶然，他与冯玥的幸福未来被扼杀是必然，如同郑娟只有在子亡夫危之时才公示伤疤，那张潜网最终破碎不堪。

骆士宾的金钱帝国与郑娟、周秉昆的亲情王国的对抗，使得周楠选择了自我奋斗，在去美国的机场安检处，周楠对骆士宾叫出了"爸"，他过安检双手举起不仅是向血缘投诚，更是对父辈历史钩沉的释怀与放飞，体现了年轻一代的道德宽度。周楠与冯玥的爱情戏格外动人，爱而不得的伤痛，散发出青春理想主义光芒。令人心碎的还有暗恋周秉昆的孙小宁，甚至拐走冯化成的女诗人王紫对周蓉说她的本名叫王玉玲，这份坦然，不乏光泽，她俩的抗争与抉择都散发着爱的尊严。

该剧最后篇章放弃了写苦难破碎之心的修复，放弃了写代表历史与未来的两组人物各自裂痕的弥合，落笔在清官周秉义的最后时光。其实光字片的拆迁，也是"以拆写合"的一次机会，但编导又放弃了。戏剧事件的选择流于外在与俗套，就难以抵达人物内心深处。特别是将秉义、秉昆这对亲兄弟作为拆迁事件中的主要矛盾关系来处理，很难形成具有超越戏剧障碍的观众期待，因为我们的观众每天面对的是自媒体发布的同样的社会事件的分享，也曾对《人民的名义》《扫黑风暴》这样的电视剧的艺术真实津津乐道，一旦官民冲突或因果关联牵扯到血缘，这就对编导提出更高要求。显然，《人世间》最后一笔还是低于观众经验累积的高度。周秉昆出狱后一言不合就出手的重复描写，人物塑造扁平简化，给批评该剧烂尾的观众提供了论据。

该剧后部处理最好的是探监周秉昆的数场戏，同一场景、同一行为，不同人物探监展现出时光的变迁，信息广度与情感深度很丰满，符合电视剧室内戏剧的基本美学规范。这种手法还颇得中国戏曲的叙事美学秘诀，越剧《梁祝》最著名的"十八相送"是梁山伯送祝英台回家，边走边唱，把祝英台的春心风情、梁山伯的憨傻不解全唱透了。后来梁山伯知道祝英台性别真相后，下山去祝英台家求亲，在相同的场景里回味"十八相送"，这折"回十八"同样是越剧经典唱段，情感抒发酣畅淋漓。台湾电视剧《想见你》《华灯初上》也有同样的表现手法，于简约情节里紧打慢唱，工笔白描刻画人物。

《人世间》后半部虽弱，但仍能牢牢抓住观众，一是收视惯性，二是靠着宋春丽、隋俊波、徐松子、徐百惠等配角在有限的戏份中给出极为精准的表演——这种表演是根植于戏剧表演的日积月累，撑住了剧本的不足。

其实，剧中对光字片年轻一代的生活选择蜻蜓点水一带而过，令人遗憾。如果将冯玥、周聪、牛牛还有赶超儿子、国庆儿子的戏放置前景，或许该剧最后部分会有更为开阔的时代生机，远比周秉义劝老战友姚立松自首这样不痛不痒的戏好。有《人民的名义》这样的戏在先，《人世间》选择将清官周秉义浓墨重彩表现，又将他置于亲情与邻里之情里写清廉，使得最后戏剧动力与情感张力贫弱，是被"美颜"的清官。

可以说，《人世间》是电视剧现实主义表现的一种温暖样本，有柔光，有祛斑，也有悬浮，虚焦之处也给观众留出了情感共鸣的认知广场，特别是中年以上的观众都会在该剧中找到熟悉的生活投射与历史回光。电视剧审美完成不仅于观众与屏幕之间，更多是靠非连续审美的社会众议空间。伦理道德是最能激发这一空间的主题，很多强情节的电视剧，观众入戏难、评说参与感弱，所以口碑与收视率就不如同样题材的伦理叙事的电视剧。

梁晓声的《人世间》是厚实的，再过二十年，我们重读原著中所写的中国五十年变迁，会有新的历史认知与现实思辨，我相信，新一代的编剧导演，会对梁晓声的原著充满影视改编的创作冲动，因为这五十年，值得我们一而再地深情回首。

诗情到碧霄

看了《我和我的父辈》，这是国庆群星电影三部曲中艺术上最为成熟、整体感最强，也是唯一有未来意识的。

吴京、章子怡、徐峥、沈腾四位导演风格与题材年代迥异，却在情绪上层层递进，全片演员亮点是洪烈、袁近辉、韩昊霖这三位少年演员，他们的精彩表演给观众提供了情感互通的亲近桥梁，欢笑与泪水都由衷而发，观众有很大的情感共鸣。

四个篇章中，子怡导演的《诗》因女性抒写最为突出，我认为是近年中国电影短片中最精彩的一部。其次是沈腾导演的《少年行》，假定性中的真实感，与情感真实度打磨完成得很好。《诗》《少年行》都具备了长片叙事与表现的扎实基础。

相对小品化的是徐峥《鸭先知》与吴京《乘风》。《鸭先知》中规中矩，徐峥不辱使命。《乘风》弱在剧本，但摄影不错，吴磊的大银幕表演越来越成熟。吴京这部《乘风》算是全片的序曲，章子怡的《诗》方才凸显全片主旋律。

《我和我的父辈》跨度百年，吴京领的是1949年以前的抗日冀中骑兵团，徐峥负责的是改革开放四十年，沈腾负责的是十八大以后的今天，中华人民共和国自力更生三十年社会主义建设时期留给了章子怡。

这三十年，不好拍，但值得拍，很多好题材被逐一发掘。作为演员，子怡的《攀登者》便是其中典型，遗憾的是该片未达到各种预期目标。子怡作为导演，处女作拍这三十年，抽的是最难的一道题。她的剧本数易其稿，各种题材都否定与自我否定，最终选择了1969年我国研制长征一号火箭、发射首颗人造卫星的背景故事。

我国首颗人造卫星叫"东方红一号"，东方红，这个词在《我和我的父辈》的宣传与成片里都隐去了，长征这个词的传播度似乎更宽，而《诗》的片名，能看出导演在象征主义表现上的定位。但《诗》的故事却很结实，人物也很鲜明。

哥哥的生父、养父与养母，都是火箭火药研制基地的职工，哥哥与养父感情深切，目睹生父因公殉职之后，他不愿失去养父，章子怡饰演的养母便编织了谎言，直到被哥哥识破。一家人的光荣与一个独立自主的共和国的梦想，在一毫米不到的火药厚度中，蕴含与爆发出了巨大的情感感染力，顶天立地，当然，也感天动地。血缘已不是这个家庭生死与共的纽带，爱与英雄的信仰，支撑了这个普通家庭跨越半个多世纪的天上人间。《诗》中最动人的一镜是海清饰演的妹妹在太空中与"东方红一号"相遇的画面。

章子怡导演手法稳健，意料之外却在情理之中。

近年遇到很多新导演，聊自己的处女作，往往会有两大缺点：一是喜欢找对标电影，我的导演处女作像哪部经典，都在聊外在美学表象，处女作缺乏真诚情感；二是处女作阐述不从人物与故事出发，而是谈主题与思想，这是评论者的思维，不是创作者的思维，这与内地的电影教育传统有关。

相对而言，电影演员转行做导演，成功率会较高，因为演员更注重情感体验与人物逻辑完整。《我和我的父辈》四位导演都是演员转行，吴京与徐峥已有数部长片代表作。章子怡、沈腾也交出了导演处女作的优秀答卷。

《诗》中命运与情感的传达、写实与写意的表现，都强烈坚定于导演自我意识。这种自我，又在观众感受中得以共情。章子怡对剧作的讲究，对演员表演的精细，对叙事场景的设计，都统一在导演整体要求中。我最偏爱的是暴风雨中揭破养母谎言的那场戏，非常传统的戏剧支撑与循规蹈矩的影像表达，以流畅有力的叙事表现了一个家庭在大时代汪洋中的破碎、弥合与坚守，而这种形而上的思辨，却以直击人心的伦理共情给了观众感官体验，哀而不伤。

"自古逢秋悲寂寥，我言秋日胜春朝。晴空一鹤排云上，便引诗情到碧霄"，看完这部三十六分钟的《诗》，刘禹锡的名句始终回荡于心，观影中的热泪在千古诗情里回味。

《诗》是《我和我的父辈》中唯一的女性叙事，细腻里不乏豪情万丈，给全片奠定了最坚固的情感基石，随后的《鸭先知》《少年行》在同一价值观上层层推进，直到2050年沈腾饰演的机器人对二十九年前遇见的少年说："你才是我的父亲！"

从历史走到未来，这不仅是时间轴，更是与时俱进的精神价值观，这使得《我和我的父辈》成为国庆三部曲中最动人心弦的华彩。

关于英雄的青春神话

穿越于1998年与2019年两个时空，四位台湾青少年的命运吸引了亿万观众，台湾电视剧《想见你》风靡两岸，大结局播出当晚，爱奇艺视频网站服务器因此一度瘫痪。空前盛况，因为这仅非一部常规的穿越偶像剧，我认为是关于英雄的青春神话。

《想见你》故事内核很小，与电影《少年的你》可谓同一文本，陈韵如、李子维、莫俊杰那早已命中注定的悲凉结局，却被来自未来世界的寻找真爱的黄雨萱打破，雨萱改变了残酷现实中每个人的命运方向。

死亡与孤独，是《想见你》直面的母题。面对陈韵如、莫俊杰、李子维、王诠胜的往生，黄雨萱伤逝满怀但坚信去者的新生所在，她在孤独红尘中追寻拯救，不过春梦一场，却是悲悯与希望。这与好莱坞动画片《寻梦环游记》异曲同工，也与《聊斋》《牡丹亭》血脉相通。

罗曼·罗兰说过：世界上只有一种英雄主义，就是认清生活真相之后依然热爱生活。明白世界残酷，遭受了社会苦难，真正的英雄依然说：我热爱这个世界，我愿竭尽所能去为我的世界而战斗。《想见你》中的少年们何尝不是这样的英雄！

非现实的神力用世俗梦境呈现，七十分钟可以讲完的灰暗故事，《想见你》却用一千分钟的长度讲述，百转千回，最终留给观众的却是一片阳光明媚。伍佰老歌《LAST DANCE》是穿越两个年代的通行证，音乐成为该剧叙事结构与节奏，很接近中国古典戏曲重抒情的叙事美学，紧打慢唱，而好听的歌总是哀而不伤。哲学观支撑的全剧主旨，通过细腻塑造人物及情怀而浓墨重彩，柯佳嬿、许光汉两位演员的表演实力与剧中角色魅力交相辉映，彼此成就。

《想见你》与电影《阳光普照》相近：困境苦难中的希望，通过娴熟艺术技巧表达。两部台湾影视作品，值得关注。

兰花与韭菜

《延禧攻略》以清朝乾隆年间为时代背景，讲述了宫女魏璎珞在人心叵测的紫禁城后宫的成长与救赎，人物生动、剧情曲折、情感饱满、制作精良，是戏说清宫的又一代表作。

我认为"戏说"不是一个贬义词，它是历史题材的正常表达。历史题材影视文学作品与历史史料的本质区别就是戏剧文学创作，在不背离史实与历史未有定论的史料空间的前提下的文学创作。影视核心是戏剧叙事，历史题材作品只有通过戏剧叙事才得以成立，否则观众去图书馆看史料即可。

戏说不是胡说，是不背离历史背景与史实的历史真实与艺术真实的统一。"胡说"的历史题材影视作品是不会得到更广层面的观众欢迎的，更是不可能经受住时间考验的。最早在内地引起轰动的清宫剧是《戏说乾隆》，随后《宰相刘罗锅》《康熙微服私访记》《雍正王朝》等多部风格多样的清宫剧，《还珠格格》《金枝欲孽》及《步步惊心》等都赢得高收视率，是戏说清宫的经典。

清宫剧是华语影视中作品最多的历史题材，因为清朝是距今最近的封建王朝，当代观众熟悉的史料较多。宫斗，其实就是宫里的斗争，是清宫剧最主要的戏剧冲突，还将会是未来清宫剧的故事方向。

《延禧攻略》女主角魏璎珞具备了当代观众最能理解、接受甚至共鸣的情感行为准则，再加上该剧在美术、服装、摄影等多方面的创新，该剧创下收视高峰便在情理之中。这部剧的成功启示我们，历史传奇剧一定要在坚持不背离大的历史背景与史实的基础上进行内容创新与艺术创新，注重人民性与当代性的结合。人民性是写清宫内外平民阶层的努力、挣扎与救赎，当代性是指价值观与艺术表现手法的时代表达。比如琼瑶的《还珠格格》就是内容创新，写了清宫后花园年轻一代的情感救赎，突破了以往君臣嫔妃的套路。《步步惊心》就是用"穿越"的叙事结构进行了艺术创新。

我认为，历史剧与科幻剧，都是同一题材，都是我们没有经历的时空，一个在前、一个在后。清宫剧不管是正剧还是传奇剧，都没有既定的模式，没有什么清规戒律。只要坚持戏剧创作的本体，注重当代表达，把投资花在制作上而不是砸在演员高片酬上，清宫剧就不会被戴上脚铐。

《延禧攻略》前半部印象最深的角色是高贵妃，全剧开篇最强势的贵妃，对魏璎珞这样的底层宫女加以欺凌，最后却被更险恶的娴妃报复算计，她是该剧中第一位后宫战争的牺牲者。高贵妃的原型是慧贤皇贵妃，大学士高斌之女，雍正年间被选为四阿哥弘历使女，后成为乾隆帝妃嫔，她的艺术形象最早出现在电视剧《上书房》中，被改名改姓为朱慧茹。《延禧攻略》更为尊重慧贤皇贵妃原型史实基础，只是在身世、性格上进行了艺术加工。

该剧给高贵妃设计了其生母因水灾而被水匪凌辱致死，高氏一族竟以此为由不让亡母入祠堂祖坟的人物前史，这又与高斌治水的戏紧密扣题，为高贵妃的悲剧命运添上了令人怜惜之笔。高贵妃临终时希望乾隆恩准自己的生母入高氏祖坟，母女两代的命运折射了封建社会妇女的悲剧，显示出《延禧攻略》严肃的创作态度。

该剧还将高贵妃设计成昆曲爱好者，剧中她有段台词，大意是说兰花长得跟韭菜一样，但兰花还不如韭菜，韭菜可以包饺子，兰花呢？供人明志怡情而已。剧中的高贵妃既是这样的实用主义者，又是酷爱戏曲艺术的理想主义戏痴。兰花和韭菜，也是目前国产电影的两类：一类是努力想成为真正高品质的电影，另一类是努力想成为高收益、高票房的理财产品。

扮演高贵妃的是谭卓，她一直活跃于舞台剧，她演出了高贵妃的凌厉的悲怆。"月过上元旋就缺，花争谷雨待成尘。梦华因识无生趣，更不随流漫惜春。"这是乾隆写给慧贤皇贵妃的众多祭奠诗篇中的一首，史料里高贵妃还是深得乾隆的牵挂，那首首诗篇即便是乾隆爷的作秀也算秀出了真心。

与《延禧攻略》比肩的是《庆余年》。

电视剧《庆余年》编导从猫腻原著小说的庞大文学体系中抓住核心，将范闲、庆帝等人物进行了鲜明扎实的影像塑造，用穿越的戏剧模式，突破了古装剧既定的价值观表达。

古装剧是在历史背景下的艺术虚构，从金庸武侠血液里生长的江湖狭义，也融入或被奴役于夺嫡争权与后宫争宠这两大宫斗主题，贯穿在《还珠格格》《金枝欲孽》《宫》《甄嬛传》《步步惊心》《琅琊榜》等不同时期的热播剧。穿越与历史架空提升了古装剧的表达方式，而表现美学上的突破也使得《琅琊榜》风靡一时，粉墨之下还是皇权至上的骨髓，梅长苏不过是阴郁腐朽滋生出的海市蜃楼。

《庆余年》首先突破的是穿越的戏剧结构技巧，穿越到另一时空，范闲带来的不是现代生活零碎儿与小情小调，他带来的是《红楼梦》与唐宋诗篇，带来的更是五四新文化运动之后的现代思想下的历史观与价值观。特别是两国夜宴，范闲醉咏唐诗宋词大战庄墨韩，荡气回肠，可谓全剧华彩；而庄墨韩因此与范闲成为忘年交，在生命最后时光，他仍在批注那些诗词，与范闲最后一面，喟叹的仍是对后人璀璨文化的敬仰与自省。范闲生母的那封信，以及她给监察院题的碑文，闪耀的是人权平等的现代思想，这种思想已融入范闲骨髓，滕梓荆的死成为他将此思想外化的戏剧事件，并仍将贯穿该剧的第二季，他的敌人将是封建皇权的代言人庆帝。

《延禧攻略》亦是以魏璎珞与袁春望这对平民青年对乾隆的复仇为主线，为亲情藐视皇权，魏璎珞不自觉的现代意识使其成为后宫剧里最独特的艺术形象。现代思想烛照古代时空，这样的古装剧更易被当代观众接受。

旗帜

电影《中国机长》能在2019年国庆档观影人次最高，在众多献礼片中胜出，靠三大关键。

一是题材优势。与另外两部国庆献礼片迥然不同，《中国机长》用标准故事长片叙事，脱离了其他两部献礼片的历史伤痕。该片改编于2018年发生的川航航班遇险后成功迫降的真实事件，是中共十八大以后发生在百姓身边的平凡英雄传奇，源自沸腾生活。英雄主义的历险片是该片成功定位，而航空这一工业化程度最高的民用行业，很少被中国电影体现，题材稀缺性正是市场卖点。

二是创作守正。《中国机长》选择了香港导演刘伟强来执导，刘导准确体现了影片必须表达的当代工业文明气质，特别是在机组出发前的精细准备，给观众崭新的真实体验。该片以事件为叙事主脉络，辅以群像刻画，民航机组、乘客百态与西藏人文等有机融合，体现出节奏的层次感与整体性。影片是一个盛世寓言，这个小小的民航航班何尝不是一个集体、一个社会，意外突发险情考验着领航人的职业能力、管理者的组织魄力。危急时刻，袁泉扮演的乘务长镇定指挥全体乘客"弯腰低头、紧迫用力"，这八个字，何尝不是七十年道路上的各种困难历史时期中国人民自力更生的口号！以小见大，《中国机长》从当下现实穿透了风雨七十年的壮丽旅程。

三是旗帜鲜明。源于生活高于生活，《中国机长》编导将新闻事件的社会符号变成了戏剧细节与情节：在机组起飞前，机长请机组上的党员举手；在危难时刻，空军指挥中心第一时刻全力配合民航，空军指挥中心背景墙上是党旗、国旗与军旗。在危难结束的那一刻,三面旗帜无声,却诉说万语千言:《中国机长》是平民英雄的传奇,更是对中国特色社会主义制度的礼赞。

初恋的地方

在1999年时空里的不得志的地产设计师陆鸣，与生活在2018年的被骗的拜金女谷小焦，在上海的同一屋檐下相遇，谷小焦走进了陆鸣的1999年，陆鸣也走进谷小焦打开的2018年之门感受未来。两位生活窘困的年轻人，对生活有着美好的向往，对残酷的现实充满了善意，他们在两个时空代表的两个时代并存的蜗居里，萌发了爱意。陆鸣发现2018年的自己已是成功的房地产商并改名为陆石屹，陆石屹实现了自己在1999年的事业理想，但陆石屹的成功路布满不道德的鲜血，陆石屹让谷小焦远离陆鸣，同时谷小焦父亲于1999年意外身亡的事件也真相大白。

这个剧情不算新鲜，《乘风破浪》穿越旧时光的情怀、《21克拉》都市困人于拜金的立场，都是近似的文本。但这部苏伦导演处女作《超时空同居》，多了社会批判力度，现实与童话之间有了更为娴熟与专业的电影表达。从陆鸣到陆石屹，成功学背后的道德沦丧与罪恶鲜血，成为该片蔑视与批评的人性之恶，这个不新鲜的戏剧桥段，导演使用得分寸得当，影片最后给予了陆石屹一次忏悔的机会，用时光重回的软科幻包装，统一在全片营造的童话情境中。

用软科幻包装的成人童话，跨越十九年的两个截然不同的时空，要统一在几十平方米的室内空间，形成不让观众出戏的整体感，这对导演的技术判断力是个考验。苏伦导演多年执导音乐MV，积累了影像空间营造艺术真实的经验，把握住了超时空的非现实空间。在暖色调奠定的童话质感中，导演给予了陆鸣与谷小焦最大的人性善意，这也是《超时空同居》的一大亮点，我相信也是赢得观众的关键所在。

中国电影的人文传统是从20世纪30年代上海电影里确定的，从《神女》到《小城之春》，那个年代中国电影里弥漫的人性善意，特别是上海屋檐下底层人民心中春天般的诗情，延续到谢晋、谢飞、吴贻弓等第四代导演作品中。但这一人文精神，却被第五代导演给一举砸毁，第五代导演以与中国电影艺术传统决裂、表达对历史与社会的深刻反思，影响了随后的中国数代电影导演，对底层人民善意的漠视的文化断层逐步加深。

《超时空同居》重拾十字街头的马路天使，试图弥合这一文化断层。雷佳音、佟丽娅这两位主演有扎实的戏剧表演功底与经验，又经受住了大银幕对电影表演在节奏、细节等诸多特性上的考验，非常出色地完成了这部二人转式剧情的爱情电影的表演任务，使得该片具备了很强的观众亲和力。该片贯穿了邓丽君《初恋的地方》，导演用这首1979年出版的老歌，缅怀了不受物质污染、不被欲望吞噬的真爱世界，而打动千万观众的，正是这颗爱情的初心。

哪有少女不举枪

电影《明月几时有》，用苏轼吟咏中秋的《水调歌头》中名句做片名，给予这部描写第二次世界大战时期家国破碎的历史片以诗意象征，将粤港地区东江游击队港九独立大队抗日故事介绍给当代观众。开篇是东江纵队港九独立大队营救文化名人的著名历史场景。香港沦陷后，何香凝、柳亚子、茅盾、邹韬奋等一批文化名人与爱国民主人士滞留港岛，处境十分危险。方姑便是茅盾夫妇在港寄居的房东女儿，她目睹并协助港九大队神枪手刘黑仔消灭汉奸、护送茅盾夫妇脱险，这位小学女老师从此加入港九大队，走上了抗日救国之路。

该片导演许鞍华、编剧何冀平都是女性，她们未将刘黑仔作为全片视角与戏剧核心，而是将方姑与其母亲为代表的女性命运作为本片主力表达。

方姑母亲用市井的温良与狡黠挽留茅盾夫妇继续租赁自己的房子，她以平民的立场目睹了刘黑仔的英勇、女儿方姑参加革命的自觉。女儿离家去抗日，她在家守望女儿归来，在协助游击队传送情报时被捕，她至死保卫了年轻游击队员的生命，最后被日寇杀害。

我认为方姑母亲才是《明月几时有》的真正女主角，她用一位母亲的人性自觉成为不自觉的革命者，她是二战香港沦陷时不愿家国破碎的香港平民代表。许鞍华电影塑造过一系列香港平民女性的经典形象，而方姑母亲则是从历史硝烟中走来的新典型：女性平凡却勇敢的心，让香港这片热土上的人民不畏风暴、生生不息。片中，方姑母女去参加表姐婚礼，这场戏写得不错，是这一主旋律的复调。

家国破碎，但生活仍要继续，方姑选择了枪，表姐则选择了婚纱。婚礼是香港传统婚礼，再窘迫都要按规范走，繁礼陈规寄托着对吉祥生活的向往，但婚礼最终被日寇炮火终止。这一闲笔不闲，滴水沧海，是稳固了方姑母女与日寇抗争的心理基石。周迅将方姑的心灵成长演得层次分明。方姑朗诵茅盾散文是全片的诗意表达，周迅的台词功力成功完成了导演的表达。

除了母亲，围绕方姑的还有两位男性的形象塑造，一是霍建华扮演的李锦荣，他是方姑男友，同为中学老师，他卧底到日军军营作为汉语翻译。日本军官因热爱古汉语诗词，与他成为密友，两人讨论"明月几时有"诗词这场戏，点题、双关、伏笔、扣人心弦，"对酒当歌，人生几何"，儒雅的李锦荣正是在双重人生中完成了爱国者的英雄涅槃。

与锦荣对仗的是彭于晏扮演的刘黑仔，其历史原型本名叫刘锦进，1919年出生在广东宝安贫农家庭，1938年日军在大亚湾登陆，他目睹家乡惨遭蹂躏，决意参加抗日的东江纵队。1941年日军攻打香港，他奉命深入香港地区广九铁路沿线开展游击战争，《明月几时有》只选取了刘黑仔护送文化名人、酒楼锄奸、狭路灭敌等三段故事，紧扣于方姑的抗日女性觉醒这一主题。

许鞍华成长在港澳，何冀平来港定居近三十年，两位女性创作者是借东江游击队香港抗日这一历史基石，抒写男权语境的战乱时代中的女性与平民的坚韧力量与朴质情怀，这是与《桃姐》《黄金时代》《天水围的日与夜》等许鞍华电影经典的人文诉求是一脉相承的。《明月几时有》更是部交响曲，恢宏并残酷的诗意中，倾诉着对香港这片土地的热恋。

贾樟柯的爱情风暴

在戛纳看了贾樟柯新片《江湖儿女》，这是他电影作品中首次聚焦女性，用最独特的诗意叙事，讲述了跨越十七年的爱情故事。

赵涛扮演的巧巧是依附于江湖斌哥的女人，他们都是贾樟柯的家乡人。在帮派争斗中，为救被围殴的斌哥，巧巧鸣枪十字街头，两人双双入狱，命运从此逆转。五年后巧巧出狱，来到三峡，寻找比她早出狱的斌哥，但斌哥拒绝见她，只因自己风光不再，无颜面对。巧巧再次踏上一个人的旅程，江湖路上饱含欺诈，在唯一的真诚坦白面前，巧巧又放弃了，她回到了山西小城，过上自立生活，经营一家棋牌馆。斌哥再次出现在她面前时，已因病瘫痪在轮椅上。面对新江湖，斌哥无力回天，巧巧帮助他重拾自信。病愈后的斌哥，还是离开了巧巧，她依然孑然一身。

这个简单常见的爱情故事，贾樟柯赋予了其特有的视听语境与细节，斌哥教巧巧使用手枪，到久别重逢的第二次握手，以及江湖路上的巧巧回应追求者的表达，有情人的双手似万语千言。在小城歌舞的巧妙运用中，我们看到《任逍遥》《三峡好人》的影子，可以说，《江湖儿女》与之相互辉映，三个独立文本又交响成史诗。贾樟柯将更多笔墨倾注于巧巧身上，她从道义主宰的男性世界的依附者，到自立的爱情守望者，她这十七年的孤注一掷，恰恰成为斌哥最后离开她的理由。兄弟如手足、女人如衣服，是斌哥的江湖古训，现实让他看到兄弟的背叛与疏远，也看到女人的忠贞，让他最难受的或许还是巧巧这十七年对他的忠贞，这种忠贞使他在审视自我现状时陷入自卑，唯有抽离。女性主义光芒照耀着男权世界，巧巧的艺术形象在贾樟柯电影中是鲜见的，更是独特的。

写巧巧与斌哥这对江湖儿女的爱情，是贾樟柯电影中的意外，但他将其聚焦在中国十七年的社会发展中，这又是贾樟柯电影的情理之中。《江湖儿女》依然是鲜明的社会观照，贾樟柯用了六种摄影器材，包括DV与胶片，甚至是全片结尾的监控录像，巧巧孤独的身影模糊在自设的监视器影像中。影像多元表达，透视出中国十七年的人心流连：谎言、背叛、包容、执着与逃离，中国人十七年的心灵风暴，又在群像白描上浓墨重彩，层次分明。

这种社会观照，使得巧巧与斌哥的这段江湖爱情具有了一定的象征意味。社会急剧发展，权力旁落时，愧对对其信任与忠贞的人民，最终选择抽离人民。爱情故事的个体叙事，有了微言大义的宏大思辨，令人回味无穷。

《江湖儿女》女主演赵涛的表演完整、细腻、流畅，可圈可点的佳处，令人动容，我最难忘她答复斌哥女友问题时那不卑不亢的表情，她的不甘与无悔，她内心翻江倒海过后，回答出两个字：五年。

廖凡与一批山西籍本色演员风格完全融合，能做到这一点，是因为他扎实的专业功底，他奉献了远优于之前的所有作品中的表演。《江湖儿女》重视男女主角的表演，并以此刻画人物，透露出贾樟柯从影像叙事到戏剧刻画人物的渐变，抑或是一种转折。

离人心最近，电影也就离观众不远，贾樟柯努力将作者电影与大众的距离缩短。

贾樟柯导演的2019年春节贺岁短片《一个桶》是某手机品牌的委约作品，讲述了中国西南山区乡镇男青年，在春节过后，离家返回城市工作时，母亲给他一个密封好的涂料桶，男青年带着这个桶一路千山万水。在都市一角，他打开那个桶，桶里盛满了沙土，沙土下埋的是自家的柴鸡蛋，每只鸡蛋上写着日期，故乡与母爱便在温暖的数字上定格：离不开的是一份家味。

那个桶是普通的涂料桶，装饰高楼大厦的涂料使用完后清洗干净，成为容器，容量较大，装着生活用品。涂料桶坚固，还能成为小憩的板凳，二次利用、一桶多能，这在内地中小城镇与大都市工地上司空见惯，是公路车站的风景，也算是中国底层百姓的标识。贾樟柯抓住了这个链接繁华与平凡、立新与守旧的独特标识，盛满中国传统人伦亲情。他的功力另一体现是叙事角度，春节题材大多写回家与归乡，《一个桶》里写的是离家，春节盛宴后的青春离家，这一角度鲜见，却是平常温情。少小离家老大回，归来却是空空的行囊，千古诗词重复的游子情，唯有离家时的青春行囊最为丰盈，盛满自己的欲望与亲人的愿望，那一只只被故乡沙土呵护的鲜鸡蛋，让远方的游子健康平安，这是最朴素的愿望，也正是这六分钟短片令人动容之处。

从《小武》开始，贾樟柯聚焦中国底层青年的平凡生活，并在平凡中发掘人性深度与人情宽度。于即将到来的春节，我们跋山涉水归去来兮，只为一次家的味道的团聚。《一个桶》是中国社会现实的一次速写，是让心灵能听见的风铃，与同一命题的陈可辛的《三分钟》相比，《一个桶》更为精准地捕捉到了春节的人心，所以影响力更大。毕竟，贾樟柯是这方水土上的人，文艺作品最重要的还是创作者的生活历练与艺术领悟。

被"绑架"的汤唯

《黄金时代》,这部描写作家萧红的传记片生逢中国电影的大数据年代,即根据网络人气数据来估算电影票房。汤唯与这部文学电影被推到风口浪尖,实际票房与预估票房的巨大差距,给重数据的市场教条主义以巨大尴尬与深入反思,远超于对汤唯的质疑。

2015年汤唯主演的三部电影连续在暑期档公映,又值中国电影票房的狂飙突进,以票房论英雄成为衡量一切的标准,汤唯又被票房绑架。这三部新片其实都是具有挑战市场底限的文艺片。《命中注定》本土化翻拍遭遇的对手演员是柏林影帝廖凡,这注定了该片的小众命运;《三城记》是年代爱情故事,与当代年轻观众存在感知的错位;《华丽上班族》则是纯歌舞片。其实,近年汤唯一直牺牲其明星价值在为这些探索艺术片努力争取投资、拓展市场,"票房毒药"就成为这场艺术片保卫战的纪念碑。

"票房毒药"不是新鲜的词,隔几年就会砸在某位大明星身上,这次被砸中的是汤唯,而《太平轮》的票房惨败,已无人再提。

中国电影是否有票房明星?我认为没有,只有具备投资价值与商务价值的电影明星。投资价值明星,就是有了汤唯,一部无人敢投资的文艺片也许就有了投资;商务价值明星,则是因为汤唯,一部电影就能找到商务合作伙伴,为影片的营销发行带来收入。但内地恰恰没有一个真正意义上的票房明星,不是明星不优秀,而是因为内地电影市场不健全、不多元、不完善,这是由中国电影市场发展初期的特性决定的。

不管是汤唯,还是章子怡,她们的演技与魅力各有千秋,不可能每部影片的表演都尽善尽美,但她们利用其盛名之下的一切市场价值,为中国电影类型多元化探索做出的贡献与牺牲,不能忽视。

文艺片的悬崖与围城

最近争议最大的华语导演当属刚满三十岁的毕赣，他的第二部长片《地球的最后夜晚》于2018年最后一天在中国院线公映，发行公司以"一吻跨年"的爱情片营销吸引了众多观众，12月31日当天首映票房超过两亿六千万，创下中国文艺片单日票房最高纪录。但首映当天该片却遭到观众恶评，观众大多表示看不懂，有的退场，指责该片并非一部爱情片，有的甚至将该片纳入烂片行列。次日元旦，该片票房断崖式滑落，只收了一千余万，第五天只有十九万元，这在中国电影市场也鲜见。

当然，《地球的最后夜晚》并非烂片，该片入围了戛纳影展"一种关注"单元，入围本身即是艺术质量的体现。毕赣导演长片处女作《路边野餐》早就赢得欧洲影评界一致赞誉，成为世界影坛最瞩目的中国年轻电影导演，其处女作只有数十万投资，第二部影片即赢得了五千万成本的投资，同时汇集了汤唯等明星加盟。这部在毕赣家乡取景的明星电影，依然是一部表达导演个人价值观的作者电影，加上普通观众并未了解的四十分钟长镜头的技术含量，《地球的最后夜晚》的观众口碑遭遇滑铁卢。

普通观众的恶评大多基于情感消费的错位，本以为是部边看边可以与身边的情人相拥、一吻跨年的通俗爱情片，却是云里雾绕看不懂的文艺片，消费者有权退场指责，因为看电影是难以退货的商业行为。电影界专业人士对毕赣电影空洞的指责，当然是基于该片首日票房空前的影响力，这理应给大众一种专业的解读，这种解读选择了同样暴风骤雨般的争鸣。这一警示将对文艺片的良性营销产生积极影响。

早上带父母去看王小帅新片《地久天长》，北京蓝色港湾影院上午九点半的早场，百座不到的小厅上座率一成。母亲说昨晚听说要来看此片，兴奋得很久没睡着，主要看近期宣传说是讲述20世纪80年代的故事，提醒观众带好手帕，会被催泪。确实，如今老年观众很难看到他们熟悉的题材。我们一到影院，就在影院大厅找此片海报，想给父母合个影，结果没找到。大厅里最醒目的海报背板是美国影片《波西米亚狂想曲》，海报上还有百事可乐的广告。早场的大厅给了这部音乐片，听说也有十几位观众。尽管这部刚获奥斯卡奖的影片在中国公映时被删减，公映期也最晚，但此片在中国的票房仍高出《地久天长》一倍之多。

父母看完《地久天长》后，还是觉得这部三个小时的艺术片长了点，他们对非线性时空交错的叙事显然不适应，对剧情有误读，父母也都流泪了，但他们说情感体验不如张艺谋《归来》与冯小刚《芳华》。我在影院看到，《波西米亚狂想曲》打出的广告语是"万众齐唱、热泪盈眶"，同期台湾片《比悲伤更悲伤的故事》则无须打出催泪广告词，大陆观众用泪水直接将此片票房推高到近九亿，成为目前最卖座的台湾片。在柏林看哭观众的《地久天长》与这两部影片比，并未有明显市场竞争力。

中国艺术片还是缺营销，被戛纳、威尼斯、柏林等欧洲三大影展牵着鼻子走，在未有入围的十足把握前，导演与制片人基本不会说已完成影片制作，很少会按正常程序提前送电影局审查，更谈不上与广告商做什么商业品牌合作。欧洲三大影展毕竟是欧元办的奖,资本是有本土文化个性的,中国电影入围确实格外困难,但中国导演们却心有不甘,包括希望早日走出艺术片票房低迷的围城。

演"小丑"的刘德华

刘德华在电影《解救吾先生》中出演香港演员吾先生，在北京拍片时被劫匪绑架，在被撕票的危急时刻，被警方解救。

华仔大部分戏都是在被绑的状态下表演，只能靠头部的眼神与面部表情，与劫匪对峙的戏，他不管是在国语台词还是眼神上，都将吾先生的无助与不甘表现得淋漓尽致。与吾先生一同被绑的还有一位被害者，是他的影迷，两人惺惺相惜，吾先生在绝望时唱起了刘家昌的老歌《小丑》，催人泪下。刘德华的眼神让我觉得他是吃过苦、受过辱的人，这是他与同年龄的演员最大的不同。华仔给吾先生注入了自己的生命体验，角色自然就鲜活。

该片取材于多年前发生在北京三里屯的真实事件，吾先生原型是中国内地影视演员吴若甫，他因出演《大阅兵》《牵手》等影视片被内地观众熟知，性格温善，对人没太多戒备。那时，愚人节刚刚在内地盛行，有年央视主持人孙晓梅等恶作剧，通知了一圈人到长城饭店救急，最后只有吴若甫一人上当受骗了，他从西城开车赶到了东三环。在《解救吾先生》中，他扮演最先冲进禁区解救吾先生的警察。他不愿意在电影里演自己，或许还是不愿重现不堪往事，尽管电影拍摄是假的，但那场噩梦却真切地永存记忆。

迟暮美人

香港国际电影节推出了著名演员林青霞电影展,展出了其十四部代表作,取名为"云外笑红尘",此名囊括了《窗外》《我是一片云》《笑傲江湖》《滚滚红尘》。林青霞以听众身份,悄然出现在影评人舒琪为其举办的观影攻略的讲座上,她还对话施南生,入场门票被争抢一空。这位已过花甲的银幕女神,魅力依然。

林青霞四十岁息影时,港台华语片已遭美国大片侵袭。随着中国电影市场的高速发展,华语片产量增速,时不时就爆出林青霞复出的消息,这在王家卫《一代宗师》筹拍前最盛。但她还是选择了拒绝银幕,只是通过著作来与影迷对话,唯一出镜是参加湖南卫视慈善真人秀《偶像来了》,但这个节目并未因林青霞的出现产生多高收视率,或许电视观众与影迷并非一类群体。

林青霞每回亮相,都会成为媒体焦点,但热度已逐年降低,毕竟,偶像是要靠作品来维持热度的。选择息影,演员就割裂了与观众的关系。不过,当红女演员盛年息影,这在港台倒是一种普遍现象,导致这种现象的原因是婚恋现状,即所谓嫁入豪门。演了众多琼瑶电影,林青霞自己也没摆脱琼瑶小说的剧情模式,还是被打上农耕文明中的名优文化烙印,在创作上,她给自己标上休止符。

迟暮美人在好莱坞也是一种普遍现象,但年过花甲的女电影演员依然在创作的前线,把表演作为终身事业,但这在亚洲似乎罕见,日本的山口百惠二十一岁就与我们道别了。东西方女演员的艺术生命的差异,或许还是社会传统文化的不同导致的。

夏衍在召唤

10月30日,是中国剧作家夏衍先生的诞辰纪念日,每年这一天,中国电影剧本策划与规划中心都会如期揭晓年度夏衍杯电影剧本征集活动的结果,为获奖者颁发证书、举办编剧论坛。

第一次知道他的名字是在课本里读《包身工》,后来是大学时听同学张为调侃父亲张弦先生病入膏肓"瘦成夏公"了,才知道"夏公"是文艺界对其尊称。夏公于1900年出生在杭州庆春门外彭埠镇严家弄,本名沈乃熙,他三十五岁时首次启用"夏衍"笔名,发表短篇小说《泡》时使用,因他的父亲字雅言,夏衍便是"雅言"的杭州话谐音,随后成为左翼作家联盟中最闪亮的名字。

夏公对中国电影戏剧与文学的联姻贡献最突出,他先后将茅盾、鲁迅等名作《林家铺子》《祝福》等改编成电影剧本搬上银幕,原创或文学改编了《狂流》《春蚕》等佳作,《义勇军进行曲》即出自他编剧的电影《风云儿女》,他编剧的话剧经典《上海屋檐下》等盛演至今。他的作品关注大时代里普通知识分子和市民的悲欢,反映出激荡的时代洪流,昭示中国共产主义革命的必然。

1948年,他在香港《群众》杂志开设《蜗楼随笔》专栏。20世纪50年代中期,他受潘汉年冤案牵连,虽隔离审查,但仍为电影创作献计献策,曾用四天时间写出了电影剧本《烈火中永生》,却未署真名。"文革"结束后,他陆续将自己收藏的文物、图书、邮票等捐献给了国家。他对子孙说:"这些东西是不能估价的,无价!留给你们没有好处。"

1981年，夏公谏言创立中国电影专业评奖，时逢农历鸡年，将此奖项取名为"金鸡奖"，激励电影人闻鸡起舞、金鸡啼晓、百家争鸣。之前电影评奖均在北京，首届金鸡奖则到杭州颁奖，西湖畔的民国宾馆新新饭店就成为金鸡奖评奖与获奖者下榻的处所。

那年金鸡奖颁奖后的早晨，已八十一岁高龄的夏衍先生拒绝当地政府安排，独自一人从新新饭店出发，重回杭州故宅，这距离他背井离乡赴东瀛求学，已去六十余年。

夏公1995年去世，次年，电影局、电影剧本中心、夏衍电影文学学会联合创立了夏衍电影文学奖，征集与评选全国优秀电影剧本，每年都收到八百部左右剧作。每年夏公生日这天，来自全国的编剧都以新作来纪念这位钱江之子。我有幸两度登上夏衍杯优秀电影剧本的领奖台，获得一等奖那年，就在杭州领的奖。

大剧作家都干过纸媒工作，夏公曾任《新华日报》代总编，这家报纸就在我此刻的城市里。但在他诞辰一百二十周年的纪念日，他的名字却缺席于那天的《新华日报》。

电影导演的家

第十届中国电影导演协会年度表彰盛典在北京举行,给港台导演留了一席荣誉。这个内地最具影响力的电影行业协会,与香港有不解之缘。

三十多年前,随着改革开放,内地与香港的电影交流频繁,香港电影导演协会每年都邀请内地导演赴港出席春茗,内地电影导演觉得应该成立自己的协会,搭建与港台导演交流的平台,于是谢飞等导演于1992年在香港发起并筹建,但未及时到内地民政部门注册,因为完全不懂行业协会到底是干吗的,只觉得香港有了,内地也应该有。内地电影导演协会在创建一年后才正式到民政部门注册。谢飞导演回忆,当年有关部门查账,说账上没有十万块钱此协会就不能存在,当时账上一分钱没有,他就向朋友借了十万元。如今,中国电影导演协会成为内地最有影响力的电影行业协会,谢飞认为电影市场就是要各个协会自治、自律、自强,一步步共同建立起法治的电影市场,中国电影才能更好前进。

2005年,黄建新导演等倡议办导演协会的年度评奖表彰,当年导演协会全部资产只有七千元,所有导演在短短几天内求得一百多万元赞助,黄导说导演们都是义工,花最少的钱办最多的事,有天晚上他在加班,深夜两点接到李少红导演电话,她到廊坊最便宜的印刷厂印请柬画册,电话里她哭了,说迷路了。那年内地国产电影产量不到两百部、国产片总票房不到百亿,如今已增长三倍,而该协会内地导演会员数则增长了四倍,成为内地电影导演的家园。

年轻电影人的课堂

张国立等影视人提出,希望开办电影制作界的专业技术学校,为电影拍摄培养专业人才。

电影其实是工业化程度很高的文化产品,从1949年到20世纪90年代,中国电影就是以工厂来命名并生产电影作品的,比如北京电影制片厂、西安电影制片厂,这些电影厂里又分文学编辑、导演、摄影、美术置景、灯光、化妆、服装、电工、音乐、录音、剪辑、特效、洗印、科研等车间,甚至还有演员剧团与乐团,一部电影生产的全部工种都有对应的部门。随着国企改革,各地电影厂纷纷由股份改制成集团公司,电影技术部门人力资源被彻底推向市场,电影技术人才流失与断层。2001年后,中国电影进入繁荣期,院线大片的生产基本依靠香港导演团队,成本相对有所增加。

我曾经在韩国首尔一个广告片拍摄现场遇到一位年轻的电工,他是韩国电影导演专业毕业的大学生,他说要做合格的导演,从电工做起很正常,把一部电影制作的所有工种都实习一遍,在技术上就会是位及格的导演了。反观目前中国电影制作的基础部门,专业技能偏弱,电影生产力有待提高。

呼唤工匠素质,是产品意识的本位回归。重视工匠精神,不仅只是电影这一种产品的要求。

2019年我在广州参加中国国际儿童电影展,与袁媛、杨瑾两位导演一起,出任此影展创投项目终审导师,听取九个团队阐述新片计划。

儿童电影，我认为分为两类：给少年儿童看的影片，也是少儿家长可以接受的合家欢电影，这类影片以卡通片居多；还有就是以少儿为题材的成人电影，比如黎巴嫩获奖片《何以为家》，该片今年在中国赢得四亿元高票房。儿童电影，成为电影投资的新蓝海。

入围最后决选的新片项目共有九个，三部获奖：最佳项目奖是《谎言歌》，女导演张紫薇深入到新疆哈萨克族地区创作的一个关于爱、谎言与救赎的故事，冬不拉成为全片的音乐原色；最具市场价值奖是《猫龙》，是入选项目中唯一的卡通题材，导演马超曾留学法国，有过《捉妖记》等大片制作经验，他用这个发生在北京的奇幻故事挑战真人动画的高难度；《假期》获最佳创意奖，讲述了山东少年到上海探望在菜市场打工的父母的遭遇，父母工作在都市最底层，少年在底层仰望星空，选择生活的方向与希望。《假期》引领我们走进在沉睡时光中最被忽略、被淡漠，甚至被遗忘的都市底层群体中的少年。

电影百年，我们始终在表现与探寻现实生活中人与命运的抗争，在熟悉却陌生的生活领域去认知、理解并表现真善美，生活才是创作的真正导师与课堂。

九部项目的主创大都只有二十五岁，大都有在法国、美国等地留学的电影专业背景，我说看到了中国电影的新力量！主办方让我坐在导师席中间，我说太隆重了受不起，彩云老师对我说别客气，三位导师中就你的岁数最大。我说你们就差对我说如此盛世如你所愿了！

奥斯卡的傲慢与偏见

听一位企业家说过，他的三大中国梦就是世界杯、奥斯卡、诺贝尔能有我们中国的位置，他希望他投资的电影公司能拍出获得奥斯卡奖的电影。他的奥斯卡情结在中国电影界是普遍的，多少华语导演都以奥斯卡为自己电影事业的最高目标，多少影评人热衷于对每年的奥斯卡获奖名单进行预测，多少中国媒体又在第一时间关注奥斯卡颁奖。其实，奥斯卡就是一个美国本土的电影奖而已，当然，美国电影工业确实是世界电影工业最先进的代表之一，奥斯卡自然是具有一定风向价值的电影奖，但绝对不是全球电影艺术的最高代表。

奥斯卡是美国电影艺术与科学学院奖，它对世界电影艺术最大的贡献是把科学（电影科技）提到了与电影艺术平等的位置上，这是奥斯卡优越于任何一个世界级电影奖所在，也正是重视电影科技发展，美国电影工业百年称霸全球电影市场，用日新月异的科技推动电影艺术的进步，这是奥斯卡值得尊敬之处。

奥斯卡评委大多是犹太人，反映犹太人命运的电影入围奥斯卡的概率高，形成此奖以美国本土为主、对欧洲特别是对英国文化尊敬、兼顾西班牙语系电影人的英语电影奖，为了强化这一概念，设立了"最佳外语片"这个看似开放却本质傲慢的单项奖。

奥斯卡最佳外语片的报名是有很高门槛的，必须由电影出品所在国家或地区的电影行业管理组织报名，电影创作个人无权报名，而且每个国家与地区每年只能报一部，而且这部必须于当年9月底之前在本地区公映不少于一周时间。奥斯卡把报送候选最佳外语片的中国电影的推荐权力给了电影局。张艺谋的《菊豆》《大红灯笼高高挂》等影片早就通过港台地区报名入围过奥斯卡最佳外语片，冯小宁导演的《红河谷》等不少电影都是电影局推荐的中国报名奥斯卡参赛的外语片，只是那时中国媒体与大众对奥斯卡并不关注。

直到张艺谋《英雄》，出品人张伟平在人民大会堂为《英雄》出征奥斯卡举办发布会，一下子把奥斯卡推到了中国大众面前，而那时，中国电影产业刚刚破冰，多厅院线刚开始发展，华语院线大片从《英雄》起步。同年陈凯歌导演了《和你在一起》，赢得了美国发行公司的青睐，希望能通过中国电影局推荐该片报名最佳外语片，但在张艺谋与陈凯歌之间，电影局选择了《英雄》，为此，电影局领导特意找陈凯歌导演安抚了半天。

中国电影导演拍出了一部新片，即便没有被电影局审查通过，都可以自由报名戛纳、威尼斯等众多国际电影节，但绝对无缘奥斯卡。

在最佳外语片上，奥斯卡拒绝地下电影，将艺术家的创作自由彻底抛弃，与每个国家或地区的电影行业管理者坐在一个板凳上。其实，奥斯卡尊重的不是非英语国家与地区的意识形态，而是市场。艺术创造力是掌握在电影人个体手里，而电影市场是掌握在机构、行业甚至是国家管理部门手中的。奥斯卡宁可抛弃有艺术创造力的非英语地区的电影人，也不可能得罪对非英语地区电影市场有影响力的机构与行业管理者。奥斯卡是好莱坞最大的公关家，是为美国电影工业的全球称霸而服务的，它奖励的是以英语电影人才为主的全球电影人，保护的是美国电影的生产力，而不是为全球电影多元发展而服务的。

中国电影市场已经成为世界第二，但电影生产力现在在全球是相对落后的。破除对奥斯卡的迷信，是让中国电影人特别是年轻电影创作者，大胆创新，发展自我，逐步加强自己的艺术创作能力。非美国奥斯卡的国内外电影节永远是展示自我艺术能力的真正平台，在完成个人作者电影的艺术实践后，再回归到为华语大众电影创作的大道上来。

九旬高龄的奥斯卡的傲慢与偏见，会让我们进一步认识美国电影文化。

李安的步伐与算盘

李安新片《双子杀手》的出品方复星影业为此片定的宣传语是："李安的一小步，电影的一大步。"北京首映式上，李安对观众说的第一句话就是更正此宣传语，他说："这部电影是我的一大步，电影的一小步！"

在《双子杀手》中，李安用一百二十帧的数字影像拍摄动作戏，并将男主演从五十岁还原到二十岁。李安认为该片高潮就是那三张不同年龄的同一个面容相视无言，那是笔墨难以写尽的感受，这在李安的脑海里已预演了很久。

李安从中国台湾走到美国，自《色·戒》之后便没执导过华语片，他努力融合到美国文化中，《双子杀手》是他将中国东方伦理阐发于好莱坞类型片的最成功作品。李安电影始终在一个主题，那就是理性与感性冲突下人与命运的抗争，他也酷爱拍一种关系，那就是父辈与子辈的关系——《推手》《喜宴》中的父与子、《卧虎藏龙》中的李慕白与玉娇龙，《色·戒》看似是男女关系，其实根本上是易先生与王佳芝世故与单纯的对决。这是非常东方的母题，李安到了好莱坞仍乐此不疲，但美国文化却不易理解，所以《绿巨人》甚至这部《双子杀手》都不会赢得美国观众的好口碑。李安的少年心永远在与父权意志的对抗中挣扎，在《断背山》中，父权便虚化成社会伦理纲常，所以成为唯一一部美国观众一致点赞的李安电影。

李安在美国是孤独的，这种孤独被投射成《少年派的奇幻漂流》。他在《双子杀手》中又回归中国人伦，亨利遇见自己的克隆人，既是兄弟又是父子，片尾小亨利回校园读书，亨利和丹妮相送，三人构成了标准家庭关系的镜像。在试管婴儿普及的今天，《双子杀手》触及的新人伦关系的家庭现象，才是李安迈出的最大一步。

《双子杀手》在中国的果然票房未达预期，和《比利林恩的中场战事》一样，未收回影片投资。关于一百二十帧数码影像的技术革新的这两部影片，均未在美国与中国赢得口碑与票房佳绩。但李安不是失败者，他是最大赢家。

走进美国电影文化，当代华人导演中只有李安做到了，他两次获得奥斯卡最佳导演奖，于去年再获美国导演工会终身荣誉奖，可谓功成名就。但他真正融入美国文化却长路漫漫。

华语电影在好莱坞不是主流电影，无法满足李安在美国电影体系中的世俗功能，自从《绿巨人》在美国惨败后，李安也深知自己电影中文学表达的固执惯性难以被美国文化接受，自己无疑是小众导演，在不得不继续拍摄英文片的现实刚需下，他选择了用电影新科技来包装自己愿意拍摄的但未必能被美国大众认同的英文片。因为新科技就是小众先锋，李安很理智地将这两部一百二十帧故事片归纳为实验小众片，但成本不低。谁来为这个高成本的小众电影投资？李安幸逢中国电影资本高度膨胀的十年，遇到了中国复星集团、博纳影业等投资方，助其圆梦，但为其买单的中国投资方却成为先驱。

《比利林恩的中场战事》投资方博纳影业，顺着李安的导引将其营销成只有在高端影院才能看清全貌的电影，还为此改造影院，陪李安走实验路线，结果亏损。之后博纳未投资《双子杀手》，该片上线的第三天，其单日票房就被博纳投资的已公映二十天的《中国机长》超越，博纳因这部中国电影赢得口碑与票房双丰收。

是枝裕和启示录

《小偷家族》在中国公映前，导演是枝裕和给中国观众写了一封信，信中说这部新片是继《如父如子》后对超越血缘的家庭如何维系进行的思考，他原本只是打算将它拍成"自己的小宝物"，没想到会在法国戛纳影展获金棕榈大奖，还能进入中国院线公映，如果中国观众能感受到"这是一件只送给自己的宝物"，他将格外欣慰。

《小偷家族》讲述了靠偷窃为生活补充的贫困三代人，在没有血缘关系维系下的亲情。片中父亲将养子翔太培训成惯偷，父子行窃为蚁族家庭添加生活物质，对于偷窃的不道德，是枝裕和用冷静的镜头记录，对于偷窃物质带来的温馨享受，呈现得又极为克制。他对这个生活在底层的贫民家庭有着一种保护，以翔太的视角引领观众进入这个卑微却温馨的家，翔太成为这个家庭裂变的核动力，动力来自道德自省。当妹妹行窃被便利店老人发现，老人赠予翔太糖果并告诫他不要让妹妹成为小偷，触动了翔太思想的发育。奶奶去世，为了掩护行窃的妹妹不被抓获，翔太引开店员跳下天桥，警方介入，这个隐藏家庭的所有秘密终被曝光。是枝裕和用同样平和的新闻视角讲述了这家人的最后离散，小偷家族不道德的凝聚终被法制与文明的力量给击破，他们回到生活原点或选择新的方向，但无血缘的亲情的呼唤仍在心里珍藏。

是枝裕和在《小偷家族》中体现了对蜉蝣贫民应有的知识分子态度，不扭曲、不哀怜、不丑化，同时冷静地看待法制与文明的力量改变贫民命运的两种结果：上善或沉沦。正是这种关切人性善意的不狭隘的价值取向，使得是枝裕和讲述的日本故事赢得了严苛的戛纳影展欧美评审的一致认同,更赢得了中国观众的票房。

对于中国年轻观众而言,日本电影较少在影院公映,但仅亮相的《多啦A梦》《你的名字》两部卡通电影都在中国赢得了五亿元人民币的票房。但中国中老年观众对日本影视却不陌生,20世纪80年代中国影院最卖座的外语片就是日本电影,《追捕》《望乡》《幸福的黄手帕》《生死恋》《绝唱》《血疑》等影响巨大,高仓健、山口百惠、三浦友和、栗原小卷等日本演员被中国观众熟知。

日本电影当年之所以在中国影响深远,首先是一衣带水的文化共通性,从价值观、审美观等都能与中国观众达成较大层面的共鸣;其次是当年美国电影尚未大规模被引进,内地影市外语片缺乏竞争对手。20世纪90年代初,美国大片同步引进中国后,日本电影则全面退出内地市场,好莱坞文化以异域西方风情与工业化运作彻底占领内地影市,历经二十多年的深耕,培育了一代年轻观众,更影响与改变了中国电影创作与生产方向。

与中国观众疏远的二十年间,日本电影却始终坚持自己的文化传统,近年华语片逐步被欧洲影展淡漠,是枝裕和导演的日本电影却一枝独秀,多次在国际影展获得殊荣,成为继承与发扬日本电影文化传统的领军人。《小偷家族》以最快速度亮相中国市场,票房远超贾樟柯、王小帅等导演新片,对内地影市是有益补充,促进内地电影文化的多元发展,拓宽观众审美与消费视野。

东野圭吾的密码

日本电影《当祈祷落幕时》改编自东野圭吾同名原著,是我看到的东野圭吾小说电影中最煽情的一部。该片导演尊重了原著,人物设置与事件发展很工整,阿部宽饰演的加贺恭一郎的母亲因父亲家暴离家出走,松岛菜菜子饰演的浅居博美的父亲因母亲欠债而亡命天涯,同是天涯沦落人,两人在海边小镇相识依偎。浅居博美与父亲感情深厚,她通过特殊方式与父亲情人的儿子加贺见面,留下合影,却成侦破最重要的线索,而将她绳之以法的正是加贺。浅居博美的父亲为女儿杀了两个人,女儿为父亲的自焚少受煎熬而亲手勒死他,父女行凶动机都注解了亲情辩护。两个破碎家庭对其子女产生了两个人生方向,加贺在母亲留下线索的日本桥畔坚守多年,成为基层警官,浅居博美实现话剧导演理想,事业圆满,对父母的深情让这对男女在命案谜踪里相逢。影片最催泪的是结尾,浅居博美视加贺为兄长,她把父亲给加贺的一封信交给了他,帮父亲完成了一次无血缘的亲情倾诉。

东野圭吾不仅始终在写人性的证明,更关注大桥下面被遗忘、被边缘、被漠视的弱势群体,《当祈祷落幕时》关注的是日本核电站工人的职业行为特点,那位被浅居博美自卫而杀死后被其父亲顶替的居无定所的核电站工人,与《嫌疑人X的献身》中那位不知身份、不晓父母、无法取得DNA验证的流浪汉一样,他们已是都市蜉蝣,却不幸成为谜案的亡命人。

东野圭吾的这两部小说不仅是想为因爱情牺牲自我的凶手、为血浓于水的悲情父女的杀戮而叹息,更是关切卑微流浪者、缺失安定保障的核电站工人的悲歌。这使得东野圭吾小说有同类侦破小说难得的对苦难命运的悲悯、对人性关怀的宽厚、对社会失责的追问,一幕幕残酷凶杀迷雾之下,温存着一位作家的社会良心。

欧洲电影的良心与初心

最近看了八十三岁高龄的英国导演肯·洛奇的新片《对不起，我们错过了你》，描写英国底层家庭的美丽与哀愁，父亲是快递送货员，母亲给老人做钟点护工，儿子叛逆、女儿天真，一家人始终在与赤贫做斗争，在艰难时分中饱含对幸福生活的向往。

此片入围2019年戛纳影展主竞赛单元，虽未获奖，但有足够的温度，是久违的闪耀无产阶级光芒的感人电影。老人护工是耄耋之年的洛奇最熟悉的，快递员亦是他每天面对的，洛奇将镜头对准这两种最平凡的职业，浮华世界中的承负生活压力的蜉蝣，令人钦佩。《对不起，我们错过了你》这个片名是导演的一种态度，以道歉的姿态，表达关切的真诚与温暖。洛奇在平实视听语言中体现了娴熟的导演技巧，悲悯与不屈、沉郁与明丽、叙事与表现，干净利落，哀而不伤。

洛奇导演出身于英国工人家庭，他在漫长的创作生涯中，始终在描写不同时代的英国工人的命运，《交叉点上》的青年女工、《煤矿的代价》中的矿工、《石雨》中的失业工人、《面包与玫瑰》中的洛杉矶清洁工、《自由世界》中的非法移民劳工、《铁路之歌》中的铁路工人、《我是布莱克》中的失业木匠等等。他的工人群像，通过纪实、喜剧、爱情、惊悚等多种电影类型呈现，体现了扎实的功力。除了关注工人阶级，他还始终将镜头对准青春，他在六十六岁时拍摄的《甜蜜十六岁》、七十六岁时执导的《天使的一份》，均聚焦青少年社会现实，都在戛纳等影展获奖。

快递、钟点工是后工业化时代中最普遍的职业，在中国亦很普遍，

《对不起》的现实主义艺术光辉与力量，同时穿透中国更多家庭面对的现实情境。遗憾的是，中国电影却忽视了太多这样的身边人，更缺乏像洛奇导演那样始终坚持抒写工人与青春的艺术良心。

西班牙导演阿莫多瓦的电影作品是我偏爱的，他总在欧洲电影惯有的散漫不经意间，保持着强烈的戏剧性，这种戏剧性在人的欲望与命运间焦灼，不管惊悚还是诙谐，总是引人入胜，《回归》算是典型。而他三十八岁时拍的《欲望法则》、五十五岁时执导的《不良教育》则体现其电影最可贵之处，那就是剖析自我的真诚。

阿莫多瓦出生在西班牙的一个贫穷小村庄，在传统家庭长大，童年与教徒一起学习，在唱诗班唱歌，十二岁看了好莱坞名片《朱门巧妇》后便迷上了电影，二十岁时离开故乡，到马德里发展，那时他没钱上大学，而当年佛朗哥政府也关闭了所有电影学院，他曾靠卖书糊口，后来白天在电话公司上班，晚上在家为杂志编写情色故事，由此进入影视界，成为电影导演。在《欲望法则》《不良教育》中，他几乎将后来自己在电影界博弈的人性传奇真实呈现，戏中戏的套层结构，将作者电影的个体表达与类型电影的大众写作，做到了最完美结合。同时，他对母亲的迷恋，也反映在他不同年代的代表作中。

在迈进古稀之年之际，他导演了入围戛纳影展的新片《痛苦与荣耀》，让该片主演安东尼奥·班德拉斯荣获最佳男主角奖，班德拉斯饰演的是一位七十岁的西班牙电影大导演萨尔瓦多，可谓阿莫多瓦的真实人生。阿莫多瓦将童年的启蒙、母亲的眷恋、情人的释怀投射到银幕上，画面还是一如既往的奔放色调，但却充满了迟暮晚晴的暖意。他与昔日情人的重逢之夜，千帆过后的一往深情令人动容；他与母亲的别离，母亲临终前想回到乡村但还是在马德里的重症病房走完人生，对母亲、对故土的愧疚的一颗赤子之心，闪耀光辉。

阿莫多瓦将生死之痛置于阳光灿烂日子的回望，故土与初心是其一生的最终荣耀。

跨时代的俄罗斯灾难片

2016年俄罗斯票房最高的电影是《火海凌云》，讲述一个民航机组如何拯救被火山地震围困的难民的灾难片。绝境之中，表现了对于个体生命拯救的人道主义精神，同时又是对集体主义的弘扬，一个民航机组的团结拯救了生命，不抛弃、不放弃。灾难片的价值观内核最终还是英雄主义，我们看到了一个平凡民航机组的英雄成长。

人道主义、集体主义、英雄主义，灾难片的三性，其实是近年好莱坞确定的，好莱坞在视觉特效的日新月异中，幻想宇宙与人类的一次次绝境，刻画出无数从凡人到英雄的洪荒之力。但《火海凌云》不是好莱坞出品，而是出自俄罗斯，讲述的是发生在身边的救灾故事，没有超自然、泛宇宙，只有沸腾生活与真实的人，因而在俄罗斯赢得票房佳绩。

《火海凌云》其实翻拍自前苏联1980年出品的首部灾难片《机组乘务员》，当年主演中还有日本著名演员栗原小卷。而《火海凌云》的导演则是1966年出生的尼古拉·列别捷夫，他与众多编剧将《机组乘务员》进行了当代化的微调与改编。

近四十年前的《机组乘务员》顽强的艺术生命，使得这部现实主义力作的魅力与价值并没有因国家的政治体制的巨变而消解，而被俄罗斯年轻一代电影人传承下来，其电影文本的意义已经超越了电影本身。

辜负万贯家财

重构中国民间传说的文本中，我最推崇李锐、蒋韵夫妇的《人间》。重写白蛇传说，往往会向过往看，把白素贞、小青、许仙的前史捋一下，比如说小青本是暗恋白素贞的一男子，为还情债变身青蛇，与白蛇终身相伴。《人间》一反中国式习惯思维，向未来看，重点写了白素贞的遗腹子粉孩儿，粉孩儿是她与许仙的儿子，拥有人与蛇的基因，在凡人眼中他是人与妖的怪胎，他以赤子童心历经人间冷暖与江湖险峻，在人与蛇之间做出了抉择，他放弃做人，彻底做条蛇，永远远离人间。这是《人间》最绝妙的叙事角度，打开了白蛇传说固有的世界观与价值观，人性悲悯，万箭穿心。

最近看了率先在北美公映的《海王》，亚瑟是海底国亚特兰蒂斯的皇后和美国海边灯塔看守人的私生子，拥有半人类、半海底人的血统，拥有与人鱼两界沟通、适应大陆与海洋的超强能力。推动亚瑟勇往直前的是他的生母，皇后因与人类私通被囚禁海底，二十余年的囚禁使她一夜白头，最终被儿子所救。面对三叉戟的守护神的询问，亚瑟说："我是一位无名小卒，我是为了拯救海洋的和平来到这里，取三叉戟不是为自己成为海王，只为海洋与大陆上的生灵永远安宁。"亚瑟以英雄之心最终成为海王。

《海王》是标准好莱坞合家欢爆米花电影，亚瑟与《人间》里的粉孩儿是同类人设，但却是两种人生选择，一喜一悲，入世与出世，这两种人生态度往往成为东西方大众文化常有的两种习惯表达。《海王》里不仅有白蛇传说的韵味，还有二郎神劈山救母等中国神话的影子，导演创造了一个水火相融的海底世界，与灯塔孤岛，遥望成超时空的英雄传奇。中国民间文学的宝贵遗产，更应被中国电影创作者重视，进行创造性转化、创新性发展。

直通人心的作品才有未来

关于电影创作,近年听得最多的一句话是要"接地气",贴近现实生活。我认为,这只是点到了表层,创作不仅要接地气,更要掘地三尺、直通人心。

早年做记者时,采访过著名歌唱家王昆老师,我曾听她说过一句话:"新中国不仅是解放军打下来的,也是我们(文艺工作者)唱下来的!"1945年4月,在毛泽东《在延安文艺座谈会上的讲话》发表三年后,王昆老师参加了我国首部民族歌剧《白毛女》在延安的首演,她塑造的喜儿成为中国歌剧经典艺术形象,该剧随后在解放区深受百姓欢迎,著名电影表演艺术家陈强扮演剧中反派黄世仁,解放区农民观众被剧情打动,甚至冲上舞台追打他。人戏不分,足见该剧强大的艺术感染力与现实震撼力。《白毛女》中的喜儿是根据晋察冀边区白毛仙姑的民间传说改编而来,其因饱受旧社会的迫害而成为少白头,"白毛女"剧名便体现了强烈的浪漫主义的戏剧性,她对活着的幸福渴望、对恶霸地主阶级的不共戴天的深仇,通过《北风吹,扎红头绳》《恨似高山仇似海》等经典唱段唱进了当时的农民等劳苦大众心里,唤醒与凝聚起他们对中国共产党的向心力。人心所向,才有了淮海战场上群众拥护人民解放军的滚滚车轮,成为推动中国历史前进的伟大动力。

新中国成立后,歌剧《白毛女》被改编成故事片、京剧、芭蕾舞剧、电视剧等多种艺术形式,三次被搬上银幕,特别是2016年拍摄的同名3D歌剧电影,全景再现了这部中国民族歌剧开山之作的艺术魅力,史料价值尤为突出。毛泽东《在延安文艺座谈会上的讲话》发表后,《白毛女》只是践行讲话精神的众多文艺作品中的一部,之所以能成为影响未来的经典,还是因为创作者不仅接了地气,而且遵循歌剧艺术创作规律并在民族化道路上有所创新,深入到角色内心,通了人心,就与观众有了共鸣。

通人心的作品,会赢得观众。近年的一些古装电视剧、科幻题材电影,聚焦的未必是当下的现实生活空间,却往往成为收视"爆款"与票房大片。比如美国影片《地心引力》,讲述的是美国女宇航员斯通博士迷失太空后如何振作与自救,登上了中国天宫空间站并最终驾驶神舟飞船回到地球的故事。这部独角戏,几乎无复杂并强烈的戏剧冲突,编导细腻地抒写了女宇航员的丰富内心,关于人之孤独、关于逆境自赎的毅力,无不打动观众。这位不接地气的女宇航员的一段生死命运,触动了观众的心。我一直认为历史片与科幻片,都是同类题材,都是基于现实理性科学研究上的两个相反时间轴的非现实的艺术题材,但这类作品想要深得观众市场,必须写出打动观众内心的现实意义,所谓古月照今尘。

好作品会跨越时代,歌剧《白毛女》这样的经典,不仅启发后继者去研习其艺术精神与创作规范,更有对观众先进社会生活方式的润物无声的潜移默化。

1985年,马庄村党支部书记看了北京电影制片厂拍摄的电影《迷人的乐队》(王好为导演),被这个故事吸引,决定学电影里果农曲立新那样,在自己的村庄成立铜管乐队,并排除不同时期的困难,一直坚持到今天。

《迷人的乐队》《等到满山红叶时》这两部影片在中国电影史上都不算是高峰之作,但两部真诚的影片传达出的美好以及先进的生活方式，却影响了当年广大的普通观众。当普通观众因电影里的人文精神改善了自己的生活方式时，这些打动过他们的电影作品，就雕刻在观众心房，不会被时光磨灭，就具备了与艺术经典同样影响未来的长远生命力。

我们要做高峰之作的艺术攀登者，更要将视角聚焦现实生活中的人情，提炼不同题材中引发群众共鸣的人心，分享今天的时代风貌，引领影响未来的时代风气，做守正创新、脚踏实地的电影行路人。

一带一路合拍片

2018年秋，我应邀出席开罗国际电影节，与来自上海国际电影节组委会的代表一起，与埃及影人积极会面，并学习了具有四十年历史的开罗电影节的官方放映、票务系统、嘉宾接待等各个流程。随后，我们一行，从开罗飞往爱沙尼亚，出席已有二十一年历史的塔林黑夜国际电影节，《和你在一起》《桃姐》等华语片在此曾获得奖项。上海国际电影节与塔林电影节联合主办的合拍片论坛准时举行，我与芬兰制片人Kati Noura女士、北京宋一然老师等一起，回顾了中国合拍片近四十年历程，与欧洲影人一起探讨了合拍片未来。

中国与外国合拍片始于改革开放之初的20世纪80年代，意大利导演贝纳尔多·贝托鲁奇到北京故宫拍摄了《末代皇帝》，该片由中国、意大利、美国、日本等联合拍摄，轰动全球，尤其是获得了美国奥斯卡金像奖、金球奖，让世界影坛了解了正向全球开放的中国。近年中外合拍片最成功的当属《狼图腾》，由法国导演执导的由一个中国演员出演的中国故事，该片在中国赢得六亿票房。中国对一带一路国家与地区的合拍片给予优惠政策，在票房分账比例上享受中国国产片同等待遇，提高了合拍片成本回收空间。而法国电影公司一直投资贾樟柯等中国导演的电影，这也成为其作品在欧洲的有力推手。

论坛上，欧洲影人更关心合拍片的内容创作，中国观众喜欢什么样的欧洲片？我举例西班牙《看不见的客人》，在中国互联网与航空娱乐正版视频播出后，该片在中国院线市场又获得一亿七千万元票房，而意大利《完美陌生人》两年后进入中国院线市场不仅获得理想票房，更被中国公司翻拍成华语片。传达真善美的情怀，有鲜明艺术形象与引人入胜的戏剧叙事，能引发中国观众心灵共鸣的欧洲片都会在中国电影市场获得收益，我们欢迎这样的合拍片。

戏剧的拐杖

西班牙电影《看不见的客人》在内地赢得一亿七千万元票房，此前，该片早已在内地网络与航空飞机上播映正版视频，这样的票房佳绩，连大多数中国新片都望尘莫及。此片在豆瓣等电影网站评分高达8.7分（10分制），中国影迷推崇为烧脑的悬疑佳片，值得一看再看。

该片台湾译名为《布局》，说的是一对热爱戏剧的平民夫妇，为失踪的儿子，在不公平的警察面前，利用戏剧化妆术，直面身为富豪的嫌疑人，最后获知真相。编导很好地运用了电影的结构叙事，将简单的故事讲述得一波三折、引人入胜。但我看这部影片的开头，就猜到了结尾，因为我常看阿加莎·克里斯蒂的小说。该片核心戏剧点与阿加莎《原告证人》一样，《原告证人》被阿加莎自己改编成了话剧，改写了原著的结局，但戏剧核心点是易容化妆逼迫嫌疑人说出真相。此剧1953年在伦敦演出四百六十八场后，被美国百老汇搬上舞台，盛演六百四十五场，2015年，该剧被上海话剧艺术中心搬上中国舞台。

《看不见的客人》正是在阿加莎小说与戏剧的基础上的一次电影创造，不算是特别高明的故事，但之所以被中国电影观众热捧，还是因为中国电影以及观众远离戏剧太久。

中国电影诞生以来，其创作受美国影响，甚至出现了《一江春水向东流》等剧情长片，1949年以后内地电影生产主要研习前苏联电影工业化体系，创作依然是以强化叙事与人物刻画为主的剧情片，戏剧与文学是电影创作的两大核心命脉，就这一点，美国与前苏联电影风格是相通的，奥斯卡金像奖始终设立最佳改编剧本奖，就是奖励那些从小说或舞台剧改编的电影剧作。

1976年后，中国改革开放大潮影响着中国文艺，欧洲影像美学的电影通过香港辗转出现在北京电影学院等研究教育机构，且被追崇。1979年后，《丢掉戏剧的拐杖》《戏剧与电影离婚》《谈电影语言的现代化》等理论文章影响张艺谋等中国第五代导演，同时奠定了电影教育与研究的方向，影响至今。去叙事、去演员表演等论调矫枉过正，导致第五代导演电影无人喝彩，直到陈凯歌《霸王别姬》、张艺谋《活着》两部经典回归文学，但那时，中国电影产业发展已停滞，美国大片开始进入内地影院并迅速赢得市场，中国电影创作开始陷入不会讲故事的尴尬，至今未曾走出此魔咒。

让文学与戏剧重回电影！《夏洛特烦恼》等开心麻花电影能在院线电影中异军突起，得益于每部影片均改编自同名话剧，通过数百场演出磨合，创作者掌握了剧场观众对此剧的互动笑点，电影改编由此受益。加上原班演员的默契，给电影表演打下坚实基础，赢得观众就能水到渠成。

寻找剧作家

中国现代戏剧泰斗曹禺先生诞辰一百一十周年时,他的《雷雨》《日出》《原野》《北京人》等经典再次公演,因创作出这些中国现代文学的瑰宝,他被誉为"东方莎士比亚"。

曹禺先生参与创建了北京人民艺术剧院,并出任院长。在20世纪80年代,作为人艺终身荣誉院长,曹禺始终关注剧院创作,将作家作为创作核心力量。当年,北京人艺创作室就汇集李龙云、高行健、蓝荫海、刘锦云、王梓夫、何冀平、王志安等九位剧作家。有回北京作协开会,人艺作家就占了一半。曹禺先生看完《天下第一楼》后,欣然给年轻的何冀平题词勉励,他强调深入生活、向文学汲取营养是剧作家的根本。

为创作《日出》,曹禺先生曾深入天津贫民区,花钱请乞丐教他唱数来宝,在最下等的"鸡毛店"客栈,曹禺险些被酒鬼打瞎一只眼睛。为了《日出》第三幕这短短的三十五页戏,曹禺亲历了最底层的卑微与黑暗。但这第三幕多被话剧导演删除,或被评论家诟病,认为与全剧风格不符,但那却最贴近曹禺的心。他十分推崇茅盾《子夜》、老舍《骆驼祥子》等文学作品,并将巴金《家》改编成同名话剧,之前提到的江苏省人民艺术剧院就因排演话剧《家》而全国闻名。曹禺将原著中"鸣凤之死"的普通文字,改编成话剧舞台上的悲情诗意华彩,话剧《家》成为改编剧作上的典范。在1981年,北京人艺复排《日出》时,曹禺对剧组特地提到《子夜》,建议演员们要读这本书。

在曹禺先生的影响下,中国话剧界在20世纪50年代、20世纪80年代涌现了一批剧作家,除了北京人艺剧作家群体外,北京的刘会远、江苏的顾尔潭、上海的沙叶新等都有传世之作。剧作家队伍壮大,造就了中国话剧的繁荣。

如今重振话剧辉煌,仍须剧作家。

人艺古董修复师

北京人民艺术剧院代表作《茶馆》每年在北京公演,每轮演出票都早早售罄,出现观众通宵排队买票的盛况。

《茶馆》公演已六十余年,于是之等人艺老艺术家的首版阵容共演出三百七十四场,于1992年落幕。由梁冠华、濮存昕、杨立新接班的新版首演于1999年,后恢复为1958年首演的版本延续至今,每年在北京都有驻场演出,每年都是一票难求,原因无非两点:一是《茶馆》确实是跨越时代的中国话剧经典,是话剧观众必看的入门戏;二是新版《茶馆》汇集了中国话剧界最优秀的演员,他们在表演、体力等综合因素上都是最佳状态,而舞台剧就是靠活生生的演员在舞台上演出来的,《茶馆》因演员的档期,也不可能做到每年有大量场次的演出,而当代观众对这出戏的观剧需求已大于了演出场次,供求出现了不平衡。

以人为本是舞台剧产出的本质,这与影视工业化的复制完全不同。一位演员演一台话剧,每场最多一千余名现场观众,而影视表演则可以通过工业化复制同时让亿万观众观看。舞台剧是手工活儿,是限量版的定制手工品。前不久我看了南京越剧团的新戏《乌衣巷》,一位演员分饰兄弟二人的两个角色,这出戏核心其实是兄弟情,但因一人扮演兄弟二人,所以竟然没有二人同出现在舞台的对手戏,假如这出戏拍成电影,就可以通过数码技术让一个演员扮演的兄弟二人同时出现在一个场景画面中,这一缺陷就迎刃而解。

舞台剧与观众是面对面交流,每场演出因为演员不同,都是一个崭新的独立文本，观众对戏的质量的反应会真实及时地传递到舞台上，使得舞台剧不断根据观众反应做调整，精益求精，最终成为一票难求的经典。所以舞台剧的首演是创作的开始，而影视首映则是创作结束，难免不足，所以是遗憾的艺术。

《茶馆》《小井胡同》这两出看家戏的复排导演都是杨立新，于人艺大院，他比濮存昕、梁冠华都更有时光纵深处的厚实情感，他亲历了夏淳复排《茶馆》轰动欧洲，参与了刁光覃导演《小井胡同》的首演，以演员的现场感，吸纳了这两尊人艺古董的艺术润泽，成为当代这两大经典的复排导演，他是人艺古董修复师，陪伴人艺一代一代演员在经典之上锤炼艺术本事。

见到杨立新导演，我说当年读大学时，《天下第一楼》到南京演了五场，我就在人民剧场看了三场；《哗变》只演两场，没票，我就站着看了一场。聊起那次巡演，立新导演说多亏了你们南京的电视台，将朱旭、任宝贤的首版主演阵容的《哗变》在南京录了像，2006年人艺复排时，参照的全剧唯一的完整影像资料就是南京的实况录像，否则，原汁原味就失传了。人艺建院七十周年，杨立新导演说，人艺导演、演员中很少有硕士、博士学位的，但人艺致力的就是学者型剧院，从传承与实践中，建构文化内涵与美学境界。

大师团圆

北京人艺导演林兆华被媒体记者尊称为"大导",大导八十二岁那年,他导演的话剧《三姐妹等待戈多》在京封箱演出。

有人称话剧出现了"导演文本",我认为这最多是话剧的导演品牌而已,《三姐妹等待戈多》才算是真正意义上的导演文本。

《三姐妹》是俄国剧作家契诃夫1900年创作的话剧,那时俄国仍处于农奴制改革的社会影响之下,风雨飘摇、大厦将倾,封建地主与新兴资产阶级、农民阶级的冲突日益激化,悠闲诗意的贵族乡村生活正在瓦解,暴力血腥的社会革命迫在眉睫。《等待戈多》则是爱尔兰现代主义剧作家塞缪尔·贝克特的两幕剧,二战过后理性主义理想在战争中破产,世界充满了庸碌无为、误解失望,该剧1953年首演于巴黎,随后被搬上百老汇,成为荒诞派戏剧经典,塞缪尔则于1969年荣获诺贝尔文学奖。两部经典剧作,时隔半个世纪,却诞生于不同背景的社会变革之际。

1998年,林兆华将这两部经典融合于《三姐妹等待戈多》,当年该剧被视为票房毒药,2017年该剧被再次搬上舞台却赢得好评,巡演一年后在京封箱。在该剧中,契诃夫的三姐妹与塞缪尔的流浪汉互为镜像,不同时空的两个角色切换自然舒驰,既有各自的原汁原味又呼应出新滋味。契诃夫始终在现实困顿中追问未来并相信未来,这种善意与乐观如冬日一缕阳光,被孤独坚守的悲悯深藏,费穆《小城之春》深受其影响,这也是林兆华的心声。三位不同国度、年代的戏剧家,在舞台上团圆。

田汉的百年一叹

继1957年和1979年后，2018年北京人民艺术将剧作家田汉先生名剧《名优之死》再次搬上舞台。该剧创作并首演于1927年，以民国初期京剧老生刘鸿升为原型，描写注重戏德戏品的京剧名角刘振声不为社会风潮左右，其徒弟刘凤仙成名后被流氓恶霸所腐蚀，刘振声起而抗争，在恶势力压迫下，愤懑病发，倒毙于舞台之上的故事。

该剧曾于1985年被改编成同名电视剧，程之、王馥荔主演，当年程之先生已近花甲，他本是京剧票友，在剧中表演了《打渔杀家》，演刘振声可谓出神入化。我进南京大学读中文系，陈白尘先生是我们系的旗帜之一，他当年在《名优之死》首演时演记者，主演刘振声的是著名剧作家洪深。北京人艺第三版导演是任鸣，他对这部经典呈现是成功的。

此剧共三幕，是中国话剧早期文本，北京人艺进行了角色合并与删减，删去芸仙与何景明等，完善了田汉原作。人艺版更集中在人格气节、艺术传统在时代巨变中的坚守，有强烈的现实批判力度：杨老板现在无处不在，他代表着新秩序下的欲望与资本权力，凤仙对于京剧舞台的欲走还留，是迎合观众还是坚持艺术本真，这一争鸣至今仍在，刘振声的悲怆依然在我们身边。

这种现实主义力量，是通过任鸣、闫锐导演的诗意表达完成的，导演用对称却灵动的舞美设计强化舞台调度，第三幕的场景调度娴熟，升华成全剧情感高潮，催人泪下。导演技巧，提炼了田汉原作中被时代局限淹埋的诗意精神，弥补了人艺年轻主演们的各种局限，是近年人艺艺术呈现最精良的中国题材话剧,充满着正气的诗意情怀。主演闫锐曾研习京剧表演,也是负责本剧传承的联合导演,《名优之死》会在北京人艺一代代传演下来。田汉当年对艺术、对人生的一声叹息,仍会激荡于未来。

裁缝

裁缝，这个指制衣工匠的名词，却是由裁与缝这两个动词组成，2018年北京公演了新剧《裁缝》，用这两个动词做剧名，讲述了一位九十三岁女裁缝老顾在七十三岁时的生活选择。

老顾是无锡人，曾是百货店裁缝，她嫁给了从事体育工作的北京人老吴，她为自己和这个家庭裁缝所有的衣饰，她渴望拥有自己的简朴裁缝铺，她渴望丈夫的生活习惯能与自己和谐，诸多愿望，在岁月中蹉跎。七十三岁那年，她做出了自主决定：与老吴离婚。这个"裁"却是瞒着独生子小吴进行的，小吴是体育局一名普通按摩师，他也面临着人到中年的困境。老吴在离异后不久即去世，在生活真相面前，母子"缝"补伤痕。

《裁缝》说的是凡人的一点糟心事，但编导却将其放置于时光长河中，使得原本的焦虑有了宽厚、温暖且明亮的哲学底色。回首往事，老顾已九十三岁，她将买来的小龙虾放进金鱼缸，与它倾诉自己的过往，小龙虾开口和她聊起了人生愿望。她在全剧尾声的独白体现了编导价值观的立场：

"我的一生，是一个廉价的故事，任你掏出几个钱，都可以把它买走。我叫老顾，今年九十三岁，在七十三岁的那年我决定离婚，我以为自己终于做了一回自主的选择，哪怕是我这辈子唯一的一次，我以为生活可以重新开始，可是，一切都来得稍晚了一些。我还是没有选择地继续生活着，所有的日子都是猝不及防，包括你走，也没有跟我商量。"

这段台词中的"你"有三层指向：一是老吴当年的辞世，二是与老顾对话的"小龙虾"，三可以是台下即将散场的观众。人生崎岖，从容面对，无怨不伤，《裁缝》这出凡人小戏道出了这样的大情怀。

　　饰演九十三岁老顾的是九十三岁的沙漠老人，她是我国第一代话剧表演艺术家，初次登台是在20世纪40年代的重庆。看完这部戏，我又翻阅了她的传记《我心深处》，没想到她与我是老乡。这本书看完，我补了一堂大课，关于戏剧与人生。从阳翰笙、夏衍、光未然到白桦、刘沧浪等，都在沙漠老人的笔下活了起来，特别是阳翰笙先生的晚年时光，这位伟大作家的人生暖阳，令我热泪盈眶。沙漠的一生，与中华人民共和国的孕育、建立、发展与磨难共命运，这本书是对中国现代戏剧史的重要补充，书中老照片上，戏剧前辈们的面庞上，洋溢着真挚、磊落、热爱……

"制造明星"的"慈禧"

北京故宫、圆明园、颐和园及众多皇陵，均出自雷姓的建筑世家，从康熙到光绪，跨越二百六十年历经七代传人的清朝首席建筑设计师家族被誉为"样式雷"。北京国家大剧院创作了同名话剧，用重修圆明园事件，展现了样式雷的精神与骨气。此剧虚构了雷廷昌与贫家女桂枝的爱情故事，但最出彩的还是作为背景的配角慈禧。

剧中慈禧三十七岁，下令重修圆明园，面对样式雷反映的官僚贪污、民生潦困的现实，不得不取消了这次重修。慈禧只有两场戏，她渴望安定却被无情现实裹挟、无奈放手的苍凉，被北京人艺青年演员程莉莎演绎得入木三分，赢得满堂喝彩。《样式雷》中的慈禧，弥补了艺术作品中慈禧的盛年形象的空白。程莉莎毕业于上海戏剧学院，因出演改编于张爱玲名著《倾城之恋》的电视剧跃升知名演员行列，但她常年坚持在人艺主演《日出》《哈姆雷特》等经典话剧，《样式雷》中的慈禧又让她的演技博得赞誉。

影视舞台剧中的慈禧让无数女演员赢得观众。李翰祥《火烧圆明园》让刘晓庆享誉海内外。电影《末代皇帝》慈禧虽只有一场戏，却让卢燕女士再次惊艳好莱坞。长篇剧集《走向共和》也让北京人艺著名演员吕中再次被关注。

何冀平编剧的京剧《曙色紫禁城》改编自其话剧剧作《德龄与慈禧》，这出戏尊重京剧唱念的特点，将话剧原著的角色进行浓缩与删减，用德龄公主的视角写了慈禧晚年的内心波澜。德龄是西方文明与青春的象征，她的出现冲击了被戊戌变法困顿住的慈禧，剧中将慈禧与荣禄青梅竹马的情愫作为辅线但最终推向悲剧高潮点,弥留之际放德龄出宫去探寻新路。曙色,其实是慈禧代表的封建统治者被时代追赶时的求新思变的人性希望。该剧由老旦演员饰演慈禧,老旦唱腔高亢激昂,似与慈禧暮年气质不吻合,但这何尝不是垂暮之年的慈禧的内心精神世界的最佳写意?

邓丽君的乡愁

认识沙叶新老师是在2012年，邀他创作一部戏，当时沙老旅居美国，他因潜心创作话剧《邓丽君》而无暇，便婉拒。其实，沙老与邓丽君早在三十多年前就有一段神交。沙老早年震动中国剧坛的代表作是话剧《假如我是真的》，该剧用精湛的艺术手法讽刺了社会不良社会现象，该剧竟然被台湾导演王童改编成电影，香港歌星谭咏麟主演该片获得1981年金马奖最佳男主角，而为该片配唱主题歌的即是邓丽君，《假如我是真的》也成为她的年度金曲。

沙老创作的话剧《邓丽君》经香港高志森导演搬上舞台，我看完后在上海与沙老有过交流，我坦言该剧相对未见华彩，没能打动我。邓丽君的情史已过多体现，她最大的悲剧不仅仅是爱情与婚姻，而是客死他乡的乡愁。

祖籍山东，邓丽君却无缘踏上故土，面对亿万中国歌迷演唱。出生于台湾，她却在泰国意外孤独离世。她与她的父母以及兄弟姐妹的亲情，她与她的同窗、邻居的友爱，这些或许也是我们探视一代华人歌后内心的另一个崭新视角，可惜，邓丽君离世二十年来的众多关于她的作品中无一涉及，我们也就失去了一种再见邓丽君的可能。

而乡愁又岂是邓丽君一个人的悲剧，那是一个时代的蹉跎，正如早在三十四年前，沙叶新与邓丽君就在一部作品中相逢却无缘面对。

断翅蝴蝶飞上天

2019年在北京看了吴彤老师编剧的话剧《除夕》。

除夕夜,从北京飞三亚的跨年旅行途中发生的故事,一群旅客遭遇了航空行程中的一次次意外,试图通过新年旅行挣脱自身束缚。其中有被历史蹉跎的黄昏恋人,有靠物质维系幸福的老夫少妻,有北漂底层的外乡夫妻,有身着名牌的抑郁症病友,有逆境中保持内心纯洁的残障男女。无序个体形成无常旅途的人心合力,苍天有眼,他们成功脱险,但编剧还是在最后给了一个思辨的警示:我们真的摆脱现实困境了吗?

观众把掌声与笑声集中给了《除夕》的两位演员:饰演餐馆老板的梁天,他是因《顽主》《我爱我家》等出名的影视演员,他的表演道出幽默台词的弦外之音,总是博得观众会心一笑;另一位演员就是坐在轮椅上的女舞蹈家刘岩,刘岩是中国奥运开幕式唯一独舞《丝路》的A角表演者,她在开幕前的训练中受重伤致残,永远无法站立,与轮椅相伴终生。人生逆转,刘岩却在轮椅上站立,她回到北京舞蹈学院执教,开设了《中国古典首部动作与印度古典舞手部动作比较研究》等课程,将自己的经验与研究成果传授给年轻一代。她成立了"刘岩文艺专项基金",支持资助中国贫困地区小学的基础艺术教育,以及资助孤儿与农民工子弟接触舞蹈艺术。

《除夕》中刘岩饰演无法站立的马薇,"知道这个世界上我最恨什么吗?台阶!每一道横在我面前的台阶!你们一步就能跨过去的台阶对我来说就是一座山!"编剧吴彤在把剧本交给刘岩前,一直在反复斟酌她的接受度,但刘岩坦然接受了。舞台上,她从容平静地讲述,深深打动了台下每一位观众,赢得观众热泪。认命,却不从命!剧中马薇在盲人男友的牵手下翩翩起舞,轮椅上的刘岩被全场观众的掌声包围,断翅的蝴蝶飞上了天。

前世今生《四进士》

北京人艺公演了新剧《大讼师》，改编自京剧《四进士》。说的是明朝嘉靖年间，毛朋、田伦、顾读、刘题等四位新科进士出京为官，互勉盟誓做为民的清官。河南上蔡县姚廷春的妻子田氏图谋财产，毒死丈夫胞弟，串通弟媳杨素贞之兄，又把杨素贞贩卖给布商杨春为妻。杨春听素贞哭诉，可怜其遭遇，撕毁身契，代她告状。正遇毛朋私访，代写状纸，嘱去信阳州申诉。杨素贞与杨春失散，被革职的书吏宋士杰所救，认为义女，携至州衙告状。田氏逼其弟巡按田伦代通关节，给信阳知州顾读写了求情信并送上三百两贿赂的白银。此信与贿银被宋士杰发现。顾读受贿释放了被告，押禁素贞，最后杨春去巡按毛朋处上告，毛朋接状，宋士杰作证，田、顾、刘三人均以违法失职问罪，判田氏夫妇死罪，素贞一洗冤情。

《四进士》原是四本连台戏，后被压缩成一本。戏曲的剧作是以名角为创作核心，由于马连良、周信芳这两位京剧表演大师饰演过剧中配角宋士杰，特别是周信芳版于1956年被搬上银幕后，《四进士》变成了《宋士杰》。《四进士》批判官场腐败对官员的异化腐蚀，警示官员为民清廉、不忘初心，四进士群像塑造有人性深度与历史广度；《宋士杰》则聚焦在为民伸冤的退休书吏宋士杰上，强化个体反官的批判精神。1992年，香港杜琪峰、周星驰曾将此剧改编成电影，票房大获成功。

北京人艺《大讼师》与京剧《宋士杰》一样，把宋士杰作为了核心主角。戏曲是用人物内心独白以演唱来叙事，《大讼师》过于依赖京剧戏曲特点，导致节奏拖沓冗长。京剧中宋士杰《盗书》便是精彩一折，但此情节在话剧中则被当代观众所诟病：宋士杰为明朝律师，在自家经营的旅馆中窃取客人公函，虽是非常之道行非常之事，但话剧中给予的特殊情境不够充分。宋士杰违反"民不告官"的明朝律法为弱女伸冤，这是人物最亮色，但此话剧中还未摆脱戏曲塑造人物的闲笔小趣，导致《大讼师》里的宋士杰形象显得过于松怠与狡黠。

《四进士》原著中建构了民与官的两大阵营的三个阶层，四进士为朝堂阵营，宋士杰与杨青为民意代表，宋士杰属于知识阶层，杨青属于普通百姓。原著在杨青等百姓的刻画上笔墨动人，平民的良知与勇气冲破朝堂黑暗，正义得以光复，算是明朝的"人民的名义"的反腐传奇。可惜，《大讼师》未能抓住这一更具现实意义的改编方向。

宋士杰不是不可以独立成篇，1992年香港杜琪峰导演电影《审死官》即为优秀改编。该片将《四进士》从明朝改成清朝，从河南改到广东，周星驰生动刻画了宋士杰的机智，梅艳芳饰演其夫人，将动作喜剧进行影片风格包装，嬉笑怒骂成大器。该片当年在香港创下近五千万港币高票房，成为港片古装喜剧的经典。

他让老舍走进"90后"

1934年,老舍先生在山东济南执教时写了部长篇小说《牛天赐传》,说的是民国初期,牛氏富商收养了男弃婴,取名为天赐,天赐未按养母的意愿走上"官样"仕途,也未走养父的从商之路,平民的善良呵护了他对陈规的反抗、对美好的想象,他成长为一位诗人,文学让他躲避了人间战火,体会世态炎凉。

2019年年底,这部现代文学遗珠被搬上北京话剧舞台,导演方旭已知天命,近年将多部老舍小说改编成话剧,在话剧《牛天赐》中,他用人偶表演塑造天赐从襁褓到年少的成长,演员是角色又是人偶的操纵者,双关形象体现了老舍的文学精神。大写意的舞美语言,加上全男班演员的表演,使得牛太太等演员格外突出,满台的欢笑与悲伤都浑然天成,生动表达了老舍的厚道与悲悯。

扮演牛天赐的是二十三岁的相声演员郭麒麟,他虽是首次主演话剧,却出手不凡,优秀的舞台表现力,源自其在父亲郭德纲影响下打下的相声曲艺的扎实功底。他十五岁退学后成为德云社演员,次年举办了相声专场。父辈的提携,自己的努力,加上新媒体的传播,在综艺、影视的跨界发展,郭麒麟吸引了众多"90后"年轻人成为他的忠实观众,使得《牛天赐》这出新戏的五场演出门票瞬间售罄。郭麒麟并未辜负观众对他的热忱,他在舞台上举重若轻,带领观众沉浸于民国文艺青年牛天赐的悲喜,三小时演出如大梦一场。因为郭麒麟,年轻观众走进了老舍先生的精神世界,体味老舍作品里的人民性,那正是永不幻灭的文学之芒。

郭麒麟出演的《赘婿》《庆余年》等都受到观众好评,他已成影视演员的年轻代表。《牛天赐》首演是在天桥艺术中心,其父创业的德云社就在百米之邻,郭麒麟用八年时间跨越了这距离。

桃花扇里桃李情

1947年,重庆、香港等地最热门的古装话剧当属《桃花扇》,著名剧作家欧阳予倩根据孔尚任同名昆曲改编,明末清初秦淮河畔李香君与侯朝宗的爱情,欧阳予倩并未让李香君与侯朝宗一起出家遁世,而是让李香君选择了自尽,话剧舞台上这位秦淮佳人的忠于自我的刚烈,对二战后的中国民众产生了很大影响。

1957年,欧阳予倩为北京中央实验话剧院执导了此剧,同样轰动剧坛,随后,该剧被搬上银幕,著名演员王丹凤出演李香君,成为中国电影经典。

2019年5月,中央戏剧学院表演系师生重新排演了话剧《桃花扇》,中戏表演系本科学生正是欧阳予倩笔下的李香君与侯朝宗的年纪,青春与历史相逢,大江大河中的忠诚、犬儒求生里的悲凉、乱世浊流间的坦荡,依然具备强烈的艺术震撼。

话剧《桃花扇》在中国剧坛沉寂了近六十年,中戏师生将其再现舞台,是为了致敬老校长欧阳予倩先生诞生一百三十周年。

1949年7月,欧阳先生率先倡议建立国立戏剧学院,很快得到中央政务院批准,诞生了如今的中央戏剧学院。

早在民国之初,从日本留学归来的欧阳予倩就与梅兰芳应张謇之邀,到南通成立了戏曲专科学校。"艰难尝尽不回头,俯首甘为孺子牛。何必栽培计丰歉,芬芳桃李满神州。"这是田汉先生对欧阳予倩推广戏剧教育的礼赞。

愿为川上桥、愿为渡口周,欧阳予倩坚持在创作实践上言传身教，他创作了三十余部京剧、桂剧等剧本，革故鼎新。他二十五岁成为京剧演员，坚决废掉演员在表演中饮水润嗓的"饮场"等旧习俗。他认为戏剧发展要海纳百川，更要关注观众的感受。戏曲的现代审美，戏剧的民族形式问题，是欧阳予倩戏剧观的内核，他是传统戏曲与现代话剧的一座金桥，《桃花扇》便是这样的典范。

张謇的当代精神

江苏南通最著名的当代历史人物当属张謇先生，中国最后一位状元，还是近代中国棉纺织工业的开拓者，他主张"实业救国"，一生创办了二十多个企业、三百多所学校，毛泽东在谈到中国民族工业时曾说"轻工业不能忘记海门的张謇"，胡适认为张謇在近代中国史上是一个很伟大的失败的英雄。这位著名的实业家、教育家、政治家，2018年被搬上话剧舞台，南通市创作了话剧《张謇》，在北京引发了话剧界的热议。

张謇艺术形象首次出现在电影《建党伟业》中，扮演者是香港演员任达华，在这部群星电影中一闪而过。话剧《张謇》则选取了张謇七十大寿遭遇自己创办的大生纱厂经济危机的截点，用闪回结构回顾了他从朝廷辞官、回家乡南通办实业、建设家乡的历程。遗憾的是，该剧止步于蜻蜓点水的人物文献剧，张謇的当代精神，未能深度挖掘。

我认为，张謇身上于当代精神极为有意义的一点，是他对故土的热爱。

故乡是一个人生命的起点，那里有着我们最初的梦想，是我们的初心所在。中国历史，使得名人可扬乡土，正所谓地以人传。达官名人虽使家乡广为人知，其人生舞台多半跟家乡没有关系。像张謇同时代的翁同龢等，成功名后并没有多少"回向"故乡的努力。张謇却是例外，他在故乡成就了他一生的事业。

二十多年前，中国全面深化改革开放，心有多大舞台就有多大，年轻人离乡背井到更大城市打拼,乡土初心似乎只有春节才得以慰藉。把一生的事业回报故土,是张謇的伟大之处。如何让家乡成为自己的人生舞台,如何把自己在外打拼漂泊带来的智慧、汲取的先进文化回馈正在共同发展的家乡,是张謇鼓励当代观众思考和实践的课题。

《一句顶一万句》

北京国家大剧院上演了根据刘震云同名小说改编的话剧《一句顶一万句》，可谓近年最有力量的华语话剧。

首先是文学的力量，刘震云原著堪称中国版《百年孤独》，分《出延津记》《回延津记》两部，抒写了中原底层人民精神世界的欲望抗争。延津是刘震云的故乡，杨百顺走出延津、牛爱国回到延津，跨越近百年时空，在包括河南、陕西等方言还原的中原人文风情画卷中，底层人民的群像栩栩如生。

原著厚实的文学性，给话剧改编提供了坚实的根基。该同名话剧完整保留了原著结构与时空，上半场动人心魄，下半场动人心弦。七十年农耕文明的家族史，亦是芸芸众生的心灵史。被忽略的底层人民的肺腑之言，托付于文学与舞台，倾诉于当今与未来。上半场的河南方言，下半场的山西、陕西方言，让华语话剧有了始于形式、终于美学的气韵。赵吟秋、边玉洁这两位豫剧表演艺术家，她们的吐字归音，看到戏曲演员的魅力，那是真正的东方。有人推崇日本铃木忠志的演员训练与戏剧美学，我认为那就是中国戏曲界传承数百年的训练方式。该戏主演杨易是音乐剧表演专业，上半场全靠他一人撑台，所谓台柱，能有如此运气与风华，还是戏与人互相生辉。

这部小说曾被刘震云女儿搬上银幕，但未将原著全貌体现，或许话剧更适合刘震云的满腹柔情与万语千言。该戏编剧与导演是牟森，他对舞美的把握尤为成功，于写意中大开大合，坚守了文学与戏剧的尊严。

普氏话剧

2019年元旦跨年时，北京人艺与中国国家话剧院分别同时公演的话剧《她弥留之际》《比萨斜塔》，将俄罗斯著名女剧作家普图什金娜引入中国观众视野，她曾被誉为拯救俄罗斯戏剧走出低谷的英雄。

《比萨斜塔》巧妙地用比萨斜塔暗喻都市中年夫妻的婚姻生活，一对普通夫妻之间在一天里决裂一次，他们在决定离婚的时候，才对彼此内心世界有了新的发现和理解。该剧于1998年在俄罗斯首演，"家庭婚姻生活就像比萨斜塔，倾斜，倾斜，但或许永远都不会倒下"，离异还是不离，如同哈姆雷特的生存抑或死亡的追问，这部细腻伤感的生活闹剧，成为俄罗斯观众在剧场里托付希望的乌托邦。中国国家话剧院早在2006年就公演了此剧的中文版，四年后复排，再次受到北京观众欢迎。

《她弥留之际》创作于1995年，在俄罗斯，在乌克兰，在所有独联体国家的每座城市，都上演过此剧。继罗马尼亚、日本之后，北京人艺获得了该剧的外国版权，三年前由王斑导演搬上人艺舞台，已成人艺保留剧目。这出戏依然聚焦俄罗斯普通家庭：身患绝症的母亲在弥留之际……希望已知天命的独身女儿早日出嫁，圣诞前夜，女婿与外孙女从天而降，英国文豪狄更斯取代了耶稣，所有的萍水相逢都成为彼此温暖的挚爱亲朋。该剧曾被改编成电影，片名引用了阿赫玛托娃的诗句"请你来看看我吧"，轰动俄罗斯等地。

普氏话剧诞生于20世纪90年代，那正是俄罗斯社会大变革之后。新旧价值观更替、文化自我身份认同危机中的俄罗斯人，在普氏话剧中找到了温暖的心灵港湾,她的剧作拯救了那时处于市场低谷的俄罗斯各大剧院。

二十年后,普氏话剧再次打动中国话剧观众,超越了时代与地域,经典概莫如是。

民族歌剧总关情

2018年，北京举办了九十高龄的声乐大师郭兰英艺术成就音乐会，回顾了她为中国民族歌剧表演体系做出的开拓性贡献，喜儿、小芹、刘胡兰等舞台艺术形象伴随《清粼粼的水来蓝莹莹的天》《数九寒天下大雪》等经典曲目，载入史册。

中国民族歌剧是1942年延安文艺座谈会后的实践成果，延安鲁迅文艺学院历经三年集体创作出五幕歌剧《白毛女》，根源于新秧歌运动的民族音乐基础，又改变了黎锦晖、陈歌辛等中国歌剧开拓者的创作方向，音乐戏剧性的成功探索，成为中国民族歌剧成熟的标志，随后的二幕歌剧《刘胡兰》再获成功，"喜儿"首演者王昆，有着晋剧扎实功底的郭兰英成为领军表演艺术家。这两部解放战争时期的作品，也分别影响了中国民族歌剧创作的两个方向。

《江姐》首演者金曼曾在北京国家大剧院以清唱剧形式呈现，指挥邀请了吕嘉老师，吕老师认为此剧音乐太简单，他多年在欧洲执棒西方歌剧，显然不适应。我看完那天的演出后，发现中国民族歌剧的作曲体系其实与欧美音乐剧接近，强调主旋律在全剧音乐中的贯穿与点睛，在有台词表演的同时，重视精彩唱段的音乐创作，又近似地方戏曲的创作。

《洪湖赤卫队》《江姐》秉承了《白毛女》的大开大合、融会东西的创作理念，兼取西洋歌剧、戏曲板腔或欧美音乐剧手法，成功塑造了韩英、江姐等艺术形象，留下的《五洲人民齐欢笑》《放下三棒鼓，扛起红缨枪》等曲目标志着民族歌剧在音乐戏剧织体丰富性上的探索成功，20世纪90年代初创作的《党的女儿》则延续了这一风格，成为近年盛演不衰的佳作。如今，《江姐》《白毛女》《红珊瑚》等经典歌剧很少演出全本，其中的唱段却以单曲形式继续传播，成为中国经典音乐中的代表作。

民族歌剧另一方向则是后来《小二黑结婚》《红珊瑚》《刘三姐》等，在戏曲、民间小调基础上继承传统，强化人物刻画与唱腔旋律性，众多唱段仍被海内外华人歌星翻唱。

民族歌剧开山之作《白毛女》被改编成电影故事片、舞剧、戏曲等多种文艺作品，《江姐》《洪湖赤卫队》等被拍摄成歌剧、电影后，影响更大。特别是《江姐》还被程派传人张火丁改编成京剧，曾被搬上银幕，该片在欧洲电影节展映，江姐被誉为中国的贞德，张火丁及其剧组被邀请到德国国际戏剧节演出《江姐》，引发轰动。

民族歌剧诞生于中国共产党领导的延安，七十五年来创作的剧目主要体现不同革命时期，在苦难中成长、信仰共产主义的中华儿女的家国情怀与英雄情怀，有的剧目因剧情的时代局限未必全本复排，其经典唱段则可集结汇演，因为那一段段动人旋律，既是中国共产党近百年历史的艺术赞歌，又是共和国百姓七十年万水千山的真情咏叹。

再唱《刘三姐》

刘三姐是广西民间传说中著名的歌仙，六十多年前，广西彩调、歌舞剧曾将其故事搬上舞台，被翻拍成电影《刘三姐》后更在海内外产生巨大影响。最近，民族歌剧《刘三姐》亮相北京国家大剧院歌剧节，桂林市与中国歌剧舞剧院联袂将这出经典再次搬上舞台。

该歌剧作曲是雷蕾，她的父亲雷振邦先生曾为电影《刘三姐》作曲，她不仅在父亲的血液里，更在彩调等民族音乐里，将自己对歌剧作曲的自我追求融合，我们能清晰感受到民族性与当代性、东西方歌剧织体的统一。中国民族歌剧其实与欧美音乐剧、中国戏曲是同一音乐体系，但没有欧洲古典歌剧曲作复杂，强调旋律性同时注入情感、刻画人物。指挥李心草很好地把握住了雷蕾的用心。

该剧编剧易茗是雷蕾丈夫，他在唱段作词中也将民谣与叙事抒情完美融通，剧情注重了人民性与当代性的结合，该剧构建了三层社会阶级矛盾关系，将地方财团黑势力及其收买的知识分子、腐败官僚作为反面角色，进行了讽刺与批判，全剧危机被靖江王代表的清官解救，但刘三姐拒绝了靖江王代表的官本主义的赏赐，她依然行歌漓江、独侠山水，去寻找失去的爱情。电影《刘三姐》中只有三姐代表的贫民与黑财主的矛盾，代表懦弱的刘三姐哥哥在这出歌剧中被删除。

与国家大剧院制作的《骆驼祥子》等完全按欧洲歌剧曲作规范的民族题材歌剧不同，《刘三姐》保持了民族音乐原味，这是中国歌剧舞剧院民族歌剧的创作传统，强在韵味。这出歌剧舞美、灯光与服装分寸感好，不奢不造，很本分，导演很清楚若舞台上制造的奢华，美不过桂林的真山真水、赛不过刘三姐的歌喉与民心。

爱在尼罗河畔

在北京国家大剧院看了威尔第歌剧《阿依达》，这部经典的魅力首先在于故事的动人心魄。阿依达是埃塞俄比亚公主，公元前千年之际，法老统治的埃及战胜了埃塞俄比亚，国王成俘虏、公主变囚徒，爱情成为个人自由与民族希望的最后赌注，阿依达答应了父亲，她以爱情相诱，从埃及战斗英雄拉达梅斯口中套出了军事机密，阿依达赢得故乡的胜利，赌赢了家国前途，却失去了爱人。拉达梅斯被俘，他不为自己辩护，慷慨接受被活埋的极刑，在地牢，他发现阿依达早在此等候，她献出生命为真爱自赎，至死不渝。他俩相拥的身躯被尘土埋葬，爱的咏叹，被深爱拉达梅斯的埃及公主安奈瑞斯倾听，安奈瑞斯甘愿为无望的爱而放手，并为阿依达与拉达梅斯的灵魂祈祷。三位主角，都闪耀着人性善意，家国宏大叙事中的个体命运冲突，带来剧烈的心灵挣扎。

歌剧是作曲家的文本，歌剧未必要求有强烈戏剧冲突的复杂剧情，但《阿依达》却有着难得的人物的丰富性与故事的传奇性，威尔第将这博大情怀谱成了雄美乐章，他对戏剧音乐构筑非常稳健，从容不迫将音乐与戏剧血肉相连，《凯旋进行曲》《圣洁的阿依达》《胜利归来》《再见吧大地》等著名唱段气魄宏大、细腻深情，令人荡气回肠。

威尔第是意大利人，为准确表现这个尼罗河畔的爱情传奇，他曾多次去博物馆参观埃及文物，了解埃及文化，将埃及音乐素材融入歌剧的生动表现与深刻理解中，于1871年完成了该剧，当年在埃及开罗歌剧院成功首演，当年已过花甲的威尔第登台谢幕达四十次。《阿依达》可谓其巅峰之作，之后的十五年间，威尔第都未动笔写过歌剧，直到《奥赛罗》与封笔之作《法斯塔夫》。金字塔、尼罗河与阿依达的歌声,成为埃及名胜。

歌剧《假面舞会》,也是意大利歌剧大师威尔第的经典之作,在歌剧曲作技巧上更为娴熟、更有全局观,全剧的咏叹调与合唱,将强烈的戏剧冲突与复杂的人物心理都做到了丰富的表现。《假面舞会》也有鲜见的戏剧冲突。这出戏原名为《古斯塔夫三世》,改编自18世纪末瑞典国王古斯塔夫三世遭暗杀的事件。

歌剧中的古斯塔夫三世颇得民心,嫉妒他的贵族们已谋划暗杀他,他对阴谋浑然不顾,热恋着自己的忠臣雷纳托的妻子阿米莉亚,真爱煎熬着两人,阿米莉亚在女巫面前寻求出路,女巫一语成谶,雷纳托在救走国王的同时,发现了妻子与他的恋情,雷纳托加入了贵族们暗杀的队伍,在假面舞会上,国王被雷纳托刺死,弥留之际,国王发誓为阿米莉亚的清白作证,并宽恕了所有人。估计这位瑞典国王是观众最喜欢的歌剧艺术形象,因为他没心没肺,每场戏中他都身处绝境却浑然不知,因为他相信爱情、相信民众、相信上帝,被刺后他还不忘宽恕凶手与同谋。北京国家大剧院的这个版本中,饰演国王的男高音阿玛迪唱得特别好,好在他的情感充沛,演唱随着人物的情绪走,不管不顾演唱上的微小的技术瑕疵,把国王的磊落与热情表现得淋漓尽致。

《假面舞会》主线故事在史料中都有记载,这位瑞典国王确实深受民众拥戴,身边大臣也极为忠诚,国王也正是在化妆舞会上被刺后不治身亡,但国王与皇后婚后感情不算和睦,至于他是否有与身边忠臣妻子的婚外恋,史料里就无记载了。歌剧虚构出的阿米莉亚这个人物,无疑将真实的历史事件做了戏剧本体的世俗表达。

瓦格纳的新生

在北京看了瓦格纳歌剧经典《纽伦堡的名歌手》，英国皇家歌剧院联合中国国家大剧院、澳大利亚歌剧院于2018年重排，3月在伦敦首演后到中国首演。

这部经典首演于1868年慕尼黑，特别之处首先在于是瓦格纳唯一的喜剧作品：外省骑士瓦尔特爱上金匠女儿爱娃，但金匠已答应将爱娃下嫁给即将举行的歌唱比赛的冠军歌手，瓦尔特决定参加比赛，他遭遇情敌阻挠与艺术门第偏见，预赛即被淘汰，但鞋匠萨克斯却发现了瓦尔特不受陈规约束的天赋，帮助瓦尔特重回赛场，最终赢得冠军。该剧更特别之处在于萨克斯不是虚构角色，是历史上真实存在的德国名歌手与诗人，他创作了大量表现人性与现实的诗歌，对16世纪德国艺术做出了重要贡献。瓦格纳将萨克斯写成了《纽伦堡的名歌手》中的男主角，他成为扶持年轻艺术力量的核心推手，以此来表达自己艺术改革理想以及对德意志文艺的推崇。这一点在全剧结尾处体现得淋漓尽致，萨克斯带领全场大合唱唱到"警惕阴谋的侵略者，侵略者会让贵族远离我们的百姓"，全剧在"伟大的德意志文化永世长存"咏叹中落幕，此剧可谓瓦格纳献给德意志的主旋律作品。

这部一百五十年前创作并首演的经典，是史上最长歌剧之一，留下了众多传世唱段，英中澳三国联手将其重现舞台，其音乐确实震撼。但此经典的故事脚本却透露着一种历史局限，尤其是萨克斯最后对德意志文化的狂热。如何将这部经典既保留音乐艺术的精华，又具备当代观众能接受的价值观？

百年前《纽伦堡的名歌手》首演版中，瓦尔特获得名歌手桂冠后，将迎娶心仪的爱娃，帮助瓦尔特获得冠军的是对德意志文化热衷的萨克斯，原剧在瓦尔特成名歌手后与爱娃大团圆。但2018年在伦敦与北京演出的这版中，萨克斯将代表名歌手荣耀传统的服饰一件件加在瓦尔特身上，他已异化成传统的象征，面对这样的场景，爱娃拒绝自己作为赐予瓦尔特的奖品，愤然离席，走向远方。这是新版导演卡斯珀·霍顿导演的最大改编：爱娃的一个戏剧动作，在不更改这部歌剧中一个音符的前提下，使这部歌剧具备了当代性与最广度的价值取向，颠覆性地打破了原著历史局限。

我认为这版的改编堪称一绝，绝妙在于未增减一个音符与唱词，只是增加了女主角的一个戏剧动作，就拂去一百五十年前的旧尘。作为德意志代言人的鞋匠萨克斯是该剧第一男主，此剧最后华彩高潮注定落幕在萨克斯带领的咏叹中，被女主角爱娃抛弃的正是这样狂热的合唱。

我一直认为歌剧首先是作曲家的文本，而不是导演的文本，但这部《纽伦堡的名歌手》让我刮目相看。土生土长在哥本哈根的卡斯珀·霍顿导演，执导了众多莎翁名剧，具有扎实的戏剧功底，他曾任英国皇家歌剧院歌剧总监。舞美就是导演的表情，霍顿在《纽伦堡的名歌手》中设计的是三百六十度的旋转舞台，第一幕、第二幕中用固定场景的写实道具细节，写意出剧中规定情景，非常现代主义；第二幕最后的华彩，舞台彻底激活并沸腾，第三幕则完全将封闭舞美场景打开，旋转舞台的每个角落皆成剧中背景，欧洲视觉艺术的现代语言为一百五十年前的歌剧经典锦上添花。与舞美一样，这出歌剧服装设计同样出色，现代与古典共同存在于同一舞台，非常和谐。从内容与形式上，霍顿导演都将这出百年经典赋予了当代性，使经典得以新生。

文德斯复活比才

法国作曲家比才先生三十七岁英年早逝，留下了传世歌剧《卡门》。他二十五岁时写的歌剧处女作《采珠人》最近被北京国家大剧院与柏林国家歌剧院联合制作，世界歌剧宝库中的这颗遗珠重现光芒。

比才的伟大在于把意大利歌剧在法国进行了本土化演变，融入法国的浪漫细腻，旋律感与节奏感极强。《采珠人》是比才歌剧的初心，处女作呈现的小品化倾向不足为怪，但剧中《在圣殿深处》却成为歌剧史上男高音与男中音二重唱的著名经典。该剧的故事很简单，三角恋的典型戏剧框架，祖尔迦在嫉妒与报恩的矛盾之中为爱放手，他比较博爱，不仅爱莱拉，对纳迪尔的友情也不愿撒手，所以祖尔迦最后的成全才非常动人。比才将三角恋的情感焦灼表现得荡气回肠，《我相信再次听到》《像往昔一样在黑夜里》《你不理解我的心》《神圣的光芒》《在燃烧的海边》等合唱，众多动听的传世曲目足以让《采珠人》无法被遗忘。

让这些曲目重现光彩的是德国电影大师文德斯，他太明白《采珠人》在世界歌剧史上的位置，他将这出剧的舞台设计与调度留给声音，大写意的舞美设计极为简洁，给三位主演与合唱队提供了充分的声场空间，这种调度让《采珠人》中的合唱部分大放光彩，使得这出小品化的歌剧呈现出情感表达上的磅礴风范。

文德斯还用电影特写的影像语言，补充了舞美叙事，影像部分的写实，与写意的舞美形成呼应，完整统一。他选择了俄罗斯女高音奥尔迦出演莱拉,奥尔迦有着难得的舞蹈演员般的身材,她善用小花腔的细腻演绎人物,形体调度上极为洒脱。文德斯让男女主演在演唱至华彩深情处躺倒在舞台上,与大地的波澜如此贴近,这种形体设计贴切表现了人物的内心世界,比才的在天之灵一定会感谢文德斯导演。

青衣

当年准备离开华谊兄弟经纪公司时，花姐希望我发掘一位青衣型的新人再走，花姐早年学京剧，她说巩俐、徐帆包括最近的苏瑾，都是青衣型影视演员，《还珠格格》火了后，电影学院太多大眼睛活蹦乱跳的花旦型新人，花旦型演员不如青衣型长久。

在戏曲中，正旦常穿青色褶子，得名为青衣，常演庄重中青年女性，如王宝钏、薛湘灵。这个戏曲行当被大众熟知，还是因为一个个家喻户晓的舞台艺术形象。

2014年看过全本程派青衣经典《锁麟囊》，主演迟小秋。的确是人人可体会但是体味不尽的世态炎凉，几分温暖，几分惆怅。

这出经典是著名剧作家翁偶虹先生为擅演悲剧的程砚秋先生量身创作的喜剧，一富一贫两闺女同日出嫁，春秋亭中避风雨，富家女赠予锁麟囊，以慰藉贫穷新娘的忧伤。六年后，一场天灾令两人命运逆转。该剧首演于战乱中的1940年上海，次年首演于北京东安舞台，轰动全国。"世上何尝尽富豪，也有饥寒悲怀抱"，唱尽七十四年春秋炎凉。20世纪50年代中期，该剧被禁演，"文革"后才获解禁。

那晚迟小秋非常饱满地展现了程派艺术的魅力，像这样的演出将越来越珍贵。《锁麟囊》剧作太扎实，翁先生不放过任何过场戏，处处闲笔，但场场落笔处留情。剧作叙事与唱词非常杰出，起承转合，标准好莱坞与百老汇的中国样本，当年的上海受美国大众文化的影响，据说三让座的经典是程砚秋的修改。程派唱腔优雅哀婉，《锁麟囊》的喜剧来自结构与剧情，还有丑角的配置，男扮女装的大反串是该剧一大特色,那晚反串丫鬟的竟然是德云社的何云伟等,小姐忙着回房发微信,要和老爷一起看世界杯等现挂台词,给剧场增添极大欢笑,但丝毫不影响迟小秋对薛湘灵的经典表达,越是荒唐不羁的插科打诨,薛湘灵的悲喜人生才越发动人。

那场演出是纪念程砚秋诞辰一百一十周年。1957年程先生加入中国共产党,1958年3月7日他在病床上再次请求解禁《锁麟囊》,但未能如愿。两天后,程砚秋去世。二十一年后,他至爱的薛湘灵重返北京舞台,被他的弟子一代代传承至今,盛演不衰。

青衣也是香港的一个地名,从机场进城的必经之地。听说青衣这个地名与一种叫青衣的鱼有关,一说这里的岛屿像此鱼,二说这里北部水域盛生产青衣鱼。按此说法,这个颇具浪漫色彩的地名真的远离了舞台上青衣的美丽与哀愁。

田汉妙笔《情探》

戏曲中，京剧题材多帝王将相，黄梅戏大多抒发农民的情爱，越剧则表现中产贵族知识分子的悲欢，有次看上海越剧院折子戏演出，发现一晚上看的全是古代高考出的事，《梁祝》是读书读出了断肠的楼台会，《追鱼》则是迎战科举的穷书生遇到了鲤鱼精，人妖之间选择了真情，《情探》则是考状元的悲情故事。

在杭州看了新版越剧电影《情探》，导演钱勇是绍兴人，他曾是越剧团学员，后从事广电传播行业，年近花甲时，他编导的电影都与家乡戏曲有关，纪录片《脸》纪实了越剧演员因化妆改变的容颜，戏曲片《大年三十》则将莲花落首次搬上银幕，将《情探》再次搬上银幕，是他的梦想。

《情探》改编自明传奇《焚香记》，上海越剧院邀请著名戏剧家田汉、安娥伉俪编剧，首演于1957年上海，次年被搬上银幕，轰动全国。该剧说的是名妓敫桂英救下落魄书生王魁，结为夫妻，王魁中举后休妻，敫桂英悲愤自缢。判官引桂英鬼魂进京与王魁折证，桂英不舍夫妻恩义，情探王魁试图挽回，但覆水难收，敫桂英活捉负心郎。田汉夫妇抓住该剧戏眼，即敫桂英对负心郎的恻隐之心，取名《情探》，堪称妙笔，远比《焚香记》准确且深远。

田汉是湖南人，安娥生于北京，但两位都在沪工作多年，对吴语的越剧唱词写出了北方的豪放。剧中《阳告》一折桂英唱道："香罗带呀，香罗带！可惜你千丝万缕织成了一段离愁。前世与你甚冤仇，今生要留在我咽喉左右。"形象有韵味，一颗苦难的心呼之欲出。

六十年前,电影《情探》是黑白片,如今新版是彩色片,在摄影、音乐、美术等方面达到优秀品质。新版主演是越剧傅派传人陈飞,她继承了傅全香老师的艺术精髓,唱念做打,青出于蓝而胜于蓝。

红娘

看越剧《西厢记》，张生一见崔莺莺，便搬到庙堂，住在禅房，在这流芳千古的桃色事件中，我认为崔莺莺的丫鬟红娘才是真正跨世纪的主角。

民间传说中，古时丫鬟随小姐出嫁后共同伺候相公，其实对张生一见钟情的首先是红娘。当年追崔莺莺的望族众多，军政文等各界都有代表，张生算是文学界的白衣代表。红娘力排众议，精心策划，将莺莺与张生在西厢搓合成一对，莺莺不过是红娘与张生的媒人，红娘与张生的鸳鸯梦只是时间的问题了，红娘的个人欲望成就佳话。"万事都有我红娘在，怕什么西厢隔万重"，这是《西厢记》中最具现代人文精神之处，闪耀着劳动者的理想与女性主义光芒。

与红娘同样有当代性的还有崔莺莺的妈，崔夫人的世故功利至今还是人间熟脸，红娘迎战崔夫人对女儿婚姻掌控的权力，两人都是情商极高的人精，她俩对手戏便是著名的《拷红》，这也是河南豫剧大师常香玉的拿手戏。周璇唱红的《拷红》是1940年拍摄的《西厢记》电影插曲，邓丽君唱过，也是民族唱法歌手的保留曲目。

越剧《西厢记》里崔夫人最终将莺莺许给张生，条件是张生必须取得功名，最后一幕长亭送考，算是古代高考宣传的大喜剧。《西厢记》戏曲改编版本众多，只有京剧突出了红娘，荀慧生大师及其弟子宋长荣等演活了红娘，"叫张生隐藏在棋盘之下，我步步行来你步步爬。放大胆忍气吞声休害怕，这件事倒叫我心乱如麻，可算得是一段风流佳话，听号令且莫要惊动了她"，红娘蔑视的除了礼教，更有男权。

红娘，她的名字成为汉语表达婚媒牵线的代言词，也是反封建反礼教的妇女代表。

待月西厢下，迎风户半开；拂墙花影动，疑是玉人来。唐朝元稹应该没料到这首诗与他的《莺莺传》能接力到元朝王实甫手里，成就千古名剧。

女驸马

驸马是中国古代帝王女婿的称谓，也就是公主的丈夫。"女驸马"就是说驸马是位女性，三个字体现出强烈的戏剧冲突，这也是黄梅戏经典剧目的剧名。在网络流行"凡尔赛体"时，《女驸马》中的经典唱词被网友翻出，"为救李郎离家园，谁料皇榜中状元"成为中国最古老的"凡尔赛体"。

1959年，老戏本《双救举》被安庆黄梅戏剧团改编后演出大获成功，上海海燕电影制片厂迅速将其搬上银幕，导演是电影表演艺术家刘琼，主演是黄梅戏表演大师严凤英，剧名改为《女驸马》，在国庆十周年时公映，轰动全国。

这出盛世经典，讲述遭受后妈虐待的冯素珍为救遭陷害入狱的未婚夫，女扮男装顶替未婚夫上京赶考，中了状元，即被皇帝封为驸马，新婚之夜，冯素珍向公主坦陈实情，在公主帮助下，冯素珍与未婚夫团聚，公主也与冯的亲哥成为眷属。这出喜剧抒了民心、骂了皇权、批了市侩、颂了爱情、赞了友谊，以男权为代表的封建社会，女性从险境中自我救赎。"我考状元不为把名显，我考状元不为做高官，为了多情的李公子，夫妻恩爱花好月儿圆"，冯素珍用知识改变了命运。

该剧剧作工整，唱腔优美，实为中国戏曲珍宝。20世纪50年代末，越剧也出了女扮男装戏皇权洗冤案的《孟丽君》，但在平民意识与女性意识觉醒上，《女驸马》更胜一筹。

十年前，余秋雨教授将此改成音乐剧《长河》，主演是他夫人马兰，导演是关锦鹏，首演在上海大剧院，制作奢华、场面宏大，但在沪演完后就没再演过。关锦鹏倒是把参加此剧演出的舞蹈演员们组织起来，拍了部电影《跳起来》去威尼斯影展参展。余教授将以小见大的《女驸马》改成宏大叙事的《长河》却未能长远。

在北京国家大剧院看的《女驸马》是黄梅戏艺术家韩再芬老师率弟子演出的，她只演了男装时冯素珍的重场戏，其他部分都是她的弟子演冯素珍。韩老师已不易，还好她没像马兰那样被一位文化教授从黄梅戏舞台上拐走，否则这经典就传不下来了。

老瓶新酒

越剧是浙江地方戏,因成功改编《红楼梦》《梁祝》等成为仅次于京剧的大剧种。最近先后看了两出越剧新戏《游子吟》《乌衣巷》。

《游子吟》写的是唐朝诗人孟郊的故事,以"慈母手中线,游子身上衣。临行密密缝,意恐迟迟归。谁言寸草心,报得三春晖"这首名诗为全剧贯穿意境,写了孟郊母亲对他成长的影响,以家庭伦理剧情模式写了求学、抗婚等熟悉的桥段。尽管孟郊是浙江德清人,但其以"郊寒岛瘦"的"诗囚"著称,江南的婉约不是他笔下的韵味,越剧美学写孟郊,显然与他诗篇的风格是错位的。为了衬托母爱的伟大,剧中的孟郊显得格外幼稚与温顺,让人无法与"诗囚"对应。其实《游子吟》诗中母亲还可以有更开阔的象征意向,比如是故乡,继而使孟郊这个舞台形象具有更丰富的人格魅力。而越剧《游子吟》新编故事中,母子关系写实了,整个剧格局就小了,很难打动当代观众。

《乌衣巷》则是写魏晋书法大家王献之的婚恋。乌衣巷位于夫子庙,因刘禹锡同名诗篇而闻名。"旧时王谢堂前燕,飞入寻常百姓家",这两句千古绝句体现出刘禹锡的人民性,他和他的文字便在人民的传颂中不朽了!《乌衣巷》的剧作缺的就是这口气,说的还是王谢堂里文人的事,缺乏刘禹锡"飞入寻常百姓家"的升华之大格局。

古代新戏难写,难的就是戏里的价值观与当代性,是虐心还是矫情，往往一步之遥。《游子吟》《乌衣巷》里都有当代观众难以理解与接受的命运选择与冲突，还是旧瓶里的旧酒。两出戏共同优点即是回归演员表演中心制的戏曲本体，流派不仅是唱腔，还有手眼身法步的个性，五功四法各纷呈。

莎翁的醉心花

看莎士比亚的话剧，常发现不少细节与中国戏曲相似，比如《威尼斯商人》里的女扮男装、《奥赛罗》里遗落的手帕，与他同时代的是写出《牡丹亭》的中国明代戏曲家汤显祖。那个时代，莎翁作品与中国戏曲走得很近。

以京剧、越剧等为代表的地方戏曲最鼎盛时代是20世纪三四十年代，不少记者、作家等知识分子酷爱戏曲，从票友成为戏曲改良的生力军，不少话剧剧作家与导演主动承担起戏曲老戏改良、新戏创作，不自觉地将莎翁名剧桥段移植到中国戏曲剧本中，造就了戏曲的繁荣。

莎翁与汤显祖最奇特的是二人不是同年生却是同年辞世。中国戏剧界曾举办了莎、汤逝世四百周年纪念活动，推出了一批根据莎士比亚名剧改编的中国戏曲新作，江苏省昆剧院的新编昆曲《醉心花》即改编自《罗密欧与朱丽叶》。

编剧罗周将莎翁笔下的冤家改成姬、嬴两大家族，两大家族一对年轻男女一见钟情，楼台会上私订终身，莎翁里的神父变成了师太。莎翁此剧核心是对上帝的嘲讽，原著中罗朱二人殉情后，神父落荒而逃，正是当年人文精神的张扬。但《醉心花》中的静尘师太没逃走，她最终承受命运嘲笑。昆剧中罗密欧的仆人扫红替主舍命也颇为精彩。

该剧主演是梅花奖得主单雯与拥有大量戏迷的施夏明，他俩是江苏省昆剧院演员的中坚力量。导演是柯军大师，乐队与音效上考虑到了当代观众的审美习惯，唱腔设计遵循传统，在叙事节奏上却具备现代审美。

醉心花，又名曼陀罗，毒性并不大，七天还魂人间，所以有停灵七日的习俗。香港话剧团曾演过何冀平编剧的《梨花梦》也有诈死核心情节，毒药名曰"还魂香"。

永不落幕的传奇

1958年，电影《永不消逝的电波》风靡中国，孙道临塑造的李侠的原型是上海中共地下党烈士李白，在抗日与解放战争中，他将情报成功发往延安，在上海解放前夕，他不幸被捕后被杀。他曾被评为一百位为新中国成立做出突出贡献的英雄模范之一。该电影艺术再现了他与日寇、国民党谍战的惊心动魄，影片最后，敌人已在李侠身后，但他坚持发完情报，并深情道别："同志们，永别了！我想念你们。"这幅画面，成为中国电影经典一幕。

2021年，这部孙道临表演代表作被中央广电总台数字修复黑白转彩色后再度公映，我带父母进影院支持票房。银幕上，孙道临一出场，母亲就大叫漂亮，她把多年在家看电视剧边看边议的习惯带到了影院。

我重温这部经典，惊叹剧本好，跨度很大，重场戏写得好，中秋夜那场戏，编导就开始铺垫李侠最后深情道别的"我想念你们"。王苹导演在纺织厂、戏院包括76号等场景设计与镜头调度上都不错，那种年代感现在很难做出来了。孙道临确实适合李侠，比王心刚更成熟些，王心刚饰演国民党特务姚苇，没想到20世纪50年代末能写出姚苇的复杂性，这个反派人性的复杂也真实表现出时代的复杂。饰演女特务的演员也是人高马大，很脸谱化，与王心刚等都是一口东北口音，很正的东北腔。片尾彩蛋是演示如何将黑白片渐变成彩色画面，母亲再次表态："现在科技进步了，但演员的演技却退步了。"

从20世纪90年代开始，《永不消逝的电波》先后被翻拍成电影、电视剧与歌剧，但均不成功，影响力甚微，直到上海歌舞团创作的同名舞剧。该舞剧连获两个全国艺术大奖，演出过四百场仍场场爆满、一票难求，舞剧将英雄传奇再度传播。

该剧编剧罗怀臻只截取了上海解放前这段谍战史，笔墨聚焦在李侠夫妇的人物刻画上。导演韩真、周莉亚是年轻女性，两人在空间结构与动作语汇上有娴熟技巧，上半场在交代人物与情节伏笔时，《渔光曲》这场女性群舞在凝练中展现了时代诗意，舞蹈与音乐、光影和谐成章，一种美丽震撼观众心灵。这种民生之美，被白色恐怖摧毁；下半场李侠在视角与主角间从容飞扬，他目睹战友牺牲，内心抗争中坚定不屈的信念，舞蹈的诗意、戏剧的力量，写意与写实，统一在人物心理的白描与情感的重彩："同志们，永别了！我想念你们。"这一幕，台上演员与台下观众的情感体验同在脉搏，台上台下均泪流满面，这是近年舞剧演出时鲜见盛况。

两位导演对李侠夫妇一往情深，在李侠夫妇自我命运抗争的情感世界浓墨重彩，该舞剧颂扬的信仰与爱的勇敢忠诚，传递的情感铺天盖地、塑造的英雄形象顶天立地，感染与打动了剧场里的每个观众，包括最后一排与边座的观众。

舞剧《永不消逝的电波》在当代美学体系下的大众市场重塑红色经典，英雄传奇永不落幕。

华灯初上

台湾老歌《你是我永远的乡愁》曾再度在大陆流行，原唱费玉清，由台湾词作家李子恒先生填词，创作于1992年。那年，中国进一步改革开放，海峡两岸关系解冻、民间文化交流空前频繁，台胞返乡成为大陆社会热点，"再相逢要多久，我宁愿走回头，眼泪如果不能流，往事还有谁会说？"歌中所唱，无不是两岸人心，李子恒词作细腻中又呈现磅礴大情："因为有你，才有我不怕燃烧的胸口，拥抱永远的乡愁。"写乡愁，从余光中到李子恒的那代台湾诗词人最真诚，记录着一个时代的深情。李子恒用"燃烧""永远"等极致之词，这种宏大叙事的词风其实也是20世纪七八十年代台湾情歌的一大特征。

凤飞飞名曲《爱不完的你》："水会流到尽头，那阵风也会停息，我却有个永远爱不完的你。那么深的情感，加上那么浓的意……好像日月星辰，伴着永恒的大地！"这是台湾词作家孙仪笔下女性的爱的宣言，体现了古典主义自然之风的直白坦荡。以琼瑶文学为代表的爱情有着契约精神，男女表白后就有了羁绊，女性情歌直抒胸臆，不会因为"忧愁它围绕着我，我每天祈祷，快赶走爱的寂寞"而羞愧，更可以理直气壮地质问负心郎"一切都是在骗我，看今天你怎么说"，爱情的你来我往，女性只要一个公平。

到了孙燕姿时代，面对负心汉，女性却唱出了"我懂，你不是喜新厌旧，是我没在你寂寞的时候陪伴你"，当代女性的独立自强背后，其实躲在无人之地以泪洗面安慰自己"我不难过"。而黄小琥高歌"相爱没有那么容易……一杯红酒配电影，在周末晚上，关上了手机",彻底自闭。邓丽君自信吟唱"把我的爱情还给我"的年代,已远去。

那个远去的年代,被林心如搬上了美国奈飞视频平台,透过一桩女性命案真相,聚焦了20世纪80年代末台北市林森北路居酒屋姐妹的悲欢离合,让观众欲罢不能。这部取名为《华灯初上》的网剧,细腻刻画了罗雨侬、苏庆仪、花子、爱子、百合、阿季等不同年龄夜场女性的人生沉浮,台湾剧作家江翰、日本商人中村等男性引发的情感迷局,以及台北缉毒刑警潘文成的无悔追踪,无不真实反映了20世纪80年代末台湾社会裂变、年代起落。辅助女性群像白描的,便是百听不厌的邓丽君、凤飞飞等国语老歌,那些熟悉的旋律成为剧中人物情天恨海的密码、灯火阑珊处的流连,无不击碎人心。《月亮代表我的心》是该剧主题歌,由五月天阿信的男声穿透时光,华灯之上的月亮背面是人性幽暗、欲望深渊,覆水难收的滚滚红尘间,唯有真善美永垂不朽。

让文学回归电影

中国电影最繁荣的20世纪80年代，文学是电影创作的母体，吴怡弓《城南旧事》、谢晋《芙蓉镇》《天云山传奇》《牧马人》，直至张艺谋《红高粱》《活着》、陈凯歌《霸王别姬》等经典均改编自同名小说。1981年，荣获茅盾文学奖的周克芹小说《许茂和他的女儿们》被北京电影制片厂、八一电影制片厂同时搬上银幕，汇集了斯琴高娃、刘晓庆、李秀明等女明星打擂，两部电影同期公映，可见当年中国电影对文学的热衷、观众对现实主义题材电影的热爱。这种盛景，于今天已无法想象。近年只有《鬼吹灯》被改编成不同阵容的《九层妖塔》《寻龙诀》两部影片。

自《英雄》过后，中国院线电影市场开始复苏，张艺谋《山楂树之恋》等口碑佳作均改编自小说，连续三部，实属罕见。冯小刚导演除多次改编刘震云作品外，更将王朔、赵本夫、张翎、杨金远等作家小说搬上银幕，成就了《一声叹息》《天下无贼》《唐山大地震》《集结号》等佳片。冯小刚坦言，拍商业片赚钱后要拍自己喜欢的题材、自己熟悉的生活、自己感动的故事，大家在玩魔幻特效大片时，他就拍些自己喜欢的文学电影。

在后五代导演中，娄烨与张元也是对文学极为重视的。娄烨早期的作品就倾向于改编小说，重视人物塑造，《兰心大剧院》就改编自日本新感觉派代表作家横光利一小说《上海》，引发了观众对横光利一作品的关注。张元则将《看上去很美》等多部王朔作品搬上银幕，他还将金仁顺小说改编成电影《绿茶》，成为姜文的表演代表作。

除了著名导演坚守传统现实主义文学对电影的供氧外，还有一批新导演用低成本制作将优秀文学作品搬上银幕，如梅峰导演的《不成问题的问题》即是代表，改编自老舍的同名小说，尽管票房不高，但却屡获电影大奖，成为记录近代中国浮生的经典。

20世纪90年代，余华《活着》、苏童《妻妾成群》先后被张艺谋导演成功搬上银幕，提高了文学作品的大众普及率。但同期电视传媒的崛起，文学诗意年代向视听艺术时代转型，纸媒文学期刊发行量下降，王朔等曾进军中国电视剧编剧领域。

1999年榕树下举办首届网络文学大赛，作家陈村邀请了王安忆、阿城、王朔、余华、苏童等作家担任评委，网络文学彻底将这批作家自然区分为"传统作家"，两个文学阵营影响至今。传统作家曾对网络文学不以为然，王朔说自己受到了冲击："他们那么年轻，有年轻人的所有优点和缺点，网络为他们提供了前所未有的表达自我的机会，今后伟大作家就将出在其中。"在传统作家眼里，网络作家如同当年《故事会》的作品格局，但当年他们未曾料到近二十年过后，中国网络文学用户规模达到近四亿，产业规模影响力已经辐射至海外。但对网络文学的争议从未停止，王朔期待的"伟大作家"并未出现，只是出现了一批拥有众多读者的作家。

网络文学通过崛起的数字网络对文学作品的大众传播进行了一次自救与革新，也改变了创作生态。为追求网络点击率，网络文学追求奇幻迷情，大多架空了传统文学秉承的理想和现实。视频网站崛起，更给网络文学的影视化铺开了大道，《鬼吹灯》《盗墓笔记》等影视剧风靡一时，但《盗墓笔记》至今只改编出了一部电影，并未达到

《哈利波特》那样的系列大片效应。莫言、苏童等传统作家至今仍在笔耕不辍,高销量作家大多转型为高票房电影导演,从文学出发跨界成大众明星,所谓时势造英雄。

在中国电影商业大潮的席卷中,架空现实的魔幻青春类的网络文学成为主流,但抒写时代的现实主义文学才应是能推动电影艺术前进的核心力量,相信总有回归的佳期。

文学策划

在广州与苏童同获奖的还有散文家周晓枫,她曾是张艺谋电影的文学策划。很多人曾问我,文学策划到底是做什么具体工作的。其实,这并非什么新鲜的电影创作职位。

从小说与舞台剧改编成电影,这是大众电影创作与生产的主要渠道,早在计划经济时代,中国都是以各地电影制片厂的企业模式生产电影,文学策划,就是原电影制片厂里的文学剧本部,为电影发现可改编的文学作品、组织编剧改编,并沟通作家、编剧与导演这三者间的创作关系。那时的电影厂设在北京、上海、长春、西安、成都等省会、直辖市,都设有现在宾馆功能的招待所,请参与电影创作的作家、编剧住到电影厂自己的招待所里专心创作,陪同的都是文学部的编辑们。二十多年前,中国各地电影制片厂改制并解体,中国电影走向了民营资本生产为主,将此传统传承下来的是张艺谋。

从《红高粱》改编莫言原著开始,他就陆续改编苏童、余华等小说,成就了《大红灯笼高高挂》《活着》等经典。当年张艺谋的文学策划是作家与编剧王斌,他为张导出任文学策划达十六年,直到《满城尽带黄金甲》。王老师有较强的语言表达能力与社会活动能力,接替他工作的周晓枫则一直低调,为张艺谋电影忙碌的同时,她坚持笔耕,《上帝的隐语》《有如候鸟》等佳作频出,成为近年中国散文家的代表。

文学母体是影视创作的基因,中宣部电影剧本规划策划中心就是为电影创作者推荐优秀原创剧本与适合改编成电影的小说。该中心订阅了中国所有文学期刊，针对不同风格的导演推荐相应的文学作品，成为导演与文学的桥梁。当年该中心向吴天明导演推荐了小说《百鸟朝凤》，吴导一眼相中，将其搬上银幕，拍完此片不久，吴导去世，这部遗作在内地获得近九千万票房，成为中国影坛年度话题。

四十年前，随着中国改革开放，中国文学再现繁荣，刊载小说的文学期刊都是寻常人家订阅的枕边书，争抢作家新作也是文学期刊之间竞争的平常事。当年莫言的《红高粱》写完就给了《十月》，被《人民文学》副主编朱伟争走，1986年发表后好评如潮，一年后被张艺谋看上，但莫言自己不愿改剧本，张艺谋就请朱伟写初稿剧本，那时该片投资只有八十万元，影片原片名叫《九九青杀口》，后改回原著小说名，在柏林影展荣获金熊奖。朱伟先生认为，该片是将莫言作品引向西方的一座坚实桥梁。

电影不仅为文学作品消解了语言沟通的差异，也为小说销售做了一个视觉广告。传统文学作品出版之初，与被改编电影公映后，书籍的前后销量落差很大，电影一公映，销量成八倍在增长。在网络小说盛行的今天，传统作家的作品销量已无法与20世纪80年代相比，更多作家希望能借助影视的翅膀让文学作品被更多读者关注，近年竟然出现了作家为自己作品召开影视推介会的现象，主动出击公关，却往往一无所获。

文学界百鸟朝凤，但能成为凤头并成功被改编成电影的文学作品并不多。因为并非所有小说都适合被搬上银幕，更要看导演的文学眼光与表达能力。回归文学本身，不迎合影视，才是作家本位的坚守。

亦舒古稀又回响

2017年年底在澳门与杨凡导演聊起了《流金岁月》，张曼玉与钟楚红主演的经典，改编自亦舒小说。那年我说，亦舒小说是现在内地改编影视的好题材。

2018年，根据亦舒小说改编的电视剧《我的前半生》就风靡内地，剧中人物及其命运成为网络热门话题，从年轻白领到退休大妈都在追看并热议此剧。据说，内地影视公司一哄而上，将亦舒多部代表作的影视版权买下。年已古稀的亦舒再热内地，距离20世纪80年代的亦舒小说热，已过去三十年。

那时，风靡全国的华语爱情文学大家，当属台湾的琼瑶与香港的亦舒。琼瑶作品风行大陆首先是伴着20世纪台湾电影的辉煌，影视作品的大众化传播，加之琼瑶小说大多以豪门与乡土、爱情与财富的古老母题，在东方情爱伦理观的旧瓶装自己的新酒，跨越了台湾与大陆不对称的社会背景的障碍，更易被当年大陆读者所接受。

亦舒成长于香港，她的小说背景是都市化的，白领职场是其背景，这是当年内地读者所陌生的，比如股市金融业以及楼市等，这些对当年尚未进入市场经济的内地读者完全陌生，这给理解亦舒小说造成障碍，所以亦舒当年在内地的影响不及琼瑶。

三十年后，内地社会经济形态天翻地覆，亦舒小说里的都市职场风情，已是内地读者司空见惯的，她笔下的鲜活都市男女就直抵人心。加上近年内地都市文学创作的薄弱，亦舒小说扎实的文学性散发出的光辉历久弥新，再度影响内地。

遍地痕迹

范小青是苏州人,她的作品与苏州,与江南,千丝万缕。她早期长篇小说《裤裆巷风流记》聚焦20世纪80年代苏州小巷深处的人情烟火,曾被改编为同名电视剧,获得1989年第九届电视剧飞天奖,排名仅次于第一的《末代皇帝》。

在我有限的阅读里,范小青小说未曾远离江南,她写不尽家乡土地的世道人情,2019年首发的《遍地痕迹》是最不范小青的一部范小青现实主义小说,故事很简单:高三女学生娟子与英子,在填写高考志愿后的傍晚,从县城中学回村,选择了不同的回家路径,分别遇害:英子被人贩子绑架,娟子被杀。暗恋娟子的同乡实习警察张强从村里回县城,在只身营救英子时,被歹徒砸晕失去了近一小时的记忆。张强在漫长的追查杀害娟子的嫌疑人过程中,却将凶杀嫌疑锁定在自己身上……

这部小说里,我们不见江南,两位少女与年轻警察走过的山路是黑色掺着鲜血,迷离凶案的无悔追踪,却是一段青春的咏叹。小说这样结尾:

"张强注意到,从娟子案往后,到后来,到现在,许多的案件,留下的材料比从前要多得多,而且,越来越多,前不久一桩普通的拦路抢劫案,竟然出现了二十多个嫌疑人。英子破案后回到县局,相逢的时候,张强说,英子,还是你厉害。英子说,技术手段不一样了,再说了,当时的现场,没有痕迹,是个老手,全抹去了。张强却摇了摇头,说,不是没有痕迹,是痕迹太多,遍地痕迹。英子点头赞同,说,是,遍地痕迹。"

这朴素文字背后是情感的波澜壮阔。

张强、英子等人的回忆,使得本以为一眼可以望到底的案子显得无比扑朔迷离,范小青跳出了悬疑小说的外套,在每一个犯罪嫌疑人出场后所给予的证词,使读者感受到一种人对时间与空间的"失控"感,人无法理解自己,人无法确认自己。毛吉子、许忠、林显、季八子,甚至张强,都仿佛陷入了混沌的泥沼里。时空无法被具象化,人被推向自我意识的深渊,于是开始审视、怀疑自己的本能,一种犯罪的本能。这种罪恶的本能使人恐惧。弗洛伊德提出了人的自我、本我与超我,每个嫌疑人口中诉说的证词,都是一种自我意识的投射,一种存在心底却从未被意识到的潜意识:人应该如何面对意识世界里遍地的痕迹。

我们或许从"三刻钟"这样对时间的描绘的江南乡音的语感中,开始发现小说中的范小青痕迹,围绕在这三位年少主角周围的爱与恨、善与恶的山丘,无处不在。这场命案发生,让张强对娟子的爱,最终变成责任,变成他年轻生命中的一部分。同时也让英子命运轨迹改变,正直与善良在她身上传递,善会无限传递,如同人性之恶意遍地痕迹。小说中所有嫌疑人都曾一口咬定自己是凶手,或许是因为那心中一闪而过的"恶"。他们中有人是世俗意义上的"好人",有人是"坏人",有人是"傻子",但是毫无疑问都无法消除曾经恶的痕迹,因为爱与占有之欲,一闪而过的罪恶痕迹。人世间,无论表面光鲜正直与否,智商行为睿智与否,我们最终都必须正视自己内心的"遍地痕迹"。

从俗世中来,到灵魂里去。

青春物语,澎湃在远离裤裆巷的无言山丘,范小青并未离场。

港乐的万水千山

有位中学校友当年唱歌好,他的微信取名叫阿伦,用谭咏麟的别名做了自己的花名,以纪念那段校园歌唱的青春岁月。香港流行歌曲和歌手,已成为我们的生命记忆,以不同形式散发在今天与未来。

最近,乘香港回归祖国二十五周年的东风,音乐综艺《声生不息》让香港流行乐以"港乐"崭新定义,回顾发展历史,熟悉旋律唤起温暖记忆,重唱经典老歌又推出新人。《声生不息》展示的港乐版图其实早已超越了这二十五年光阴,将粤语歌曲置于汉语言传统文化图谱,五十六个韵母、九个音,汉语言专家对粤语的文化剖析中,我们看到一代又一代香港音乐人将广东方言进行了创造性转化与创新性发展。顾嘉辉、黄霑、郑国江等词作家率先从粤剧与民歌中汲取营养,在武侠小说与电视剧等大众文化中亮出粤语歌曲的流行品牌,成为20世纪80年代香港文化名片,辐射东南亚与中国内地,奠定了港乐扎实的根基。

港乐根基,正是粤语这一中华传统文化体系中的方言文化。在港乐蓬勃发展的20世纪80年代,粤语歌的最大特点就是将同期流行歌曲进行粤语填词,不管是风靡日本,还是红遍台湾,只要是好歌,统统都被香港词作家填成粤语歌词进行翻唱,叶蒨文代表作《祝福》就是台湾音乐人梁弘志作曲的《驿动的心》的港版。香港词作家常被称为填词人,他们负责将四海好歌进行香港本土化的语言包装,通过香港本土歌手的演唱,进入唱片公司、电视台、电台、报刊、排行榜、演唱会等香港唱片工业流水线,再销到香港以外。这种歌曲返加工形成的港乐的蓬勃艺术生机与完整产业体系，完全摆脱了方言音乐的区域狭隘格局，不仅成为汉语音乐中的独行高手，更在全球流行乐中罕见。

2003年，黄霑先生在香港大学通过的博士论文便是《粤语流行曲的发展与兴衰：香港流行音乐研究（1949—1997）》，这篇以作者亲历的创作进行的理论总结，应是《声生不息》给予观众知识面的背书。与粤剧一样，粤语歌是香港文艺工匠的一种坚守，要进港岛，先唱粤语歌，也是港人在千里之外望乡的灯塔，田园将芜的绿洲。

当然，港乐翻唱填词的作品，大多为日本与台湾地区歌曲，欧美等西方音乐的成功之作不多，这是文化同源所致。但香港歌手中，大多有欧美生活与学习经历，《声生不息》中的林子祥、叶蒨文夫妇即是代表。

1947年林子祥出生于香港，留学英国，早年离异的父母都是西方流行乐的爱好者，而爷爷则是粤剧发烧友，从林子祥独特的粤语唱腔与流利的英语中，能看到回归前的香港多元文化的投射。1961年叶蒨文在台北出生，四岁时随父母移民加拿大，十九岁回到台湾发展演艺事业，二十三岁进入香港乐坛，全靠拼音学会了国语与粤语，成为20世纪90年代前后香港乐坛女歌手的顶流。1996年，叶蒨文亮相央视春晚，演唱的是广东作曲家李海鹰的国语歌《我的爱对你说》，同年她与林子祥结为伉俪，次年他们淡出香港乐坛，移居加拿大。二人重回香港是2002年，之后一直活跃于香港与内地娱乐界，见证了香港回归后两地文艺与传媒的繁华。

《声生不息》对香港流行乐进行了局部展示，香港音乐人、文化学者访谈的知识线与新闻线，与演播室歌手室内竞演相结合。在李健、李克勤演唱《花火》前，出现了感动中国2021年度人物陈贝儿，她的父亲是香港乐坛资深演唱会监制，张国荣、梅艳芳、谭咏麟等开演唱会时都离不开他。《花火》歌声中，陈贝儿随着《无穷之路》的镜头再访祖国曾经的贫瘠之地，梁咏琪的这首歌有了新的注解。而在香港外景地，吕方演唱了代表作《朋友别哭》，他在20世纪70年代末从江苏南京随父母到香港，1983年出道成为香港歌手。这种人文史的渗透，使得《声生不息》显现出一种文化厚度与历史纵深。

用"港乐的局部展示"来定义《声生不息》，是基于现场竞演歌手的阵容及其曲目选择的局限性，综艺节目是有媒体立场及主客观因素导致的局限的。在香港TVB与亚洲电视双雄的时代，除了两家电视台的签约艺人不能串台之外，各个唱片公司歌手选择上哪家电视台也都小心翼翼。《声生不息》确实有通过综艺节目完成港乐史记的野心，但我们无法让罗文、陈百强、黄家驹、张国荣、梅艳芳、黄霑复活，而叶丽仪、陈奕迅以及张刘郭黎四大天王，还有王菲，甚至1992年就亮相TVB，一曲《思念》募得百万善款的毛阿敏等代表歌手的缺席，无非是疫情、歌手自身或节目预算导致的遗憾。

《声生不息》中，除了林子祥、叶蒨文与李玟，英皇歌手、芒果系唱将、TVB系成为嘉宾的主力阵容。比起马赛克乐队、魔动闪霸组合和安崎，浙江卫视出道的单依纯确实实力不凡，这批新人以风格多样的音乐现场，填补了不在现场或不在人世的港乐歌手的缺位。能走得更远的，无疑是单依纯和曾比特。

《声生不息》的竞演还是重复着《我是歌手》的视听风格，经典曲目新编曲里往往喜欢加个童谣，观众依然激情万分热泪盈眶。不同的是，以"我的骄傲""愉快少年事""一生所爱"等主题竞演，对港乐曲目回顾进行了一定分类,再用每一主题单元的"最佳合作金曲""观众选择金曲"等结构节目,营造仪式感,《海阔天空》《我要你的爱》《千千阙歌》等现场合唱感染力强,成为节目亮点与传播热点。确实,当个体缺席时,唯有众人合力,方能抵过缅怀的万水千山。

每到花时不在家

二十岁

二十岁的腾讯，从赛格科技园到今天的网络王国，弹指一挥间。

二十年前的中国，香港回归的盛世华章余韵缭绕，华东水灾、金融危机等天灾人祸，无法阻挡中国市场经济前进的滚滚车轮。心有多大，舞台就有多大，央视天天播的广告词，促进有志者离乡背井、南征北战。

1998年，我抛弃南京事业单位，辞职北上游学，到北京电影学院进修。北电校园里最好吃的就是国际中心小餐厅的鲜族大妈的牛肉拌饭，价格比大食堂里略贵，天天吃，吃腻了，就走十分钟到北京航空航天大学东门吃炸酱面、火锅，再往北过了四环，还有北京首家仓储式超市普尔斯马特，后来这家名牌超市退出北京。

当年，北电、北航还有政法等学校沿着学院路南北排开，学院太多，路便成了著名的"学院路"。

当年北电同班同学中出了如今爱奇艺影业掌门亚宁、内地武指第一人桑林、《不见不散》编剧白铁军等。北电每周二晚上大放映厅放新片与经典片，不对号，早进影院能占到好座位，在等候中我认识了大专班的孙皓，点头之交，直到2015年的韩国釜山电影节。

那年，我一到釜山就看了新片《坏蛋必须死》，很喜欢，当晚在电影节酒会上，制片人陆国强把一口京腔的中年男导演介绍给我，说这就是这部影片的导演，我紧紧握住他的手说拍得不错，语重心长后也没留彼此微信，就被酒会人潮冲散了。从釜山回到北京，遇到刘浩导演，聊起当年的导演大专班，我才发现釜山之夜被我紧握的双手，竟然是多年前在北电校园的光阴记忆。

那还是艺术高教尚未"泛滥"的年代，我从东直门坐地铁到积水潭、换331到蓟门桥，放学直接公交到西直门地铁。那时，北电大放映厅座椅是深红色的，放映前总是循环放那英的歌，我第一次觉得歌声是有颜色的。这些场合无数次与他偶遇，便成点头不语的莫逆之交，他当年瘦小，像误入北电的中学生，见面一多，熟了，留下的是三个关键词：孙皓、洋桥和《甲方乙方》。我第一次听说北京有个地方叫洋桥，就是孙皓告诉我的，他家住那。1999年开春后，就没再遇见他。

那天与刘浩聊天，聊到电影学院校庆，很多进修生、大专生都由衷在朋友圈发了祝福，但遭到了有些本科生等的不屑，刘浩不平，然后聊到我最近偏爱的新片与看好的新导演，《坏蛋必须死》的孙皓导演，与那段校园往事的孙皓才对上号。

后来我与孙皓在望京见了一面，有点儿汪涵当年的《真情大复活》外加倪萍《找到你》的意思。我说假如那天晚上在釜山就能相认，那我就是神了。本来就是一段云淡风轻的过往，是扛不住岁月的，但只要有一丝真诚珍惜的念想，却又是能熬得过时光的。

这些年常回北电大方看新片首映，放映厅没变，门口停的车多了，还是排队进场占好座，一切如当年，只是没有了鲜族大妈的消息。

理发师

又到理发时，网上预约杜师傅，发现他已从理发店辞职，不少会员在网上纷纷留言，赞扬他的理发技术，询问他的下落，希望继续与他取得联系。

理发师是与人的一生最密切的职业之一，小时候，都是大人催我们说，要去理发了，那时理发馆是国营的，厅堂很大，大人理发还包括了刮脸、修面等服务，后来看影视剧里的老上海黑社会杀人，大多在理发馆里，用剪子和剃须刀，理发师掌握了致命武器并在人最重要的器官周围工作。后来看过百老汇名剧《理发师陶德》，更觉得理发师是潜藏信任危机最高的职业。

长大后，自己对发型有了审美。在南京读大学时，广东发廊正风靡，男孩子烫发最时髦，学校对面的丹凤街上就有家小发廊，我未能免俗，烫了个大波浪。当年的发廊是真发廊，尚未有挂羊头卖狗肉的其他功能，纯粹就是理发美发，同时兼备港台流行歌曲的传播，每个发廊都会有台收录机，播放着谭咏麟、苏芮的歌，玻璃橱窗上的霓虹灯闪耀着小虎队的海报。

岁数大了点，就不追风了，知道选择适合自己的发型，一是美观大方，二是方便打理。刚到北京遇到了理发师田洪禹，他奠定了我的短发造型，延续至今。当年他是东田造型的主力，每开新店都得要他去打江山，我就追随他不断到新店，后来开到王府井的新东安，我就追不动了，我那时去了报社，工作太忙，从左家庄去王府井理个发，时间成本高了，对发型就没了追求。得空坐下来面对每位不同的理发师，就把洪禹给我剪的发式口述一遍，我的发型也就在江湖各路理发师手上千姿百态，一晃近二十年。

二十年，东田造型已全国连锁，已是融咖啡、越南米粉售卖于一炉的高档休闲馆，洪禹兄已是获巩俐等大明星肯定的中国杰出造型师，失联已久。我近年在国内最大的网络预约连锁店理发，杜师傅在此为我服务已一年多，手艺很棒，听说他离开北京回成都老家创业了，不知道他这是在北京漂了多久才决定回去的。

簋街芳华

三十一年前，东直门内大街开了家晓林火锅店，二十四小时营业。那时东直门与农展馆之间还是条土路，随着使馆区的建设、改革开放后个体餐馆的繁荣，东直门内的这条街上的开消夜的餐厅渐成气候，夜色阑珊时这里人气正旺盛，颇像老北京的鬼市，于是用与烹饪器皿相关的"簋"字替代，簋街成为享誉海内外的北京餐饮名街。

我当年刚到北京落脚的住所就离簋街不远，走过东直门桥就到了簋街，那时最东头是人气最旺的金鼎轩，消夜经营广式点心，很多海内外著名演员都光临过，他们与老板、服务员的合影挂满了餐厅。当年簋街西头有家重庆火锅店叫小洞天，门面不大但生意极好，老板后来在北新桥路北不远处又开了一家分店，小洞天给我留下最深印象的是可以点半份菜，重庆人的节约实惠就在这半份菜里体现了。

上周去了簋街家餐厅，为到京的老乡接风，那晚同桌的还有著名民谣音乐家马条老师。餐厅里走来一位女歌手，问我们要不要点歌，在簋街这是常见风景，马条老师将她留下了。女歌手个头不高，背着把尤克里里，提着只音箱与话筒，她熟练地把两只手机做的直播支架放在饭桌上，问我们想听什么歌，我们说你就随便唱吧，她点头，找出《最远的你是我最近的爱》的伴奏，唱了起来。这首歌几乎与簋街同龄，唱的是萍水相逢后的蹉跎岁月中的深情。她一边唱一边用手机直播，两只手机两个直播号。马老师代表我们给了她一千元酬金，她道谢离去。

马老师对我们说，她与听众这么近却与听众那么远，她可以做很多赚钱的事，但她选择背负这么多东西在卖唱，她要真有疼她的人，是不会让她这样奔波的，所以她是孤独的。

看着她远去的身影，仿佛看到二十年前的自己，在小洞天点半份菜，说笑到天明。

在我感慨马条的善良时，在场的著名网络作家左四右五先生提醒我俩，那位女歌手不仅得到了马条给予的一千元演唱劳务，她还用两只手机同时做视频直播，这也是一大笔收入，关键她演唱前后与我们的对话都已经直播出去了。左四右五这么一说，一桌朋友立刻警觉起来，大家纷纷自我安慰说不会吧，手机镜头一直对准的是歌手自己。

手机数字技术的智能化，使得视频拍摄与传播日益便捷，深入日常。近年来，餐桌聚会的私人活动，被手机视频传播，引发舆情，有的甚至改变了当事人的职业命运。互联网传播的集体无意识，摧毁了隐私保护的壁垒。那晚，一桌人对女歌手的态度，就分成了两派，马老师和我认为她不至于为了赚钱把一桌客人的闲聊给直播出去，而左四右五先生则认为她就在直播餐厅众生相，大家万事须防备。技术发达的今天，拉近人们的距离，也让人们在顾忌与自保中疏远了彼此，隐私或许成为公开消费的新闻产品。

《北京青年报》记者安顿曾在20世纪90年代开始对当代中国人情感状态进行个案调查，在该报发表与受访者面对面的口述实录，那时中国改革开放社会转型，人们的婚恋情感的传统序列被打破，安顿专访成为都市人倾诉自我隐私的窗口，风靡一时。如今隐私曝光无须找记者去倾诉，互联网成为发布平台，是社会热点舆情事件的爆发口。当年安顿采写的绝对隐私，被导演霍建起改编成电影《如影随心》，成了银幕上的传奇。

乞丐赐予的甜品

2018年春节正月初一大早,我和父母在北京逛庙会,遇到一位乞丐,不用手机的父亲顺手掏出一张纸币给了乞丐,背后一声声吉祥的祝福。我们那天聊起去年中秋节,我们仨在上海旅游,晚餐后剩了一些菜,母亲说别浪费了,打包吧,出门也许能遇到乞丐。但那个晚上,我们转了两条马路,没遇见一个乞丐,最后在一小区前,放在了保安室外。

上周,三位女性朋友出差北京,我尽地主之谊为她们接风,选了家高档烤鸭店,位于某大商场的内庭,为了便于她们寻找,我选了靠落地窗的座位,商场内过客会对此一览无遗。

三位姐妹准时到来,我点了只烤鸭,服务员问我鸭架是带走还是做汤,我随便一说带走,等烤鸭片好,鸭架就被打包给我送过来了。我们边吃边聊,桌前突然来了位乞丐,伸手向我索取,我顿时不知所措。

这家烤鸭店算是北京有名的时尚店,我们的座位离餐厅门口有段距离,怎么想也不会想到会冒出位乞丐站在面前。现在都是手机支付,身上很少带现金,在乞丐出现的那一刻,我下意识地摸口袋,发现身上根本一块钱现金都没有。三位姐妹盯着我和乞丐,在我尴尬时,餐厅服务员已赶来驱走了乞丐。在结账时,餐厅给我们赠送了四客甜品,以示歉意。临走时,我发现那只鸭架正放在我身后。

在高档餐厅里,那位乞丐冒着随时被驱赶的风险选择了向我乞讨,应该是有原因的。是他透过玻璃窗发现我与三位女性同桌,我很难推辞,还是他发现了我身后那只我可以随手施与的鸭架?但我让他一无所获。他利用餐厅管理漏洞的冒犯之举,却让我们意外免费品尝了一道饭后甜品,这甜品无疑是这位乞丐赐予我们的。

人间有暖流

演员张译情商高。去年我们同游白帝城，看到名诗出名人，张一白导演调侃我是江苏南通籍名人，我赶紧纠正说："畅销作家张嘉佳是南通才俊与骄傲，我只是有名字的人而已。"张译严肃地说："张嘉佳是名人，北京有嘉佳小区吗？"我们摇头，"张嘉佳是名人，北京有以他名字命名的嘉佳桥吗？地铁上有嘉佳站吗？"一白导演被他追问得一脸茫然。望着夔门江水流，张译感慨道："北京有劲松小区！有劲松桥！十号线地铁还有劲松站！劲松同志，你有的，张嘉佳都没有。"

润之先生一句"暮色苍茫看劲松"，让当年不少中国夫妻将他们的新生儿取名为"劲松"，无论男女。估计北京著名的劲松小区及其周边的标志建筑名，也是当年顺应时代潮流。多年前，接到上海一位久违老友的电话，他来京旅游，在刚开通的十号线上看到显目的"劲松站"牌，就想起了失联已久的我。一见面，他感慨：北京地铁太便宜了，不管去哪儿都是两元钱。确实，在市场经济时代，有很长时间维持着地铁票价每进站一次只花两元钱的定价，这让体验地铁分段计价的外地游客倍感亲切。

北京是内地最早有地铁的城市，最早的两条地铁线是一道风景线，标志出当年的城市规模。如今北京城区发展飞速，天通苑、回龙观、通州等大型居住区诞生，连通郊区的一号线、五号线、六号线等成为居民出行最便捷的交通工具，每到上下班高峰时间，地铁里人满为患，进出站均施行限流与分流，但违法的梁上君子依然猖獗。有回在早晨五号线地铁上,我亲睹了一位女士发现手机被窃时的惊惶,她没有愤怒,倒是我们这些陌生人比她更愤怒,纷纷给她出主意如何报警,如何锁定被窃手机,并帮她给家人打电话。拥挤的车厢里,人间有暖流。

数字导航

去北京北郊登门拜访编剧王力扶老师，她编剧的电影《马背上的法庭》曾获威尼斯影展地平线单元奖。近年中国影视产业增速，但她拒绝了众多网剧编剧之邀，专心写自己喜欢的现实主义题材作品。她与五只猫相伴，孤灯一盏、键盘两双。我从小怕动物，即便是猫狗一类的小宠物也敬而远之，一进门就被五只猫围绕，我坐立难安，只有聊剧本时才忘了猫咪们在我身边巡逻纠缠。

已近黄昏，王老师善解人意地说我们去祥云小镇边吃边聊吧，正好编剧李慧开车到来。李慧就用手机导航线路，说从王老师家去祥云需要两个半小时路程。我与王老师都没驾照，对李慧的导航结果深信不疑。驱车准备开始两个多小时的长途时，王老师说咱去罗马湖吧，去那里我认路，不用导航，要不了两小时。果然，我们二十分钟就到了罗马湖。饭桌上，我们仨感慨如今影视行业鱼龙混杂，大多公司把剧本生杀大权交给刚出校门的年轻人，追求所谓互联网影视气质，据说编剧宋方金老师有次面对某公司不靠谱的年轻的剧本责编的质疑时，他平静地对孩子们说："我的剧本值不值得拍问题不大，但我知道你们的人生出现了大问题！"宋老师有尊严地点出了当今影视界的致命顽疾。

晚餐结束后原路将王老师送回家后，李慧再送我回城，她的手机导航再次提醒她路线偏离，于是她突然发现今晚她一直用的是步行导航模式，所以提示从王老师家到祥云小镇的时间甚至比开车从北京去天津还长，二十多分钟的车程变成了两个多小时的步行路程。但我们早都习惯并迷信数字导航了，无人质疑。还好王老师当时清醒，力挽狂澜，让李慧关闭数字导航，指引滚滚车轮直奔罗马湖畔，因为她相信自己曾走过的路。

烈焰红唇

在《京华时报》做文艺部主任时,一有重大采访就亲自出马,一有版面空白就得亲自补上,成了评说者,常被电视节目邀请做嘉宾。我不上镜,因为牙不好,至今不敢矫正牙齿。当年,著名歌手朱桦矫正牙齿后一下子就在《快乐女声》节目里火了,她把北京口腔医院的专家介绍给我,专家看了我一口牙后说,人的牙就像一座桥上的砖,把歪砖弄整齐了,也有可能那桥就彻底塌了。听了这个比喻,我就彻底断了矫正的念头。所以,上电视节目,我会主动坐在镜头正面,我的正面更上镜些。

做电视嘉宾,我不讲究穿着。常遇到德高望重的史航老师,他的着装就讲究多了。他爱穿飘逸的外套,层次感极强,布料可能是棉麻,带裙摆。当他一转身,我们才发现他外套下其实是丝绸唐装,他那双轻盈的小腿儿时而像在热炕上一样盘起,时而如支架撑起他智慧的身躯。

本着节约的原则,每次我进演播室,都会让化妆师少打点粉底,有回化妆小弟对我说:"哥,咱得多打点,也不知道你这脸上是青春痘还是老年斑。"

做了快二十年访谈节目嘉宾,2015年在长春电影节遇到了更实诚的化妆师妹妹。她上来就拿了个刀片说给我修修眉毛,我拒绝了,但她不容拒绝地给我涂了唇膏与口红,这确实是我首次遇到做访谈节目给男嘉宾涂口红,心想估计是东北干燥的缘故,周到!化完妆后,赵雨芭老师见到我就大笑说你的嘴唇太红了,我一照镜子果然偏樱桃红，就说没事，给我补点对应的腮红就不突出了，因为我看到一起做节目的左航老师也被涂口红了。带着桃红小嘴，我去了洗手间，后来又与力扶老师等畅聊，没任何人再指出我的口红问题。

录播快开始了，在黑暗的过道，我却被导演拦在了入场口："杨老师，您的嘴唇太红了！赶紧地，快改下。"于是我被隆重请回化妆间改妆，我不容商量地主动擦去了口红，根据以往经验，我让化妆师妹妹给刷深色粉底，然后火急火燎进演播厅，刚坐没多久，化妆师妹妹冲进演播厅，我觉得她快哭了，对我说："导演还是觉得您的脸太白了！"众目睽睽之下，我的脸又被化妆师刷了又刷，她撤离后，节目才正式开始录制。

录完后，我们看到录下一场的李星文老师也是烈焰红唇表情严肃地端坐在休息室沙发里。晚饭时，王力扶老师说当时就觉得星文老师像刚吃完俩小鲜肉在回神。我问她怎么没像雨芭一样指出我的烈焰红唇，下午录节目前还和我聊半会儿天，我说你们都是皇帝的新衣，力扶老师认真回答我说："那会儿聊天，说实话，我都不敢看你的脸！"

长春之行后，我们又应约参加电视影评节目，聊到目前某些青年导演艺术片爱拍贫穷山野的沉闷风格，于是作了副对联。

上联：烈焰红唇性冷淡。

下联：穷山恶水长镜头。

横批：中国文艺片。

北京首映礼

2019年年末新片密集，前天《被光抓走的人》《只有芸知道》分别在京沪两地举办首映礼，昨晚《误杀》在北京举办首映礼。我在上海办事，顺道先睹为快冯小刚导演的这部新片，其他两部就欠下人情，到时去支持票房。

北京首映礼一般是在公映前一周举办，是学习的行业派对。十八年前，首映礼主要在北三环的华星、王府井的新世纪影城举办，这两家影城分别是香港吴思远先生与江志强先生投资。如今首映礼主要在北京国贸万达与英皇影城举办，在首都繁华中心。当然也有特殊的，之前张艺谋《英雄》首映礼就放在了人民大会堂，姜文《邪不压正》首映礼就去了郊外古长城，从首映礼地点抉择就能看出其宏大愿望。

以前首映礼也在晚上举办，电影业内嘉宾与媒体记者几百人到头了，如今北京首映礼最长是从上午十点到晚上十点，这是《流浪地球》创下的记录。该片从早到晚放了三十多场，白天请各大影评自媒体用户观看打分，傍晚邀请业内好友捧场。每场放映，吴京等主创都与观众见面，正是这种敢于献丑的文化自信，让《流浪地球》积累了良好口碑，一举打败了春节档其他两部新片，而这两部新片在京未举办任何提前观影的首映礼，直接在影院公映。这种不举办首映的新片往往是两类：一是离预期水准远，怕口碑不好影响院线排片；二是实在太好，无须积累口碑，这也是不自信与自信的两个极端。

口碑从哪里来？从现场嘉宾发言来，一是业内人士，一是主演影迷。与主创面对面，又是熟人，都是溢美之词。我一位老友曾是全国著名主持人，现从事电影制片人，他说最怕看首映礼，自己这张脸太熟，看完后被点名的概率很大，总得说几句，万一觉得电影不好看，就要现场敷衍几句好话，实在尴尬。我说来了就要表态，你来我往，观后感已不是影评，是人情。

当年的《孔雀》

戛纳国际电影节是欧洲艺术电影最有影响力的竞赛平台与交易市场,因《霸王别姬》《活着》等获奖,戛纳一直被中国影人与观众推崇,在中国电影投资市场迅速壮大与自媒体发达的今天,更是不少导演新片亮相的首选。

2004年3月,我从报社转行保利华亿集团任宣传总监,上班第一天就看了集团出品的顾长卫导演的处女作《孔雀》,同行的还有时任保利博纳的老总于冬先生,当年博纳是集团电影发行板块的子公司,于冬次日接受采访时说《孔雀》将进军戛纳影展。看到这个消息,我建议于总不要再提进军戛纳,戛纳不是想进就能进的,万一没入围对影片不利,因为"落选者"在普通读者心里几乎就等同于"失败者",于总认为有理。一个月后,那年戛纳入围名单里未出现《孔雀》,顾导从东京打来长途,我说没事,我们发个消息就说《孔雀》还在赶后期未完成,所以错过了戛纳。从那年起,"因后期制作未完成"成为中国新片与欧洲影展"失之交臂"的官方措辞,延续至今。

威尼斯是戛纳之后的第二大国际影展,那年临近公布入围名单时,陆川导演接受某报采访说他的《可可西里》入围最大的对手是《孔雀》。我致电陆导说我们《孔雀》还在做后期,宣传时别搭上我们。陆导笑道:"圈里都知道威尼斯影展主席马可穆勒先生已看了《孔雀》,很喜欢,还流泪了,说此片让老马想起了苦难童年。"我对陆导说,这的确是事实,但老马还会唱《红灯记》呢,这位意大利人比中国人还中国。果然，这两片都落选，那年被威尼斯选中的是贾樟柯的《世界》。后来，《可可西里》转战东京，《孔雀》次年入围柏林，先后均获奖。

近年内地影视市场竞争激烈，不少新片选择在周六、周日点映，以积累良好口碑与票房业绩，已成趋势。内地影院新片假日点映，第一个吃螃蟹的人就是我，也是因为《孔雀》。

《孔雀》拍完后，内部试映赢得业内人士好评，很多圈内人想先睹为快。当时我负责《孔雀》宣传，就提出每周六下午在北京影院公开放映一场，一是可以邀请圈内人观摩以听取意见，二是在北京观众中产生一些好口碑，因为该片拟与柏林国际电影节同步，公映期拖得很晚，不能让宣传停顿。那时正值圣诞档，北京影院都不愿意放弃商业大片，让出一个厅放《孔雀》，那时还是胶片拷贝。最后还是香港江志强先生在北京王府井的影院支持了一下，每周六下午两点放一场，定这个时间，我是觉得观众在看完片后，能在天黑之前赶回家。

没想到每周六只放一场的《孔雀》一票难求，那时影院胶片放映最多一拖二，就是一套拷贝可以同时在两个影厅放映，新世纪影城就增加到两场，场场爆满，连放两个多月，每周都有观众的好口碑宣传，直到柏林影展后全国公映。

这样的口碑场提前点映，其实早在二十多年前的香港就有。当年港片繁荣，电影公司就安排周五晚上十一点后放一场新片，这就是盛行一时的"午夜场"，能熬夜的是年轻观众，杨凡《意乱情迷》就是在午夜场放映后听取观众意见，在公映时修改了人物结局。

不管是香港午夜场还是《孔雀》当年口碑场，都是不占用黄金时段的小规模点映,但今年内地暑期档,却出现了每天都占用黄金时段的影片,超前在全国大规模点映新片,为积累首日票房数据造势,点映变为提前分时段公映,已背离了口碑场的初衷。

烟花三月是江南

上周气温突降十多度，在上海领略了春寒料峭。江南寒冷在于湿度大，同样温度、同样春风，北京就暖和很多，春风急，能把北方大地一夜染绿，而江南的绿是四季的，冬春无明显季节变更。那天在外滩，春雨过后的寒气，让我突然想到了电影《早春二月》里的画面：肖涧秋给了文嫂的娃娃一个橘子，孙道临与上官云珠的嘴里都冒着寒气。如今，这部电影的大多主创已离世，唯有演陶岚的谢芳老师在北京安度晚年。

按农历算，早春二月其实就是现在的公历三月，常见倒春寒。而烟花三月，则应是清明之后的四月时光，那是真正的大地回春。烟花三月下扬州，黄鹤楼上一别孟浩然，李白给扬州城做了个大广告，引来千古文人竞泼墨，更为如今扬州乃至江南的旅游产业拉动了GDP。孟浩然那次去扬州，留下了"所思在建业，欲往大江深""江风白浪起，愁杀渡头人"等名句，不见三月烟花，尽是春愁。其实李白早就去过扬州，"宝塔凌苍苍，登攀览四荒。顶高元气合，标出海云长。"这是李白秋天登扬州栖灵塔所发的感慨。

诗人们前赴后继歌咏扬州，张若虚名篇《春江花月夜》便是在扬州写成，但杜牧的扬州诗篇最传神，"二十四桥明月夜，玉人何处教吹箫"，他的笔下有鲜活的扬州人民："娉娉袅袅十三余，豆蔻梢头二月初。春风十里扬州路，卷上珠帘总不如。"在"谁家唱水调，明月满扬州"的诗情里，方得"十年一觉扬州梦，赢得青楼薄幸名"的彻悟。与杜牧一样，李商隐的人生转折也在扬州："玉玺不缘归日角,锦帆应是到天涯。"

而白居易直将江湖相思流向扬州:"汴水流,泗水流,流到瓜洲古渡头。吴山点点愁。"当年扬州是国际大都市,是江南名片,三月到扬州,不过只是打开了江南无限风光的画轴。

那年路过苏州,约了老友萧雁,去了趟沧浪亭。萧雁近年专心昆曲研究与实践,她今年在沧浪亭创作了浸入式园林昆曲演出《浮生六记》,八月首演获得成功,成为每周三场的常规演出。她每回力邀,我都无暇亲临沧浪亭的昆曲夜。那天到沧浪亭是上午,萧雁为我做导游,在沧浪亭外的石桥上,她说《浮生六记》的演员就是从河畔走来,在观众身边开始演出。

沧浪亭是被纳入世界文化遗产的著名园林,《浮生六记》作者沈复就曾居住亭畔,书中描写他于中秋佳节携妻挈妹去沧浪亭赏月的情景,这也是芸娘所忆的一生中最幸福的时刻。中秋月圆,踏月彻晓,相比街上的游人如织,沧浪亭却无人前来,沈复芸娘便过了石桥,进门折东,曲径而入,席地而坐,烹茶赏月。当年沈复入园门向东转,留下的足迹也构成了昆曲《浮生六记》的表演路线。

"清风明月本无价,近水远山皆有情",沧浪亭石柱上著名的集引联,上联取自欧阳修的《沧浪亭》,下联取自苏舜钦的《过苏州》。但园中与之辉映的对联比比皆是,"千朵红莲三尺水,一湾明月半亭风",灵动开阔。对联、借景、漏窗、复廊,沿着石板路,观众一路走一路看,演员一路演,喃喃细语为伴奏、鱼池假山为幕布、亭台楼榭为戏台,重现了千年前沈复夫妇身在沧浪亭畔,"布衣饭菜,可乐终身,不必远游"的古典主义价值观。

沧浪亭唯一未被纳入演出范围的是五百名贤祠,祠中嵌594幅与苏州历史有关的人物平雕石像,为清代名家顾汀舟所刻。仰止亭有副对联:未知明年在何处,不可一日无此君。我们正纳闷"君"为何指,名贤祠前蹲着的一位老人指着面前竹林说:"是这竹子,梅兰竹菊四君子。"老人在园中以卖旅游品为生,却是姑苏文化的守卫者,坚守在沧浪亭湿冷的冬季。

西湖四大怪

断桥残雪是西湖美景，断桥也是西湖游客最密集的景点，其盛名得益于神话传说《白蛇传》。白素贞与许仙在断桥相遇，结为伉俪，在人蛇两界焦灼中，许仙背叛白娘子，白娘子寻夫水漫金山后，回到杭州，在断桥上她触景伤情："西湖山水还依旧，憔悴难对满眼秋。"她回忆与负心郎的真情往事："看断桥未断我寸肠断啊，一片深情付东流。"越剧等戏曲中，断桥是白娘子与许仙感情历经磨难的见证人，在小青的痛斥下，许仙表明悔意，与白娘子复合。断桥不断，或也是指情感的藕断丝连。

西湖断桥最早的历史可追溯到唐朝，南宋称为宝祐桥，后改为段家桥，断桥据传是谐音相同，故流传至今，但却与《白蛇传》无关。相传此桥本是木板小桥，连接孤山与湖岸，但下雪时路人时常滑倒，一对姓段的夫妇在桥边开酒楼，经仙人指点生意兴隆，为感恩仙人，段氏夫妇将木板桥改建成青石桥，便于桥上盖了亭子，便于雨雪天路人行走，不会滑倒。"段"与"断"同音，此桥被传为断桥。桥上盖亭并非断桥一处，民国杭州老照片里，西湖上的桥都有亭。如今西湖上的桥没有亭阁，在西湖视觉里或更为融入、更为和谐。

断桥不断与孤山不孤、长桥不长同为西湖三大怪。孤山这座湖中岛其实与陆地相连，是由火山喷出的流纹岩组成的，所以孤山不孤，四季美景，游客喧闹，"江南无别信，聊赠一枝春"。长桥确实不长，也就三五分钟的路，据传梁山伯与祝英台在此惜别，来回送了十八次，桥虽不长情意长，长桥九曲十八盘。在越剧里，十八相送则指梁祝二人惜别走过十八里地,过桥、拜庙、路过农田,最后在长亭两人挥手,相约祝家庄上访九妹。越剧改编倒有艺术真实,倘若梁祝真的在短短的长桥上来回相送十八次,那真的是够腻味的。

西湖第四怪,与西泠有关。

第一次听到"西泠"这个词,还是童年看香港电影《三笑》,秋香陪老夫人游水上江南,美景如画卷展开,"好一个西泠,好一个洞庭,参罢那个灵隐,转回苏城",秋香到虎丘拜云岩神时,便发生了与唐伯虎的三笑奇缘。儿时西泠给我的印象便是这种与爱情相关的美好,千载芳名留古迹、六朝韵事著西泠,这西泠因南朝名妓苏小小流芳百世,她生于此、死于此、葬于此,西泠桥畔,苏小小墓最为显目,与之相伴的苏曼殊墓,西泠桥对面的秋瑾墓,相对而言都很低调。苏小小的著名,与各代文人墨客对其念念不忘有关,从白居易、袁枚到余秋雨、曹聚仁,都将她歌咏著文,她成为对峙文人传统语境里的茶花女式的唯美主义者。林和靖将西湖之美寄托于梅花与白鹤,苏东坡则衍化成诗文、长堤与红烧肉,小小却将其融入自我生命,尽管她的生命非常短暂,一场风寒就终止了她的一生。

苏小小的年代,西泠桥畔就是市郊,墓地众多,可能地皮不值钱,所以清末盛宣怀在西泠买了块地,打算盖所家族宗祠,那块地买完就被闲置了,等到想起来打算破土时,发现那块地已被一群搞金石篆刻书法的文人侵占,盛家将其告上法庭,庭上得知文人占地不为任何私利,只为艺术共产共享,盛宣怀慷慨将此地捐出,成就了如今闻名海内外的西泠印社建社之初的这段佳话。

西泠不冷,这是浙江卫视正在进展的关于西泠印社影像记录文化活动的名字,西泠的"泠"常被人误读成"冷",西泠不冷除了明确指出二字的差异外，或是指西泠印社这一东方传统文化不会被冷却，会以一种热度影响当代人。这四字挺拗口，非西泠印社自身文化核心的总结。网络文化确实将形似或音近的错别字将错就错成了网络语言的约定俗成，西泠不冷，正是在泠冷分不清的游戏心态下的一种宏大叙事的企图。

其实，西泠可用"西泠不西"来定义，因为西泠印社是中国优秀传统文化的代表之一，散发着东方美学光华。

西泠不西，可与断桥不断、孤山不孤、长桥不长并列，为西湖第四怪。

盗不走的西泠

去了趟西泠印社，杭州西湖孤山一角。这座金石篆刻印学胜地，通常有两大误读：一是"泠"字被看成"冷"，二是通常被误认为是个茶社。

那天我进门时，一群年轻游客路过，惊呼吴邪古董店就在附近。吴邪是网络名作家南派三叔代表作《盗墓笔记》中的主角之一，三叔是浙江人，他将吴邪古董店虚构到了西泠旁。其实西泠旁除了著名食府"楼外楼"，再无其他商铺。此书粉丝群体庞大，书迷寻找吴邪古董店，倒给西泠印社做了个大广告。1904年创立的西泠印社，如今却通过盗墓文学形象被年轻一代熟知，假如当年创立此社的四君子九泉之下获悉，我想他们可能会尴尬得笑不出声来。

创立西泠印社的是丁仁、王福庵、叶铭、吴隐四位晚清先生，岁月清华之余，挽救篆刻江河日下的局面，成为四人自觉的责任与共识。丁仁首先捐出自家的土地，四君子又各自拿出积蓄，修建仰贤亭，建成之时，科举制度被废止，同盟会已悄然诞生。在变革的大时代，西泠印社先后得到了晚清与民国的政府保护，更有盛宣怀等名仕的私人支援，盛家慨然将孤山部分地产捐赠给西泠印社。风雨飘摇中，这个私人社团不仅有了固定的自有产权地产，更有4000多方印章，从战国古玺到明清流派印，这些文物都来自西泠印社社员的个人捐赠。

艺术共产与时代分享，是西泠印社的百年精神。

1904年，西泠印社四位创始人呼朋唤友在孤山初创印社，四君子在金石印学各有专长，但他们谁也没有当社长。直到1913年，西泠才有了第一任社长，便是金石书画大家吴昌硕。1947年在一次雅集上，有人问为何创建人不肯当社长，四君子之一的王福庵笑答："我们创办印社，并不是想当社长啊。"

温文尔雅的吴昌硕先生成就斐然，他出任西泠社长，正好符合四君子创设理想，西泠印社更有了印坛盟主的气象。吴社长曾用自身的社会影响力，倡议并组织社会捐献了11270大洋，从日本古董商手里抢回了"汉三老碑"，如今作为国家一级文物，矗立在西泠，供后人观赏。这个文物，与西泠印社百年精神一样，或许只有外星人能盗走了。

吴昌硕之后，远在北京的故宫博物院院长马衡成为第二任社长。1963年，张宗祥先生成为第三任社长，抗战烽火中他将《四库全书》保存完好，他并不以治印见长，非印之人却成为西泠社长。新中国成立后，不少文化社团湮没在历史尘埃中，西泠印社却成为中国第一大印学社团，沙孟海、赵朴初、启功先生先后任第四、五、六任社长。启功去世后，社长之位空缺6年后，时值94岁高龄的国学大师饶宗颐先生出任第七任社长。饶老在香港70年，为世界汉学研究者认识中国搭建了桥梁。"万古不磨意，中流自在心"也是这位百岁老人对西泠印社的祝福。

2018年2月6日，饶宗颐先生在香港仙逝。未采访他，成为我担任策划的电视纪录片《西泠印社》的重大遗憾。

2017年春天，应浙江卫视许继峰导演之邀，我从横店转道杭州，参加电视纪录片《西泠印社》编创。为此，我们曾到日本东京，参观了西泠印社在中国文化中心举办的"盛唐诗韵"社员作品展。中日邦交正常化45周年，也是西泠印社首任社长吴昌硕先生逝世90周年。此展览以唐诗为主题，展示了吴昌硕先生以及西泠印社中日两国社员的书画篆刻作品，不少日本书画家都身着和服正装前来观赏，参与雅集。那天，中国驻日本大使程永华先生也前来观看了展览，程大使曾任驻韩国大使，他对著名书画家韩天衡先生感慨：虽然韩国受汉文化影响深厚，但日本受汉文化影响更深，对书画的感情更为深厚，传承更为久远。

在东京那些天，我与摄制组拜访了被誉为"东方的罗丹"的日本雕塑家朝仓文夫故居。朝仓文夫与吴昌硕有着深厚友谊，西泠印社的吴昌硕塑像即是他的作品，后来他的女儿又为吴先生补了一座。如今，朝仓文夫与两位从事艺术的女儿都已辞世，故居便成了朝仓先生的作品与藏品博物馆。馆里保留了故居日本庭院风格，博物馆里最突出的作品是朝仓先生的猫的雕塑，因为他从小特别喜欢猫的野性和神秘性，据说家里曾养着百只猫，他逝世前的心愿就是完成百猫雕塑展。吴昌硕所赠的字画均私藏于二楼，两位大师以传世作品将两国友谊代代传扬。

我们还去了青山杉雨先生的故居，他是日本近代著名书法家，也是西泠印社早期社员，中国历史与文化的爱好者与研究家，曾不遗余力地搜集到了元明清书法家的名品与文物千百件，与林散之、沙孟海、饶宗颐等结为至交。1993年他仙逝后，家人根据他的遗愿，将其私藏的八件敦煌文书赠送给了中国敦煌研究院。如今他的学理科的儿子管理着父亲的故居，满屋书香。

相思红豆

红豆生南国，春来发几枝。愿君多采撷，此物最相思。

唐朝诗人王维的名句，将红豆寄情，使得这平凡植物脱颖而出，名传千古。南方红豆有很多，最有名的是广东、台湾等地的相思子，红艳持久但毒性大，王维所提红豆应该不是相思子，否则采一堆毒豆子放身边挺危险的。热带地区有种毒性较小的是海红豆，或被制作成手镯等装饰品。赤豆是红豆俗名中最常见的食物了，煮成饭粥很普遍，在日本主食中就常见赤豆饭，多采撷算是多储备五谷杂粮了，但赤豆不仅可以生南国，北方也能种植。中国演员刘晓庆就曾主演过电影《北国红豆》，说的是大兴安岭女伐木工的爱情抉择。

给红豆打广告的还有曹雪芹，《红楼梦》二十八回中，贾宝玉唱了首《红豆词》："滴不尽相思血泪抛红豆，开不完春柳春花满画楼。睡不稳纱窗风雨黄昏后，忘不了新愁与旧愁。"大作曲家刘雪庵曾将此词谱曲，成为抗战时的女高音名曲。

古典文学功底深厚的台湾作家琼瑶也没放过红豆，她创作的《一颗红豆》在其小说中未必上乘，但根据其改编的同名电影却在四十年前轰动亚太地区，经录像带引进到大陆后也影响极大，是林青霞与秦汉这对银幕情侣的代表作。琼瑶还为该片写了同名主题歌词："我有一颗红豆，带着相思几斗，愿付晚风吹去，吹向伊人心头。"凤飞飞唱红了这首歌，她最后一次举办个人演唱会，再次演唱时删去了"带着诗情万首"这样的甜腻歌词，吟唱着"我有一颗红豆，伴我灯残更漏，几番欲寄还留，此情伊人知否"的晚景，与歌迷诀别。

王菲首唱的《红豆》堪称经典,方大同等歌手翻唱,"还没为你把红豆,熬成缠绵的伤口",可见此歌里的红豆就是赤豆,赤豆方能熬成豆沙等面点馅料。

陆游的没心没肺

到绍兴，必去沈园，这里的朴素难忘，亭台楼阁均是木质深暗本色，淡化在初夏的绿荫中，园中最大亮色还是陆游、唐婉的《钗头凤》词碑。

首次知道他们的爱情悲剧是在童年，那时戏曲舞台上常演陆游与唐婉，我常与《孔雀东南飞》里的焦仲卿与刘兰芝混淆，因为都有一个封建的母亲，恋母的儿子，被误会的儿媳，还有一纸休书。从东汉到南宋，封建礼教一直被文学控诉。焦仲卿与刘兰芝双双自杀，文学意象与梁祝又近似，而陆游与唐婉却更近历史与世俗。20世纪80年代著名演员王馥荔与计镇华曾主演故事片《风流千古》，说的就是这段往事。陆游、唐婉离异后各自有了家庭，却在沈园偶遇，"红酥手、黄藤酒，满园春色宫墙柳"，唐婉感慨万千，和应出"世情薄、人情恶，雨送黄昏花易落"的悲凉，两人心潮奔涌。两首千古绝唱被镌刻在沈园，那天我遇到一位男导游这样介绍两人分手后：唐婉回家后没多久就抑郁早逝，去世时不到三十岁，但陆游却没心没肺地活到了八十五岁。

其实陆游一生并非只有一个唐婉。他不仅是位写出"山重水复疑无路，柳暗花明又一村"的杰出诗人，更是从浙江出征陕西，上蜀道为官，化悲痛为力量的南宋优秀公务员，终老时还不忘祖国统一，叮嘱后人：家祭无忘告乃翁。他的心里全是国家与人民。

青藤书屋里的"凡·高"

陆游活到八十五岁高龄，绍兴名人中，明代的徐渭一生坎坷也有七十二岁长寿，古城中的青藤书屋便是其故居。

青藤书屋又称榴花书屋，占地四百平方米的小院以青藤、石榴树等为绿植景观。徐渭是文学家、戏曲家、书画家以及军事家。他的诗歌远胜其散文，《兰亭次韵》中"长堤高柳带平沙，无处春来不酒家。野外光风偏拂马，市门残帖解开花"的风格近李贺。他的剧作《四声猿》中有两个女扮男装建功立业的故事，不仅有反封建的前卫，而且其戏剧建构对当代地方戏曲影响深远。他的书法以狂草闻名，是水墨泼墨写意的画家代表，书画融为一体，是中国写意花鸟画里程碑式的人物，开创大写意画派先河。

徐渭书画之风如其人，按如今说法，他患有抑郁狂躁症，有人说他是东方"凡·高"。作为胡宗宪幕僚，徐渭曾转战浙江、福建、江苏等地追剿倭寇，在军事上也有建树。但中年因朝政导致精神抑郁紧张，多次自杀未遂，后怀疑妻子不贞而亲手将其杀死，四十六岁的徐渭被判入狱七年。之后他曾到北京等边关，淡出朝野，留下无数传世艺术佳作。如今的青藤书屋中还有徐渭手书"一尘不倒"的木匾下的一副对联"未必玄关别名教，须知书户孕江山"。而正堂中徐渭画像旁的"几间东倒西歪屋，一个南腔北调人"则是这里最形象的写照。

请到天涯海角来

三十年前海南省成立，吸引数十万大学生前来创业，"闯海人"就是对这批外来年轻人的称呼，当然也包括冯仑等最早到海口的开发者。冯小刚导演介绍，他早在1985年就到海南拍戏，在一部三集电视剧里做美工，当年三集电视剧拍了三个月，而如今三个月可以拍完一部三十集的电视剧了。那年在海南拍片的还有李少红，那时，她还不是导演，只是电影剧组的普通场记。现在一出海口机场，迎面就是"你距离冯小刚电影公社多少公里"的广告牌。海南见证了冯导从美工到全国著名导演的成长历程。

陪我采风的海口人王惟雄先生，他生于斯长于斯，与海口不离不弃近五十载，他见证了一代又一代闯海人的三十年。他带我们去了海口公园边的三角地，当年这里有面贴满字条的墙，闯海人在墙上找同学、找老乡、找工作，聚散依依。今天，一个镌刻着诗篇的巨石屹立旧址："热岛洒汗血，成败皆英雄；我思复我恋，魂系闯海人。船往天涯去，风从南海来；一渡十数秋，问谁青春还。"闯海人的一腔热血成为难以磨灭的记忆。

在海南建省成为经济特区前，一首《请到天涯海角来》的歌风靡全国，歌中唱的无非是海南四季花果，却令全国听众沉醉，上海女中音歌手沈小岑也因此一夜成名。率先闯海的不是电影人，而是歌手。

海南成为经济特区后，中国歌舞厅文化率先出现在海口，到歌舞厅跑场唱歌获取的收入颇丰，吸引了不少年轻歌手。当年，海口最高档的是只有七层的友谊宾馆，隔街对望的是大同里普通居民区，外地来的歌手都在这里租房。当年最火的歌舞厅是东湖宾馆,曾以《同桌的你》成名的老狼当年就在这里的乐队当鼓手,如今著名歌手黄绮珊曾在这里驻唱,不过那时她的名字叫黄晓霞。

海口歌舞厅文化影响北上,随后在广州蔚然成风,随着20世纪90年代海口经济出现低谷,黄绮珊等歌手随即到广州发展,广州成为中国原创音乐的中心之一,产生了《涛声依旧》等众多脍炙人口的金曲。可以说,海口是中国流行歌手的摇篮。如今,友谊宾馆、东湖宾馆建筑依然,已不再是海口的地标,更无三十年前的喧嚣,岁月繁花终随大江东去。

除了闯海人带来的流行文化外,海南有着深厚的人文底蕴。这里是宋庆龄女士的故土,也是明朝名臣海瑞的家乡。北宋苏东坡也在这里留下众多诗篇:"平生生死梦,三者无劣优。知君不再见,欲去且少留。"中国电影大师谢晋导演于1960年到海南拍摄的《红色娘子军》讲述了海南女性争取自由的历史传奇,轰动全国,随后改编的舞剧也留下了《万泉河水清又清》等传世金曲。

在海南,去了南山,南山一别已有十七年。当年还在报社,被邀请到三亚报道新丝路模特大赛,我们几位记者一起去了南山。那时,南海观音刚有骨架,在南山寺上远眺,已能想见如今的壮观。我们未在寺庙逗留太长时间,进了长寿谷,走了一条崎岖路,路上看到很多蜥蜴,蜥蜴有保护色,与山谷里溪涧林木融为一体,那是我首次看到蜥蜴,确实被吓一跳。在长寿谷里迷了路,路越深,遇到的蜥蜴越多,还窜出一条蛇。同行的有来自北京信报的何鹏浩,他是广西人,看到这些热带动物,他处惊不变,温和、耐心,增添了我们走出迷途的信心。

又见南山，因为一百零八米之高的南海观音，寺庙增多，香火更旺，这里已是佛教圣地，还兴建了规模颇大的宾馆与素斋馆，长寿谷也多了些人文景观点缀，已找不到十七年前的那条路了。听三亚朋友介绍，三亚的蜥蜴基本已绝迹，都被当地人捕捉食用了。旅游的开发，物质的驱动，对自然生态是有损耗的，这是难以避免的矛盾。

那天在南山，还遇见了影视演员严屹宽。十八年前，我就知道他，那时他尚在上海戏剧学院读书，都从事影视，却无交集相识与合作的机会。三年前，我由沪回京，行李零碎，在机场取行李车时，小严上前帮了我一把，我道谢之后，各自赶路，未贸然相识，他的随和与助人令我难忘。后来，看一位老乡与他相熟，就让其牵线加了微信，见字如面又两年。在南山遇见，他扶老携幼，我也领着长者婴儿，烈日下匆匆而过，未打招呼。当晚，我与他微信确认，果然是他，我们相约今年定要见面相识。未有相识与合作的机会，却常在人海里偶遇，算是一种缘分。

而当年的何鹏浩已失联，失联于当年维系我们的社交软件MSN的消亡，听说他后来改行去了公关公司，在他供职的报社停刊之前。缘分在时光中消逝，但山水总相逢。

三峡江中鱼

二十七年前的大学二年级暑假,我们班到三峡采风,从南京走水路上宜昌,上山登神龙架。进山后一直希望遇到野人,此愿望下山后都没实现。那时物质贫瘠,当地没有菜馆,早餐有种包子给人印象很深,远看特别像江南蟹黄包,一咬才知道里面包的是红剁椒。我们自带方便面、火腿肠与八宝粥,几天下来竟无人闹肚子,脸上的青春痘也好了一些。听说神龙架山里盛产的正是提取黄连素的药材,这里的水清冽却有多种药效。我们下山到秭归,拜祭屈原后进三峡。

见巫山真容,是2017年。高峡出平湖,巫山新城在宽阔的长江上,当年夜色里的巫山城已被淹没在水下数百米。我们一行在山顶吃完火锅,夜色阑珊,远处彩虹大桥跨越山丘,城区高楼林立,灯火璀璨。

巫山县如今已是旅游名城,江岸的美食一条街上,依然能感受到农耕文明的淳朴。华灯之上,不过是幻影繁花。

在巫山,贾樟柯导演对张译说一定要去白帝城、夔门和奉节古城看下。从巫山到奉节白帝城,如今只有半小时的车程,在盘山隧道与高速公路修建前,起码要走五小时。我的表哥在奉节工作,他在高速路口接上我们的车奔向白帝城。二十七年前我去过的白帝城,如今已是需要廊桥连接的江中岛,表哥说原来走山路,现在三峡水位高了,倒是省了我们一半多的山路。

攀上白帝城庙,院中竟然有刘禹锡的塑像,"东边日出西边雨,道是无晴却有晴"。与三峡诗篇辉映的是夔门。山上望夔门,大家纷纷纷拿出十元人民币对照自拍。从白帝城不同角度观看，夔门都有不同风姿。

离开白帝城，表哥带我们到江边城门，他说这是原奉节县城码头的老城门，被迁移到这里，作为旅游景点。这个城门就是我当年进奉节城时踏过的，记得那时到这里是深夜，我们一群同学到了码头就地而睡，醒来时发现大家都睡在这个城门楼梯上。城门被保留下来了，可奉节老城就被淹没在高峡出平湖的浪潮里了。张译感慨，以为白帝城、夔门与古城是三个地方，要走很久，没想到三个地方一趟就走完了。三峡工程，让风景浓缩。

表哥招待我们的是江中鱼鲜的家常菜，江鱼鲜嫩多刺。表哥生于奉节，亲历了三峡工程对家乡的改变。他说在三峡大工程中，人可以按规划、有组织迁徙，但江中的鱼就无法预知并应对这世纪巨变，它们是非常痛苦的。

山高人为峰

2019年随中国作家杂志社赴宜宾采风，金沙江、岷江汇合成长江，大江从此东去，因而得名长江第一城。落地时宜宾朋友告诉我们，五粮液国际机场即将正式启用，这座老机场将归还部队。老机场是已故国家总理李鹏先生所题，他的父亲李硕勋诞生于高县，中共早期是参与领导军事斗争的先驱之一，在海口被国民党杀害，牺牲时年仅二十八岁。从宜宾走出的革命先驱还有赵一曼女士，本名李坤泰，她在宜宾女子中学读书时走上革命之路，后辗转武汉、上海、莫斯科等地，九一八事变后，她到东北投身抗日、领导抗联，最终牺牲。七十年前，她的英雄事迹被拍成电影，轰动全国，引发其宜宾家属相认，宜宾女儿赵一曼才魂归故土。

宜宾是英雄之城，也是人文之城。著名剧作家阳翰笙，参与香港中文大学创建的著名思想家唐君毅都是宜宾人，宜宾李庄因在二战时收留中国文化教育名人与机构而青史留名。从宜宾市区驱车半小时，便到了李庄古镇。日本侵华时，这座古镇的人民清理了自家祠堂寺庙，安置了傅斯年、李济、梁思成、林徽因等文化教育大师及其率领的研究院、博物院与同济大学等文教机构，让中华文脉不断。

百年家园礼贤大义、千年长江绵延风骨，当年南京博物院迁至李庄，文物未发生一起被盗与损坏事件，足见李庄当年民风清廉。

瞻仰过李庄，又到了"6·17地震"灾区的双河村，灾区人民乐观的体现就在葡萄井！震后井水枯竭，随后彻底恢复，清澈如初，泉涌波碧如葡萄。葡萄井周围有数家凉糕店,是连成都游客都为此赶来的网红小吃,三元钱一份,凉糕就泡在井水里,日销量最高可达一万份。地震后,这里的村民在裂痕废墟上重新出发,步履不停。

三天时间在宜宾采风,同行的河北作家协会副主席李春雷很认真,随身携带一支笔、一个小本子,作风严谨。在长宁县竹海,我的手指被蚊子咬了个大包,开玩笑说很多年没见到这么大的蚊子了。李主席说最近刚看了一个报道,科学家鼓励大家向蚊子输血,否则蚊子一灭种,生态将产生缺失性影响。我说那今天就算我为蚊子献过血了。次日,李主席见我的包还没消肿,他关切地望着我说:你把血献给的肯定是只母蚊子。

2019年的"6·17地震",给宜宾不少乡村带来损伤。我们冒雨来到地震灾民的临时安置所,这里是刚废弃的一座监狱。社会志愿者代表庆忠大哥是残疾人,他仅有的一只手里握着一大钥匙盘,管理着这里的每间房。那天已是中午,安置所里飘来阵阵铁锅炒菜的菜香。我们看到灾民里有一对四岁的女双胞胎,他们告诉我们楼上还有一对刚诞生的龙凤胎。

最美乡村医生李宗蓉大姐,年过半百的她与七十多岁的丈夫在震后建起帐篷卫生所,最远走了六里地去医治村民,方圆十三里,全是她的乡亲。地震将她的家几乎夷为平地,防盗门被扭曲,女儿要他们去成都避难,但李大姐还是坚持在村里。我们一路打着伞,细雨中,李大姐不打伞,雨露沾满她那染黄发间的银丝。

在1979年建成的五粮液酿酒车间,酿酒师傅从酒糟开始一铲一铲耕作,完全是手工化劳动,格外辛劳。谁知杯中酒,滴滴皆辛苦啊!没想到白酒是这么酿制出来的,我说以后得戒酒了。宜宾朋友立刻劝阻说:"只有多喝五粮液,只有让更多的人喝五粮液,方能不辜负师傅们的汗水。"我说要把笔墨留给工人兄弟,用镜头聚焦工匠精神。咱们工人有力量,但我们离开他们太久了。

  山高人为峰,人民才是宜宾的名牌。

只有山歌敬亲人

桂林状元在百年前写下了《民以食为天》的策论，桂林米粉、啤酒鱼等美食闻名海内外，而与山水美食齐名的，更有悠久并持续发展的桂林文化。

2018年夏，在赵乐秦先生的邀请下，我与桂剧表演艺术家张秋萍等夜游漓江。漓江夜色更迷人，灯光辉映两岸山城。赵先生介绍，漓江边畔将建起大剧院，为桂林特色地方经典剧目与海内外优秀演出搭建平台。

船泊漓江西岸逍遥楼下。逍遥楼始建于唐朝，与黄鹤楼、滕王阁、岳阳楼等齐名，见证了大唐兴衰。南宋末年重建此楼时，主持筑城工程的李曾伯著的《重建湘南记》文中已有"桂林山川甲天下"之说。逍遥楼在二战时被日本飞机投弹炸毁，楼前颜真卿题字的石碑，被移至七星景区保护。但逍遥楼并未淡出桂林人的记忆。在桂林企业家与民众资助下，两年前的除夕夜，重建的逍遥楼亮灯，开始免费向民众开放，唤醒了沉睡的桂林文化记忆。"东西巷踏石留印，逍遥楼万家灯火"，这是赵先生在逍遥楼留下的书法，在此留下的其他游客的墨宝上还抄录了贺敬之的诗篇："情一样深呵，梦一样美，如情似梦漓江的水！"

逍遥楼下便是著名的东西巷，夜市里不仅有小吃美食，更有桂剧表演。桂剧是中国戏曲十大剧种之一，受京剧影响，有正剧的大气，与诙谐欢快的桂林曲艺、彩调形成三大地方戏，盛演不衰。桂剧演员黄婉秋当年被选中主演了电影《刘三姐》，轰动海内外。

"多谢了!多谢四方众乡亲,我今没有好茶饭哪,只有山歌敬亲人!"

当年刘三姐等劳动者,视山歌为高于并可替代茶饭的精神物质,可见对文化艺术的热爱与尊敬,早已是桂林人民流淌在血液里的亘古情怀。

西班牙小城一夜成名

电影《我不是潘金莲》在圣塞巴斯蒂安国际电影节参赛，此电影节有六十四年历史，是货真价实的第四大国际电影节，比肩于戛纳、威尼斯与柏林。西班牙语与英语是美洲主要语言，所以此电影节每年都吸引好莱坞片商与演员，《大白鲨》《星球大战》等经典的欧洲首映就在此，《教父》导演科波拉的《雨族》曾在此获大奖。

2004年，徐静蕾导演《一个陌生女人的来信》参赛此电影节，我陪她从北京出发乘芬兰航空辗转到巴塞罗那，再乘小飞机到这里，抵达后发现该片参赛拷贝被芬航遗落在阿姆斯特丹机场。次日辗转送达，有惊无险。

圣塞巴斯蒂安临海，美食众多，但居民与游客不多，市民的英语水平让我们有了对话的自信，与他们用英语交流全靠各自形体与五官的眉飞色舞。令我们惊讶的是该电影节的规模之大、服务之规范，主会场是海边的可容千余人的电影院，参赛主创的官方发布会前在海边平台拍照，凭海临风的徐静蕾当年"谋杀"了摄影记者不少菲林。那年她获得了最佳导演奖。而我首次参加国际电影节，竟然在影院里看了帕索里尼导演的经典片《索多玛120天》。

相比釜山影展、东京电影节，华人影迷不仅对圣塞巴斯蒂安电影节知之甚少，大家对这座西班牙小城更是一无所知。《我不是潘金莲》莅临参赛，让这座小城在中国一夜成名，其效果远胜于西班牙官方旅游推介。电影就是一张城市名片。

戛纳的门第与江湖

戛纳影展参赛片分主竞赛与"一种关注"这两大单元，规模与礼仪差异显著。

主竞赛精选全球最新电影精品，今年就有十八部角逐金棕榈大奖，均为世界首映。主竞赛在戛纳电影宫最大的卢米埃尔电影厅举行，我作为《江湖儿女》出品方之一，被邀与贾樟柯导演等主创踏上红毯。主竞赛片首映红毯时间颇长，都是电影节与片方邀请的嘉宾，走过红毯进入卢米埃尔大厅的观众席，大厅上直播红毯现况。嘉宾走红毯不分主次，像赶集一样大家一起走，像个大火锅。直到竞赛片主创出现，红毯清场，贾导携主演赵涛、廖凡三人单独走红毯，接受戛纳影展主席与艺术顾问的欢迎仪式，突显礼仪之尊贵。包括我在内的其他主创与出品人紧随其后。直播镜头一直跟踪贾导三人入场，全场观众起立欢迎，再落座观影。《江湖儿女》观影结束后，贾导现场向观众致意，全场掌声长达七分多钟。随后，贾导等走出影厅，再次出现在红毯至高点，向户外影迷致敬。

"一种关注"单元入围作品偏向年轻导演，今年中国导演毕赣的《地球最后的夜晚》入围。"一种关注"竞赛片是在电影宫西侧的德彪西厅举行，这个厅比卢米埃尔厅小，且无红毯仪式直播，主创入场后，被影展负责人迎到舞台上与观众见面。观影结束后，依然接受观众掌声致意，但掌声的长短，就真的与观众对影片的喜好而确定了。

"一种关注"单元竞赛片首映礼仪之简单，与主竞赛片首映之隆重，相差巨大，礼仪成为规矩，门第之分显著。具有七十一年历史的戛纳影展，正是在傲慢中确定了相对客观的竞赛规则，才被全球电影人视为努力攀登的高峰。

电影《江湖儿女》最终在戛纳电影节颗粒无收，贾樟柯导演早就预料到此结局。他为法国《电影手册》提笔谈为何要拍此片时写道："'儿女'好理解，'江湖'这个词可能很难翻译成外文，江湖意味着险恶的冒险旅程，复杂的情感经历，秩序之外的世界，规则之外的情义。"

江湖，这个中文词饱含的东方哲学的丰富性，任何外语都难以准确并全面传递，《江湖儿女》片中被十七年爱情故事包装的东方情怀，也就未必能被戛纳影展的欧美评审们所理解并产生多大共鸣。

与《江湖儿女》同样命运的还有韩国的李沧东导演的《燃烧》，这部八年磨一剑的新作，获得了影评人与观众的盛誉，创下戛纳影展场刊史上最高分，却也未博得评审团一丝青睐。

你可以偏执地说这届评审团的眼光有问题，但这九位评委确实是影展奖项的核心，他们被影展赋予行使自我意志的绝对权力，在十八部主竞赛新片中选择获奖名单，将他们九个人的"傲慢与偏见"载入历史，这自然与大众声音产生分裂与错位，戛纳最大的江湖莫过于此。

影展期间，戛纳大街上随时可听到华语乡音，每天都有中国电影的主题活动，研讨、展映、评奖或创投展示与市场洽谈，加上蜂拥而至的中国记者与影评人，中国影人在影展外围的活动，规模之大不亚于官方影展本身，电影宫附近的餐馆里，都备份了中文餐单。中国电影产业的空前繁荣，戛纳文化旅游的市场需求，使得戛纳影展负载了一个中国电影江湖。

在柏林看电影

第二次到柏林，还是参加影展。除了新片的竞赛与展映，国际影展另一核心内容是电影市场，为各国电影购买商提供的展销会。我去柏林电影市场那天，已临近市场尾声，但依然人潮涌动，国际电影市场未因去年经济的波动而受严重影响。遇到上海国际电影节主任傅文霞一行，她们在伊朗电影展台帮伊朗同行看项目，聊这部制作精良的伊朗卡通片如何能与中国电影公司达成商业合作。我印象中阿巴斯大师电影是伊朗电影名片，没想到伊朗还能制作偏好莱坞风格的卡通片。阿巴斯导演生前与中国电影交流多，曾很多次想促进中伊合拍电影，因他的离世终成遗憾。

当晚，我们一起去了以色列电影酒会，地点就是去年中国某电影媒体举办颁奖活动的场地，今晚酒会上的中国面孔也就我们这支小分队，今年逛柏林电影节市场的中国影人锐减，时隔一年，故地重游。与国际电影相比，中国电影前些年发展迅猛，资本退潮后，落差很大。但欧美电影市场始终有传统电影资本支撑，反而发展平稳。上海国际电影节组委会在柏林还组织了一带一路电影节的联席会议，探讨与中国电影市场的合作，那天，伊朗、伊拉克、黎巴嫩等电影人同在讨论，电影始终是文化使者。

2019年柏林展映单元中有三小时剧情电影《布莱希特》，是德国戏剧大师的传记片，德国总统夫妇亲临首映式，这也是德国总统唯一亲临的电影节的放映，算是顶层设计下的文化自信与自觉。

那年柏林除了王小帅、王全安等资深中国导演新作角逐金熊奖，还有一批青年华人导演作品亮相,与娄烨新片同时入围全景展映单元的独立电影《再见,南屏晚钟》是年轻女导演相梓作品,跨越十多年讲述两代人的中国家庭伦理故事,还是以外国观众感兴趣的话题与视角讲述当代中国,几个段落不错,但总体太直白。

一起出席柏林影展的还有王源,他出演了入围主竞赛的《地久天长》,虽不是主演,但他却是剧组里最不普通的一员,他提前一天到达柏林,全程参与了该片在柏林的首映宣传活动。因为跟随他到柏林的还有近二十名他的女粉丝,她们从中国各地到达柏林,先是接机,然后入住在王源下榻的酒店或周围。根据王源出行计划,她们准时守候在酒店大堂的电梯口或大门口,等待王源出现的那一刻,抓拍他的照片。

我与王源住同一酒店,那四天中,见证了她们的守候,闭幕那晚,王源因要参加几个官方酒会,十多位女粉丝在大堂一直等到子夜以后,我问她们怎么有时间从中国追到德国,她们说正好是寒假,至于此行的所有费用,都是父母的资助。

一位旅居德国的朋友也让我帮她找一张《地久天长》首映的票,因为她的女儿是王源的粉丝,听说他的电影在柏林首映,就让妈妈找票,母女定居柏林,可见王源的影响力。因为王源粉丝,《地久天长》剧组所到之处,气氛都很热烈,无论是红毯,还是首映见面会,她们用华语在异国他乡为中国电影加油,作为剧组一员,听到她们的呼喊,确实很受鼓舞。

亲历了王源粉丝千万里的追随,对青少年追星的现象有了直观地体验,不鼓励、不禁止、不排斥,或是更为理性的态度。王源的粉丝数千万,这十几位仅是其中的代表,也是具有一定物质消费能力的,并不代表全部。

我们青少年时也追星,那时中国物质生活普遍贫乏,港台演员刚通过《上海滩》《再向虎山行》等电视剧进入内地,各种影视杂志、街头明星贴纸、挂历是消费品。一位女同学给周润发写了封信,那封信没出县城就被退到学校,被老师发现后挂在传达室示众,号召全校学生专心读书,禁止追星。

埃及电影节

2018年冬到埃及参加第40届开罗国际电影节,这是非洲唯一的A类国际电影节。

20世纪80年代,中国公映的外语片主要来自亚非拉与欧洲地区,中国观众最熟悉的埃及电影是《忠诚》,1953年埃及米萨戏剧电影协会出品,讲述的是有富家背景的男医生娶了贫民区的女病人,婚后他意外摔坏了腿,妻子为让他早日康复,瞒着他去一个富豪家做护理,误会产生,众人污蔑她对丈夫不忠,将两人拆散,但最终误会消除,这对破除门第偏见的夫妻终于团圆。

《忠诚》与中国传统戏曲《碧玉簪》等剧情有惊人的相似度,这部长达一百四十分钟的黑白片在中国刚改革开放时的社会转型期公映,那时中国婚姻正酝酿变裂细胞,忠诚是中国传统文化对婚姻的道德与伦理要求,这部埃及电影的公映,给在婚恋世界正从禁锢走向宽松与自由的中国人,敲了晚钟。

《忠诚》在中国的轰动并未让更多埃及电影引进到中国市场,因为中国电影市场在20世纪90年代全面向美国电影开放,但埃及开罗国际电影节依然高度关注中国电影。开罗国际影展首次设立竞赛单元的最佳影片与最佳女演员都颁给了中国电影《留守女士》,这是讲述中国出国潮中夫妻婚姻变化的电影。张国荣主演的《红色恋人》也在开罗影展获得评委会大奖。

在开罗影展获奖最多的中国电影是《一声叹息》,共获得最佳影片、最佳编剧(冯小刚)、最佳女演员(徐帆)、最佳男演员(张国立）与表演鼓励奖（吴旭）等五项大奖。该片讲述了男作家婚外恋引发爱情与婚姻的保卫战，能赢得埃及等非洲国家观众的喜爱，只因从《忠诚》到《一声叹息》，关于婚姻道德的四十七年的时代嬗变，埃及与中国两国观众感同身受，有共鸣。

开罗电影节于第35届授予张艺谋导演终身成就奖，于第38届授予贾樟柯导演杰出成就奖，这两位中国导演的影片在埃及等非洲地区都有着很好的观众基础。

开罗国际电影节主会场是在开罗歌剧院，1869年为庆祝苏伊士运河通航，请意大利设计师设计，但曾于1971年在一场大火中被夷为平地，1988年经日本设计师再创建，拥有的两座主音乐厅、一座露天剧院，都是开罗电影节会场。这座花园建筑里，悬挂着下月即将演出的歌剧《阿依达》、爵士乐队演出的海报，电影成为这里每年的插曲。开罗歌剧院硬件设施已显陈旧，映前见面会的麦克风还是有线的。电影节观众并不多，主要是埃及电影爱好者与电影节邀请的各国来宾，观影时的平和，与在中国举办的各大电影节观众迥然不同。

开罗电影节志愿者有律师与大学生，朝气蓬勃，他们并未因社会动荡而改变对电影的热爱，在简约的环境里，让四十岁的开罗电影节既年轻又古朴。

光明使者

在塔林黑夜国际电影节上，遇到了白俄罗斯明斯克电影节策展总监伊格尔先生，我们曾一起出席了上海国际电影节一带一路电影周，他是中国电影的忠实影迷。

伊格尔说自己看的首部中国电影是1984年出品的《黄山来的姑娘》，该片首次表现安徽保姆到北京打工的故事，保姆的家庭服务的雇佣关系是当年改革开放的新生事物。他印象深刻的还有《骆驼祥子》《舞台姐妹》等经典，还有吴天明导演的《变脸》，这是吴导从美国归来的首部作品，讲述川剧艺人打破"传男不传女"的陈规，在民国时代变革中的悲欢。近年，冯小刚、贾樟柯等导演新片都在明斯克公映，伊格尔说："我非常关注中国电影，尤其是贾樟柯导演影片记录了变化中的中国。像中国、古巴这些社会主义国家，和我们这些前苏维埃国家一样，正在发生很多变化，不仅是社会环境，更包括人民的内心世界。我希望我们国家的观众可以看到中国电影。因为不仅可以让我们了解当代中国，也可以让我们更深入地了解自己的国家的现在与未来。"

塔林是爱沙尼亚首都，冬季黑夜漫长，人们对于阳光的珍惜，夜色里对于光影的渴望，便成了对电影的热爱。塔林将电影节取名为"黑夜"，每年冬季举行，电影节常规红毯在塔林变成了黑毯，或许唯有黑色方能将电影的彩色衬托得格外绚丽。塔林古城历史悠久，1864年开张的咖啡店，依然保持当年原样。历经战乱变革，但这座城市坚持妥协、渴望安定，将所有的时代留存，赠予未来。

与塔林的富足与安定不同，埃及近年虽社会动荡、经济困顿，一年一度开罗电影节却如期举行，我们这些电影节来宾在开罗出行都得到便衣警察荷枪实弹的保卫。

电影是光明使者，给予黑夜与窘迫中的人们以美好与力量。

南丫岛上

陪父母在香港过春节,父亲属蛇,看到属蛇今年的开运地是南丫岛,大年初一,我们临时决定上岛。

常来香港,却是第一次去南丫岛,只知道是周润发故乡。在中环码头就近坐上了去索罟湾的船,下船时小雨,码头边的海鲜大排档一条街因春节大多关门大吉,餐厅价格不算很高。出了街,已见天后庙,庙中却有白龙皇。这条罕见的银龙鱼是2001年8月漂泊到索罟湾的,被海鲜餐厅所获,无法养活,即被制成标本。这是亚洲第五条银龙鱼的珍贵标本,其他分落在日本与中国内地。见到白龙皇则遇好运,父母拜了拜,心满意足。

我们三人上山,游客不多,难得的安静。小岛的整洁令我惊讶。我们打算走到榕树湾,还是迷了路。路过岛上村庄,村民聚在树下打果子,他们平和的面容,感染着赶路的我们,使我们的脚步也从容了起来。下山途中,我们在路边店上买了椰皇,等我们喝完椰汁,老板再帮我们劈开椰皇,刮出椰肉。她熟练的服务,伴随着收音机里放的粤剧老腔。

重回索罟湾回城,夕阳透出云层,蔓延在新鲜的海风里。船上,母亲聊周润发的故事,我说我们现在走的或许就是发哥当年离家的路线。

一座南丫岛,见证了香港的不屈、奋斗与梦想。

茶餐厅

上周在铜锣湾约了金老师,我说找家地道港式茶餐厅,她推荐了希慎广场上的罗麦记,傍晚五点半后,位于顶楼的这家餐厅没几位客人,我很意外。金老师解释,此时段还是下午茶尾声,香港晚餐高峰是晚八点左右,那时白领基本下班,家长也陪孩子上完补习班了,而内地晚高峰则提前一小时。香港学生的课外补习产业的庞大,也让我意外,希慎附近就有多家中小学补习机构。

罗麦记餐厅装潢复古怀旧,据说是罗氏、麦氏这两位年轻合伙人开创,希望重回儿时香港茶餐厅的记忆,但菜品显然与天后附近的老冰室里的不同,改良过的口味更适合当代人,与寸土寸金的希慎广场上的其他同类餐厅比,算是价廉物美。店里的餐具也保留了当年特色,最显著的就是公鸡碗,据说这是六十年前,香港路边摊吃饭的常规餐具,皇上的饭碗上画的是龙,平民百姓以公鸡早起为一天的开始,象征活力,以黑尾公鸡、芭蕉和花为图案画在碗上,祈祝家庭兴旺、花开富贵,这成为广东、闽南一带的民俗。结账时,罗麦记只收现金,拒绝微信、支付宝、银行卡甚至八达通,这也是保留了过去时代的餐厅结算特色。

茶餐厅是香港餐饮特色,北京历史最悠久的茶餐厅当属日昌餐馆,我去过的第一家日昌是在东单,靠近协和医院附近的胡同里,是香港厨师曾昭日开创。1997年香港回归前,曾先生带着好奇来到北京创业,很快打开局面,成为当年内地唱片界人士常去的餐厅,二十年前中国文体明星基本都光顾过日昌。第三家日昌连锁店开业不久,就遭遇拆迁，曾老板一筹莫展时，西城区领导邀请他到平安大街开店，地理位置与面积的优越，超越了他的想象，这成为日昌餐馆北京总店，生意兴旺到今天。

茶餐厅在香港多标为"冷室"。第一次在天后看到几家冰室招牌店，我还以为这是吃冷饮的地方，走进方知是茶餐厅。点了猪扒套餐，才三十多港币，价廉物美。这家冰室里挂着众多TVB艺人到店的合影，港剧氛围浓郁。出门，遇到一个在拍外景的广告剧组，这家冰室就成了背景。后来香港朋友告诉我冰室文化的前世今生，方知这二字背后的沧海桑田。

十七年前，文隽、吴思远等香港电影人陆续北上工作，五星级昆仑饭店是到京下榻的首选，该酒店总经理海岩当年是著名警匪言情作家。距离不远的亮马河饭店则是四星级，价格便宜一半，也是长期在京筹备电影的港人首选，七年前，王家卫在京就住这里。这家酒店楼下有一家金多宝茶餐厅，江志强、徐克、张之亮等香港影人是其常客，王家卫当年筹备《一代宗师》，都在这里会客。那时北京尚未禁烟，王家卫不戴墨镜在吸烟区聊半天，也无路人认出他。

后来内地电影投资市场飞速发展，香港电影的投资越来越大，如今金多宝里已鲜见香港电影人，他们大都移师到不远处的四季酒店，那里的房价与茶钱翻了数倍。大多香港著名影人回不去朴素生活了。但七旬高龄的许鞍华导演却是例外。

听文隽老师聊过，五年前，许鞍华遇到他略带伤感地说："今天刚过六十五岁，领到绿色的八达通卡了。"这个卡上印着"长者"二字。五年间，许鞍华北上到黑龙江，辗转陕西、武汉、上海等地，执导了《黄金时代》。

拍《明月几时有》，她多次到北京监督该片后期制作。那时，她与我商谈一部新片合作，约见地点是北京望京地区的一家快捷酒店。她住这种便宜的经济型酒店颇让我惊讶，她解释离后期公司近，图个方便。其实，望京地区也不乏高档豪华酒店，她每次到京均选择那家快捷酒店，还是为剧组节约成本。

许鞍华性格豪爽，去年在香港与她首次面对面谈事是在一家拥挤的酒吧，她因情绪激动一不留神差点掀翻了邻座桌上的酒水。对自己钟爱的电影题材，她毫不掩饰占有欲，她的欲望奢侈在创作上。

荷花

相识严颖先生时，他戴着圆框眼镜，宛如民国绅士。他从旧金山留学回港后，一直从事文物收藏鉴定工作，一年去一次北京故宫。张大千先生为孟小冬所作六屏通景《荷花》，也就是著名款题"小冬大家"，即被严府收藏。

唱不过余叔岩，画不过张大千。1929年，张大千与京剧须生泰斗余叔岩结为莫逆。余先生得意女弟子孟小冬，情场凄恻，后委身于杜月笙为其第五房小妾，告别舞台。孟小冬从上海定居香港，张大千时常探访。六屏通景《荷花》即是张大千到港探访孟小冬所作，款题"小冬大家"。古时尊称女子为"大家"，孟小冬为女伶须生魁首，得余叔岩嫡传，又擅书画，张大千以此尊称。1967年，孟小冬离港赴台定居，深居简出。据杜月笙之子杜维善回忆，孟小冬最后一次清唱即为张大千在香港所唱。

孟小冬过世后，"小冬大家"的《荷花》被杜家后人于20世纪80年代拍卖，严颖先生父母以当年最高价拍得珍藏，因为严母即是这幅画的见证者。当年严母也从内地移居香港，孟小冬来香港后设帐收徒，传播余派艺术，严母是票友，是其中一位弟子。张大千探访孟皇赠画《荷花》时，严母便在孟府学艺，亲历当时。二十多年后，严母在香港拍卖现场看到这幅六屏通景，那时场景仿佛就在眼前，便不惜代价收藏。

《荷花》如今市价翻倍，但于严府却是无价的，它诉说着一个时代的流离，饱含着孟小冬师徒的深情。

拖延症

认识杨凡导演还是在2002年的宁波，《游园惊梦》作为金鸡百花电影节港台影展开幕片，杨凡、吴彦祖被影迷围堵，我那时在宁波采访，我们三人被挤到宁波大剧院的保安室，被困的一小时里，我完成了对他俩的采访。

再见杨凡已是他的《泪王子》享誉威尼斯影展后，他的工作室在兰桂坊附近，抬头便是《美少年之恋》中的街景。我说普通话好的香港导演的作品在内地特别卖座儿，来内地拍片吧，但他却用流利标准的普通话拒绝了我的邀请。他说拍电影太累心，他打算过清净日子，著书写往事。随后便陆续收到他的《花乐月眠》《流金》等签名著作，他写文化界往事，从容有趣。

不拍内地片的杨凡其实是与内地文化界接触最多的香港导演。20世纪80年代，他就为刘晓庆、潘虹这两位内地演员拍过照片，那时风靡内地的香港明星挂历都出自他的镜头。他热爱昆曲，常到苏州。北京也是他常往之地，近年到京全部因为湖南老乡黄永玉先生之约。

尽管他的电影未在内地公映，但通过录像带到网络，他的电影作品被内地影迷津津乐道，吴彦祖、张孝全等演员更是因主演他的电影而被观众熟知。

有回严老师到港，杨凡导演约我们在香港马会俱乐部午餐，那天上午正是橙色风雨警报，杨凡好友王为杰先生一直担心严老师的航班不能如期到港，午餐之约就会泡汤。王先生焦虑了一会儿，就接到了严老师落地抵港消息，她从机场一路堵车，到了山光道马会俱乐部，迟到一会儿，总算没让这场不易的聚会泡汤，因为当晚杨凡导演就要离港赴巴黎。

我是首次去马会俱乐部，接到的邀请函上特别注明不能穿牛仔裤与球鞋，我就基本正装在风雨中奔波过去了。听杨凡导演介绍马会俱乐部会员入籍的苛刻条件，终于体验了具有鲜明香港本土传统的会所文化，最特别的还是在马会会所里不能接听手机，甚至倾听微信等手机上的软件，这对于手机不离身的我们而言，显然回到了20世纪90年代。那天中午与手机的抽离，倒让午餐与下午茶的聊天更为专注与充实。

杨凡导演聊到了最近香港资深编剧前辈陈韵文在媒体上发文，隔空对话许鞍华导演的事件。我与严老师对陈韵文女士很陌生，王先生介绍，陈女士是香港影视编剧的鼻祖，本港长剧《家变》即是她的代表作，之后她成为香港电影新浪潮的领军，为许鞍华、谭家明导演早期作品做编剧，《疯劫》等剧作扶持了众多新导演。电影是编剧启蒙导演，还是导演启发编剧，一直是电影编剧导演们的心结。陈女士当年乃至今日的风华与威严，已在王先生与杨导演的介绍中领略一二。我们问杨导演有无与陈女士合作过，杨凡回答说有缘无分。多年前，制片人曾将杨导与陈女士关在一屋，希望能抓紧写出剧本，但陈女士一字未动，今天要出门喝茶，明天要下馆子，拖延症一犯，把心急的杨凡给气跑了。

拖延症是编剧常见病。我们问杨导他的新片何时完成，他一声叹息说还在改，始终在磨合期，这也是导演的拖延症。

回乡美食记

长假回老家，纠正了家乡菜的童年记忆。我的童年在中国计划经济时代，父亲是政府招待所食堂大厨，很多人都羡慕我口福不浅。离家求学创业，走遍北南西东，恰逢市场经济让餐饮业飞速发展，心有多大舞台就有多大，说的还有这家乡菜。每每面对熟悉的家乡菜被标上昂贵的价格，我才知道自己这是身在福中不知福。

文蛤与蛤蜊、竹蛏与西施舌，还有竹蛏，我这回在老家彻底混淆，或许家乡话的说法有差异。唯一相同的是，贝壳类海鲜做法都用白胡椒粉，祛寒作用大于口味调剂，但白胡椒粉在其他地区很少使用在海鲜烹饪中。

河豚鱼，也是家乡特产，在计划经济时期并不遭待见，菜市场价格卖不高，主要是难料理，做河豚鱼的大厨必须具备一项基本功，就是会洗河豚鱼，洗干净河豚的血。河豚鱼素有"血麻籽胀"的口感，就是因为没洗净河豚的血，吃多了嘴上会有点麻，吃多了河豚鱼籽也容易胃胀痛，倒不至于一吃就中毒出人命。家乡厨师里一直有"拼洗吃河豚"一说，意思是拼洗河豚的功力，在家才能做河豚鱼吃，方言里"洗"与"死"发音靠近，就被误传成"拼死吃河豚"，这句视死如归的吃货壮语，倒成了推高河豚鱼如今高价的广告词。河豚有很多种，自古以来能食用的就是我老家海安的暗纹东方鲀，据说三千年前就食用此种河豚。

毛鱼红烧肉也是童年一道家常菜，佐料是蒜瓣，我至今爱吃这道菜里被赤酱烧烂入味的蒜瓣。最近在老家再品，才知道老家的毛鱼就是日餐馆里的鳗鱼。这毛鱼当年也不算贵，但是日本菜进入中国后，毛鱼就彻底脱离草根，成了尊贵的鳗鱼。

海安目前是河豚、鳗鱼的养殖基地，家乡因此致富，昔日农田变成了奢华高楼。

还有大闸蟹，这个家乡美味，销售点更是遍布中国大江南北，不合格的大闸蟹离乡背井，在缺乏生养基础环境下，成为商家牟利的工具。有年8月，我在甘肃敦煌参加某全国会议，当地主办方宴请的餐桌上就有大闸蟹，每只也就二三两，这在苏沪地区都是上不了酒席的，可在西北已为堪比鱼翅海参的高档美食，据说当地就有大闸蟹销售连锁店。我觉得这已经不是真正的大闸蟹了，它成了稀缺奢侈食品的代言。

香港落马洲曾截获一批从内地走私的大闸蟹，可见香港市场对此时令河鲜的需求。

计划经济年代，大闸蟹并非价格昂贵的高档食品，那时送礼的高档食品是甲鱼。秋风一起，农村的亲戚朋友就会送来大闸蟹，整盆整盆地蒸了吃。那时的大闸蟹公母分明，母蟹黄呈黄红色，公蟹一般要等到霜降前后才吃，那时公蟹膏肥，晶莹透亮。如今的大闸蟹，公母的蟹膏就不是很分明，公蟹膏呈淡黄色，母蟹膏则不够结实，都很中性。最大的不同是，以前的蟹肠是黑线，是河泥，如今大闸蟹都是养殖，蟹肠都是白色。

儿时大闸蟹多，我从小便养成了只吃大闸蟹胸部膏肉的习惯，两边的蟹腿与蟹钳都是不吃的，摘下来由父母剔出蟹肉，用猪油熬成蟹油，冬天开始储藏，用于做菜的辅料，比如拌面条，比如做蟹糊汤。蟹糊汤是用鸡蛋做汤，用淀粉勾芡，加上蟹膏油、生姜末、陈醋、味道鲜美。淮扬菜里有道著名的赛螃蟹,其实是炒蛋清加上姜末与醋,味道赛螃蟹,其实无任何蟹肉的辅料。

严老师告诉我柏林也有大闸蟹,每公斤只卖十六欧元。据说这是中国江浙地区大闸蟹吸附在远洋船船底过海而来。德国曾拟捕杀,但大闸蟹还是顽强繁衍,成为华人秋季美食。严老师说柏林的大闸蟹有一定变异,那就是蟹脚长,跟德国人个头一样,还好蟹膏肉不变,解了乡愁。

大江南北的面点

刚到北京读书时,我壮了好几斤,因为那段时间爱上了北京的面食,据说面食养人。比如食堂里的糖三角、肉笼。糖三角是红糖馅儿的三角形馒头,肉笼就是面卷起来的肉馅,一大长条蒸好后切成一小段,较适合学校食堂规模生产。这两种面点,曾一度取代米饭,成为我的主食,配上炒菜。

到了北京,就距离著名的天津狗不理包子近了。到天津吃正宗狗不理,父母说这面怎么只发了一半,不好吃。对于面点讲究的江苏人而言,以半发面著称的狗不理包子确实不尴不尬,包子的口感一般。苏点中以扬州包子闻名,三丁、蔬菜、豆沙等包子很讲究发面质量。天津最著名的甜点当属炸糕,满满一包红豆馅儿,被热油炸透后,红豆沙油而不腻。我更接受炸糕。

到了北京,发现炸糕中的红豆沙馅儿是不少甜点的主料,特别是在不少清真面点中,比如艾窝窝等。北京红豆沙馅儿与苏浙沪最大的不同是,红豆基本不去皮就成馅儿,而南方做红豆沙则用猪油白糖熬制,红豆皮层早已融和,口感细腻。北京红豆沙有豆之原味,改变了我对豆沙的固有印象,我更偏爱北京的红豆沙做的面点,如柳泉居的豆包。

其实北京甜点不少都是由江南传入紫禁城的,但已被清真习俗改良,枣泥是甜点的又一重要食材。

北方盛产大枣,枣泥比红豆更带甜味,就省去糖这个辅料,十分天然。山西菜不少是商人从天津传下的,我在贾樟柯导演的山河小厨吃过一道枣泥油糕，做法与天津炸糕相同，不同的是用枣泥取代红豆馅儿，更原生态的是这道点心的枣泥是没有去核的，一只小油糕里入口即化后总能遇到一两个红枣硬核，这个小障碍能让食客细嚼慢咽，枣泥香甜更能回味在唇齿之间。

后来去大同，餐厅早点里也有枣泥油糕，同行的赵导是大同人，他说只有大宴席里才会有油糕，大同油糕比平遥的枣泥油糕更细腻一点，是玫瑰味道的，没有硬核。最惊奇的是看到一款主食，类似荞麦粗粮，用葱花咸鲜干炒，当地餐牌叫"块垒"，常说"胸中块垒"，在大同的舌尖上有了具体形象。

在北京吃炸酱面很亲切，因为这种面酱的做法在我家乡就有，虽然我老家在江苏中部，但因沿海，很多菜的做法与北方相同。北京炸酱面菜码很多，黄豆、豆芽、萝卜丝等多则近十种，服务员把这些菜码依次倒进碗里，小碟碰击出大珠小珠落玉盘的节奏感。北京炸酱面馆大多以"居"命名，如大碗居、海碗居，炸酱面的碗都很大，碗里才有空间来拌面。北京有名的炸酱面馆集中在西城、海淀区，这是北京本地居民集中居住区。每家面馆口味的差异，就是炸酱的热度与酱料的差异，比如肉丁的肥瘦均匀度等。

我江苏老家也有类似的炸酱，一般还会加些虾米等海鲜食材，但很少用来拌面，而是作为喝粥或拌饭的咸菜。江苏特别是苏中苏南的面条，与上海面条的做法相同，以细的碱面为主，拌面以葱油为主，配以各种菜码，菜码与北京炸酱面的素菜不同，基本都是大荤，炸猪排、鳝鱼、猪肝、虾仁甚至大闸蟹蟹肉，均可与干面、汤面相配。江浙沪的面碗也没有北京炸酱面面碗大。粤菜里的面条也基本与江浙沪近似，鲜虾云吞面算是香港名小吃了。从菜码的食材配置，可见以前南北方生活质量的高低差距。

在西北中原地带以烩面为主，河南、山西烩面很有名，与炸酱面一样都是大碗，却是汤面，面里有羊肉、素菜等菜码。我们江苏也有类似做法，叫糊糊面，就是把剩菜与宽面一起煮了。南京著名的寡妇面也是烩面的一种，就是把猪皮、肉圆、木耳、猪肝等杂烩与面条一起煮，碗比脸大，据说当年是一位寡妇在新街口开店做的这种面，因为菜码极其丰富一度流行，故取此名。

行走的美食

友人在杭州邀我去吃嵊州小吃，说闻名全国的杭州小笼包其实就是嵊州小笼包。杭州小笼包在北方很盛行，是北京很多路边快餐店的主打食品，一小笼里有六个小肉包，汁水不多，面发得也不酥松。对于我这个吃惯了薄皮汤包的南方人而言，杭州小笼包显然没有吸引力。

嵊州是大书法家王羲之的故乡，也是中国著名剧种越剧的诞生地，目前是所属绍兴市的县级小城。这家嵊州小吃店位于杭州武林广场附近，老板是嵊州人，门面很小，中午已客满。店里的招牌点心就是小笼包、蒸饺爆蛋、豆腐年糕。小笼包确实名不虚传，与全国各地的杭州小笼包大小相似，但口感完全不同：一是包子的发面很松软，二是肉馅新鲜实在，有肉馅的口感。同样肉馅做的蒸饺爆蛋，就是蒸饺与鸡蛋在圆铁板上煎，鸡蛋包裹着煎饺，热气腾腾，外脆里嫩，营养丰富。当然，豆腐年糕也非常好吃。这三大名小吃，最难做的是蒸饺爆蛋，而北方人很少吃糯米黏食，所以也就最易做的嵊州小笼包流传出了浙江，为便于推广，就改名为杭州小笼包，为求利润，成了可以简单复制的连锁小吃，已失去本味。不仅北方满大街的杭州小笼包如此，全国遍地的沙县小吃也是这样。

福建沙县小吃以扁肉、烧卖等闻名，连锁店遍布中国大江南北甚至开到了新加坡。起码在中国的众多沙县小吃连锁店，已经没有了真正的沙县味道。

中国快餐无法实现科学化质量管理的连锁效应，还是因为中国食品的特殊性。一方水土一方人，地方小吃离开了地方水土与认真的制作工艺，就失去了本我的味道。所以，九记牛腩只能在香港吃到正宗的，鱼蛋等也只在港澳粤等地最风行。

中国美食，美在滋生其水土，但美食又是行走的，它展现着历史的变迁、文化的流动。比如在山西吃的汾阳名菜中，枣泥油糕与天津炸糕相似，而虾酱豆腐就是天津海鲜菜，当年天津是出海大码头，山西商人从那里将美食带回汾阳，成为汾阳菜中的名品。而汾阳八大碗蒸菜中，又有江苏淮扬菜的影子，据说这能追溯到朱元璋部队一路北上的历史。

我第一次去天津吃海鲜，发现这里不少海鲜菜的做法与我老家相同，比如麻虾酱蘸饼等。最神奇的是在日本，我竟然吃到了久违的红豆米饭，这是我老家常规的主食。

十多年前首次去开封，当地朋友招待吃灌汤包，说这是河南名小吃，我一吃就发现这种灌汤包与江苏的小笼汤包一模一样，只是在河南灌汤包里多了牛羊肉馅儿的品种，而江苏小笼汤包是猪肉馅。河南地处中原腹地，大多处于盆地，雨量少，民间饮食多用汤类，才有了著名的洛阳水席，以抵御干燥严寒，灌汤包是其中典型小吃。若按此天气对饮食影响的逻辑，江南多雨水，江南人应该天天吃脆饼麻花才是，怎么会有南京鸡鸣汤包、无锡小笼汤包、靖江蟹黄大汤包？这些孪生江南汤包的幕后推手可能就是隋炀帝。

隋炀帝杨广生于长安，营建东都洛阳，三巡扬州，这三城是其辉煌霸业坐标。河南是中华美食之都，夏朝开国宴"钧台之享"是历史记载的第一次宴席，就在河南。厨祖伊尹、酒祖杜康都是河南人，而"治大国若烹小鲜"则是河南老子的名言。隋炀帝迁都洛阳，下令开通大运河，修故道、开新渠，维护统一与加强集权，促进了南北经济文化发展。河南灌汤包就从洛阳沿运河下江南，到了扬州、江都等地，经江南厨师在食材上进行了改良，比如蟹黄汤包就是江南独有，现在餐厅都是用吸管给食客吮吸汤汁。后来隋炀帝被叛军弑于江都，到了元明清再修大运河时，将河道取直，由北京直通杭州，不再绕道洛阳，但洛阳美食却经扬州下江南，融入千年民生。

扬州早茶并未给河南灌汤包重要席位，扬州包子是典型北方面食做法，重发面松软与馅料多样，馅料主要有三丁、素菜、豆沙等。烧卖是明末清初诞生于北京的面点，到了扬州，加上松子等营养食材，更有芡实等入料的甜馅烧卖，扬州烧卖比北京烧卖名气更大。灌汤包就在扬州拐了弯，到苏锡杭等地落户。大运河昔日的社会功能已随时代更迭，美食成为记载其繁华的活化石。

前世今生小龙虾

去了南京，当地老友都以小龙虾款待，两天连吃三顿，从闹市消夜排档到华江饭店这样的名胜。有八十五年历史的华江饭店原是民国时的首都饭店，是当年南京最豪华的宾馆，近年被列为江苏省文物保护单位。如今华江饭店，已是小龙虾美食城，据说华江饭店餐厅以小龙虾闻名，我并未尝出华江小龙虾与他处的过多差异，但这幢现代派西式风格的民国老建筑，倒是给我留下难忘印象。我曾在南京读书工作十年，倒从未来过这幢名胜，如今竟是由小龙虾为媒重温了那段民国历史。

我生长在南通，吃着江海之鲜长大，童年时，大闸蟹都是一脸盆的家常菜，更有清明刀鱼的时令之鲜。首次吃小龙虾，是中学暑假时去南京，在姐夫家吃红烧小龙虾与菊花脑蛋汤，那时我觉得吃小龙虾是件麻烦事，因为壳大而硬、肉质一般。那时，小龙虾也不是大学食堂的家常菜，餐馆里更少有，就是夏天菜市场里便宜的家常小吃型食材，登不了餐馆大堂。那时，中国市场经济尚未全面展开，一方水土一方菜。

小龙虾开始进军全国，还是从20世纪末，北京东直门出现了消夜餐饮胜地"簋街"，四川火锅领衔的各地地方菜影响了习惯夜生活的年轻一代，小龙虾也悄然现身，从按一盘份卖，到按斤卖，发展到如今按只卖。从北京火到上海，以尊贵与淡雅著称的上海餐饮市场，竟然能让小龙虾立足，为小龙虾燎原全国奠定了决定性基础，可见时代巨变。

如今一顿小龙虾的价格，绝不亚于粤菜里的鱼翅鲍参。香辣、红烧、清水、蒜蓉、十三香甚至冬阴功等各种烹饪口味均在包裹小龙虾，小龙虾成了传达口味的媒介，其自身营养已无人在乎，其悲哀不仅是属于小龙虾的。

吃小龙虾多在夏季，和火锅一样火爆。火锅是冬季热身的饮食方式，但夏季往往却是客流量最高的，因为火锅熏染的味道，在冬季往往很难从毛衣上去掉，夏季就相对容易些，把一身衣服从头到脚换掉都成。

每年上海国际电影节，正是火锅店小龙虾的旺季，定西路美食一条街，很多电影人每天必去大快朵颐，第二天换了全身衣服，但头发、双手上还是余味残留。友人诉苦：这十三香的味道怎么也洗不掉。我笑道：其实我们今天最想洗净与抛弃的味道，正是昨夜我们迷恋与享受的，食物也是对人意志的一种催眠。

南北清明

明前龙井、明前刀鱼，都是清明节气里的江南美食。清明前的龙井绿茶，乾隆为此六下江南，"火前嫩、火后老，唯有骑火品最好"，除了节气，其烘制技巧要求极高。清明节前也是吃长江刀鱼的最佳时候，据说清明一过，刀鱼的鱼骨就老了，肉质就粗了。

我童年时，清明节前家里常吃刀鱼，现在刀鱼成了奢侈品，有时应酬时遇到款待，我就主动请主客多吃点，我小时候享福在前了。相比刀鱼，螺蛳是最便宜的河鲜，老家也有清明节前吃三次螺蛳便能明目的说法，螺蛳一般与韭菜配炒，这个季节的韭菜也肥嫩。不管是刀鱼还是螺蛳，如今都是大量人工养殖，我觉得任何季节都有，任何季节的口味也都没太大差异了。倒是龙井茶，还算靠谱，所谓有机龙井、无化肥龙井，也都差了点意思。

在江南，清明节最有名的甜点是青团，用艾草的青色草汁拌入糯米粉，用豆沙或马兰头做甜咸馅儿，清淡的艾草之香，香糯可口。青团上锅蒸熟前后，在青团上涂上芝麻香油，防腐又祛涩。据说青团是从太平天国时传下来的，由于艾草的药用价值，这种无色素的青色糯米团子就具备了利胆、平喘、除湿等食效。在今天，江南的青团里还多了芝麻、莲蓉、鲜肉等馅儿的新口味，从三月起热销一个月，是江南最常见的路边小吃。

清明过后除了青团，江南的美味是鲥鱼，四月是吃鲥鱼的最佳季节。鲥鱼全身都是宝，除了鲥鱼肉含有不饱和脂肪酸，温中开胃、清热解毒、暖中补虚之外，鲥鱼蒸后流下的鱼油，是涂抹烫伤的最佳外用品。鲥鱼清蒸时鱼鳞不剔除,因为鱼鳞下的鱼脂鲜美,"尚有桃花春气在,此中风味胜鲈鱼",这是苏东坡对鲥鱼的礼赞,不过,如今鲥鱼价格比鲈鱼可贵多了。

在清明春天,北方就没啥吃的,四季节气美食也就是饺子、面条或肘子。北京饺子中最普遍的是茴香馅儿,我是到北京后才知道有个这样的野菜,茴香在我们江苏基本不会上饭桌,据说以前在农村这是养猪养鸡的饲料,但在北方菜市场,茴香与大白菜一样是四季家常菜。

南方物产丰富,一个节日就是一堆美食,端午节除了吃粽子,江南人家宴讲究五红,桌上得有五样红色的菜,如油爆河虾、苋菜、咸鸭蛋、红烧肉、拌红萝卜。相对而言,北方人却突破物产单一的局限,在简单食材中寄托节气与佳节中的情感,对风调雨顺的祈愿、对忠孝仁义的礼赞。清明前一天的寒食节就是最好的论据。

春秋时,大臣介子推割股啖君,与晋国公子重耳患难相伴,重耳励精图治,终成大业,介子推不求利禄,与母亲归隐山林,晋文公为迫其出山相见而下令放火烧山,介子推不从,最终与山火同归于尽。晋文公下令在介子推死难之日禁火寒食,以寄哀思。寒食禁火,把冬季保留下来的火种给灭了,到了清明,又要重新钻木取火,所谓"寒食花开千树雪,清明火出万家烟"。我估计晋文公当年干不出焚山逼臣那样的事,但这故事却真的流传了两千三百多年。不过宣传清明前后禁火,却是至今都具有强烈现实意义的。寒食节主要在山西等北方流行,北京护国寺小吃店就有著名的寒食十三绝:姜丝排叉、螺蛳转儿、硬面饽饽、糖卷果、豌豆黄、艾窝窝、马蹄烧饼、焦圈、馓子麻花、驴打滚、蜜麻花、糖火烧、芝麻酱烧饼。十三样,全是冷食面点。

　　清明时节雨纷纷，大诗人杜牧写的应该是4月江南，4月江南里，人的体感温度比北京要低一些。北京4月很少下雨，印象深刻的是2003年愚人节，那是一个雨夜，我刚从报社回家，就看到凤凰卫视播出张国荣去世的消息，赶紧再冒雨回报社。也许后来，清明前后北京也有雨，但没了像张国荣去世那样的难忘事件，也就没了难忘印象。

　　2019年北京3月阳光充足、气温偏高，常是临近三十摄氏度后，来一次大降温，一夜寒风，气温回到十五摄氏度左右，大家调侃说今年北京春天气温是满三十送十五。3月的一天，北京刮大风，我的一位朋友去人艺看戏，到了剧院门口，竟然有一个假发套吹到她的身上，这不是杜撰，估计杜牧也写不出这样的豪迈情景。

　　上周我从上海回京，去长安街职工大厦参加一个会议，按会议通知，出南礼士路地铁口向西走七百米，走了七百米，走了长安街的春天。职工大厦与全国总工会大楼相邻，全总大楼已不见旧装，记得二十一年前与著名相声演员侯跃文老师路过这里，他告诉我这里曾是20世纪八九十年代北京歌手常聚之地，可能离中央电视台近，全国的演出商到京联系歌手演出，都在全总大楼与歌手见面签约送定金，《我爱我家》里调侃的"阿敏（毛阿敏）阿玉（李玲玉）阿英（那英）"，或许都常到这里。全总大楼对面，就是著名的长安商场，那天我看到商场的招牌刚拆完，据说将停业告别长安街，记得我的一位小兄弟吴昂说过他的母亲在这商场上班。侯跃文老师已作古多年，吴老弟也失散不见，只有十里长街边的玉兰桃花，一夜春风盛放永不变。

　　北方春风急，江南雨纷纷，南北清明区别除了美食，便是这风雨。

民以食为天

晋文公为逼介子推出山，一把火烧出了流传两千多年的寒食节。封建帝王与美食，传说绵延。杨贵妃爱吃荔枝，她懒得去岭南，那时无航空、无冰箱、无培植，唐玄宗只能从千里之外不停派人快马加鞭运送新鲜荔枝到长安，累死不少骏马，"一骑红尘妃子笑，无人知是荔枝来"，杜牧在鞭挞唐玄宗骄奢生活的同时，无疑给荔枝做了广告。

唐玄宗的情商不如乾隆，乾隆也深知江南美食可速达紫禁城，但食材除了新鲜，烹饪食材的水质与火候也决定了真正的口感，乾隆决定不干唐玄宗那样劳民害马之事，宁可自己辛苦点，也要吃喝在江南，他以政务之要六下江南。他是茶博士，第一次下江南就去了杭州，看茶农采摘、加工炒制，"地炉文火续续添，干釜柔风旋旋炒"。龙井茶已是当朝贡品，但龙井泉的泉水估计进不了宫里，"龙井新茶龙井泉，一家风味称烹煎"，他深谙"水为茶之母"，为此他还去了镇江金山下扬子江心的中泠泉，数次在此试水烹茶，喝出了天下第一泉。第二泉在无锡惠山，乾隆下江南必驻留，"才酌中泠第一泉，惠山聊复事烹煎"。品完第二泉，再到扬州大明寺的平山堂，在天下第五泉喝茶，"有冽蜀岗上，春来玉乳新"。乾隆比宋徽宗进步些，宋徽宗对茶艺挑剔得变态，乾隆却对茶农的细致辛劳感同身受，他反对杭州官员为能在御前邀宠而过早催逼茶农采制春茶，加重茶农负担。

与盛世乾隆比，朱元璋最难忘的美食是珍珠翡翠白玉汤，相传他在安徽兵败逃亡中饥饿难耐，随从将百姓家的剩饭（珍珠）、白菜（翡翠）、豆腐（白玉）煮成汤充饥，他觉得鲜美无比，问这是啥美食，随从说这是珍珠翡翠白玉汤。他做了皇帝后，突然想吃这碗汤，天下厨师都没熬出他当年的味道，因为那不是一碗汤，是他的初心。

我首次去桂林，桂林米粉、啤酒鱼等美食虽早已耳闻，但应友人之邀此行是去辟谷戒食三天，无疑是场煎熬。在桂林著名的东西巷状元廊，我发现早在清朝光绪十五年，桂林状元张建勋在殿试中就以《民以食为天》的策论，震撼了阅卷大臣。阅卷大臣翁同龢与李鸿藻各执己见，将自己赏识的列第一呈进，相持不下，协商再选，张建勋入选，以第一呈皇帝。光绪遂点张建勋为状元。这篇策论可以说为天下吃货奠定了理论基础。

但这位爱吃的桂林状元，却是当年边远地区教育事业的有力推动者，张建勋曾任云南学政，昌明地方之学，云南人赠以"大启滇文"横匾，称历届"督学最著者"，百姓把他当作在偏僻云南兴学的功臣。光绪三十二年，他以侍讲授道员，北上督学黑龙江，"草创学校，抚学生如子弟"，重教兴文，建学堂三百二十所，培养了第一批满蒙师范毕业生，是黑龙江近代教育的开拓者。这位桂林状元，或许正是从南到北尝遍美食后，体会到教育获得的知识才是人的最好食粮。

八月桂花香

在南京过中秋，楼下门口有两棵桂花树，每次回家，花香扑鼻，用手机拍照，树叶间那微小的花瓣，没想到暗香如此巨大。母亲说，这是在南方，风不大，湿度相对又大，所以能沉香沁脾。确实，北京风大，建筑空间也大，桂花刚开就散发没了，很少在北京能有一路桂花香。

吟咏桂花的最佳诗词当属李清照《鹧鸪天·桂花》："暗淡轻黄体性柔，情疏迹远只香留。何须浅碧深红色，自是花中第一流。梅定妒，菊应羞，画栏开处冠中秋。骚人可煞无情思，何事当年不见收。"将桂花冠以金秋甚至年度花魁之名，位于梅菊之上，特别是同季竞争的菊花，可见李清照对桂花的偏爱。这首词最妙是最后那句"何事当年不见收"，花香深处还是断肠情思。酷爱喝酒的李清照，应该是在酒醒后的秋阳里，写下的这首千古名句。

据传，桂花的民间栽培始于宋代，到明初最盛。唐朝文人引种桂花很普遍，柳宗元、白居易等都酷爱，但留下的佳句不多。李白写过《咏桂》："安知南山桂，绿叶垂芳根。清阴亦可托，何惜树君园。"农耕时代的女性酷爱用桂花作为名字，比如民国上海越剧皇后筱丹桂。我高中有位男同学取名为"桂香"，他现已是某市日报总编，依然延续了父母给他取的这个名字，未曾变更。

桂花还是最普及的食材，茶、酒与甜品皆可用到它。父亲说以前大厨师中秋前就到桂花树下铺上白纸，摇一下桂花树，便收获满地天香。女作家庆山在朋友圈曾记叙："朋友让我把新鲜桂花晾干。早上看着细细碎碎的桂花，觉得收集成这样一包也不容易。又想起去藏地的时候，在村子里住一晚，朋友提前用熏香熏我晚上要盖的被子，用太阳晒。我对这些细微的事都很敏感。别人的善待从来都不应该是理所当然。"

一方水土一方菜

上海本帮菜里有道名菜"草头圈子",草头是春季应季绿色菜,圈子其实就是猪大肠,这一素一荤搭配成本帮菜里的美味。圈子大江南北都有,但草头却是江南人的传统野菜。

草头又称金花菜,原名南苜蓿,陶弘景《名医别录》记载它是豆科植物,又名三叶菜、苜蓿,原本是马吃的,据说张骞出使西域从大宛带回中原,现在主要生长在长江中下游,上了苏沪一带的餐桌。草头一般是8月到次年3月野生,到了餐饮蓬勃发展的今天,就成可四季栽培的食材了。但在北京的餐厅,很难找到草头做的菜。衡量这家菜馆是否是正宗本帮菜,可以问有无草头即可。除了草头圈子,还有酒香草头,就是用黄酒佐料清炒草头,本帮菜里还有生煸草头。

最近回南京,就在一家农家菜馆点到清炒草头,姐姐说我们老家传统咸菜腌黄花就取自这草头的鲜叶,没想到从小吃的黄花菜就是草头。第二天,我到苏州,在家菜馆点草头,服务员竟然不知道这道菜,说我们只有清炒马兰头。我们一吃马兰头,确实与草头相去甚远。后来听苏州的朋友介绍说苏州人称呼这道菜为金花菜,你说清炒金花菜,没准餐厅服务员就知道。但苏州餐馆很少将草头做热菜,苏州人喜欢将其腌制成咸菜。苏州与上海距离不远,但对一道野菜的称谓与使用,却迥然不同,可见地方民俗文化的根深。

草头有一定的药用价值,利大小肠,安中和胃,舒筋活络。其实,它本职是江南农田里的绿肥,是江南四大绿肥之首,深秋播种、早春猛长。草头,就是人们把顶端又壮又嫩的草心割了炒菜吃,草头的说法便由此而来。金花菜是其学名，顾名思义，其成熟时开着黄色小花，待花谢了，草头这道菜就从餐桌上消失了，它被农民翻进泥土，起到肥田的作用。这野草的一生，都在向世俗奉献价值。

一位老乡请我在北京新开的一家菜馆吃饭，餐厅老板来自我老家，他在狼山脚下的餐厅每天客满，听说北京餐饮市场大，最近就来开了家分店，我们来尝新。可一吃，就觉得味道变了，带我来的那位老乡直摇头，说口味比南通本店差了一大截。先是食材有变化，芋头红烧肉里的芋头不是江苏本地的，而选的是北京市场上的广西大芋头。还有就是口味偏咸，老板解释说考虑北方人的口味。有的菜虽然未添减佐料，但味道仍有差异，我们归结到是否做菜的水质不同，所谓一方水土一方菜。

地方菜魅力在于就地取材，食材、水质甚至气候是独特味道的关键。市场经济下的餐饮业，追求品牌化的工业化复制，地方菜品牌连锁店应运而生，粤菜是最先北上的，上海本帮菜等随后，中国交通运输的发展，也使得海鲜餐馆进军内地。小南国是本帮菜大品牌，连锁店开到香港、东京等地，工业化管理严格体现在各地区菜品定价几乎相同，食材统一。但我们到上海，却不会去吃小南国，而是选择未到外地开连锁店的本帮菜馆，因为食材未被过度工业化计量，鲜活正宗。

地方菜，就是根生在本地本土，离开滋生的水土，地方菜就失去了地道的魅力，严格意义上说，地方菜是难以异地复制的。但市场经济的工业化复制与市场需求，使地方菜连锁店应运而生，蓬勃发展，情感消费成为一大动因。因为游子在他乡吃到家乡菜，即便口味有别，总能一解乡愁。

素食馆

王力扶老师吃素，那天去罗马湖选的是家素菜馆。第一次吃素餐馆是在北京，餐馆名叫"荷塘月色"，餐厅装潢很园林化，看到菜单吓一跳，一是菜名全是荤菜，水煮鱼、东坡肉，二是价格相对贵。这些菜上了桌才知道，做法口味与荤菜相同，不同的是用豆制品替代了鱼肉，菜的装盘很讲究，甚至用干冰制造仙境美感。吃完买单，比同名荤菜的价格贵了三成。我说这是以素食之名对荤菜的意淫，友人大笑，说这菜贵在包括餐厅环境的意境。

去素菜馆已成时尚，即便是豆制品却卖出了更高的鱼肉价，但也有人买单，尤其在大家注重养生减脂的当下。关于吃素是否能减肥养生争论不一，否定者的证据就是出家人里也有胖者。当然，吃素其实是一种信仰，不管是宗教戒律，还是生活自律。但我不喜欢这种打着荤菜之名的素菜馆，从本质上还在宣扬荤菜概念，并无素食文化本体自尊。

素食文化其实在江南是有传统的。最著名的当属上海功德林，那是杭州城隍山常寂寺维均法师的弟子赵云韶于1922年在沪创办的，鲁迅、沈钧儒、邹韬奋等名流均为常客。功德林的素面、面点以及月饼，至今仍是上海名小吃。去年我在南京灵谷寺吃过著名的灵谷山房素面，每天根据电话预订熬制素高汤，每锅高汤能做四十碗素面，每天最多熬五锅高汤，临时去的客人都买不到一碗面。

江南素食文化正宗，皆因这里自古曾是寺庙文化繁华之地，而江浙沪人对美食的细致，又决定了能在素食面点里做出味千世界。北方人就难以做到，是因宗教历史、气候食材等制约。著名电影演员王丹凤于1990年定居香港后，在港开创了功德林上海素食馆，生意兴隆。功德林在北京开分店是在1984年，装潢豪华的时尚素菜馆在京出现才十余年，但素食已成餐饮噱头与包装，与其初心已远。

一碗红烧肉

上海老吉士餐厅，香港电影人文隽老师是那里最早的顾客。当年只有天平路上一家老吉士，文老师与餐厅的厨师老板都成了朋友。老吉士在天平路的租期约满后，房东就要求保留老吉士的招牌自己经营，老吉士创建者则带着厨师分流出一部分，创建了圆苑餐厅。多年后，圆苑成为全国连锁店，老吉士也在沪连开数家，当属天平路上最正宗。

前不久，文隽夫妇从北京到沪参加电影节，下午一到沪就去老吉士吃晚饭。次日，他约我在番禺路上的兴圆苑共进午餐。兴圆苑老板就是圆苑的创建者，也是老吉士的创建人之一。由于家族纷争，圆苑中就分离出了兴圆苑这家小店。小店不小，由于与上海影城很近，文老师将此餐厅推荐给了众多香港影人，他们的留影一度挂满了该店的门面。

那天在兴圆苑，文老师点了一碗红烧肉，他说打包带回香港给他小女儿，这是她的钟爱。其实前几天在老吉士晚餐时，就已经打包了一碗红烧肉，但遗忘在回酒店的出租车上了。我提醒他：离沪时，别忘了从酒店冰箱里带走。

文老师离沪时，我再次提醒别忘了冰箱里那碗红烧肉，文老师说那碗早就被服务员给清理出去了。原来，那天回到酒店，文老师为了提醒自己，就在冰箱上写了个字条"别忘了带走冰箱里的红烧肉"，服务员一看以为是提醒她的，就从冰箱里取出红烧肉给扔了。后来，酒店接到文老师投诉，赶紧到兴圆苑买了碗红烧肉做了补偿。

金陵大肉包

2020年春，南京金陵饭店的金陵大肉包快创下吉尼斯纪录了：三十六小时之内，十二小时一班，面点师傅三班倒，现包现蒸赶制出一万只大肉包，第一时间运往湖北黄石，作为援助黄石新冠肺炎救治的江苏医疗队的"子弹"。

金陵大肉包素有"包子中的爱马仕"之称，肉馅紧致多汁、皮薄筋道，每只有手掌之大，只在南京金陵饭店地下一层的快餐部销售，但在南京乃至江苏都有很高知名度。由于猪肉成本上涨，自去年10月开始，金陵大肉包已实施了每人限购十只的政策，每天顾客排队成长龙。在黄石的江苏医疗队员每天超负荷工作，无暇吃饭，有营养的快餐成为医护战士最好的物质保障，于是江苏国资委给金陵饭店下达了三天内赶制大肉包的命令，大肉包就成了扶助医护战士去战胜疫情的"子弹"。

我的父亲曾是一级白案厨师，白案就是面点，淮扬菜里面点多，江苏的白案厨师就多。父亲看到大肉包的新闻时，就算了一笔账，他认为金陵大肉包每只近二两重，一万只重量不轻，算是大物资。计划经济时代，每到春节，政府食堂都会做大包子供应，主要是肉包、豆沙包、菜包，买包子凭票券，与粮票、肉票、布票一样，很紧俏。淮扬传统面点里包子都大，近年做高端消费，讲究外观精致，体积才越变越小。大包子就被政府机关、医院、高校等内部食堂给保留下来了，金陵大肉包其实最早也出自金陵饭店内部员工食堂，口碑出来后对外零售，渐成品牌。南京的绿柳居、安乐园等廉价清真小吃店，却保留着大包子售卖传统。

在北京反而很少看到大包子，狗不理、沙县小吃等最大众的面点店，也都是半发面的小包子，连柳泉居的豆包、银丝卷儿都是小号。当然，在香港早茶里，就更难见到大包子了。

其实大包子是最难做的，不仅上头的褶子要捻得漂亮，肉馅还要带点汁水，蒸熟了包子底还不能破，初学白案的面点师往往顾了上面，兼顾不了底子。北京电影学院侯克明教授曾告诉我，他认为好的电影导演拍电影如同做大肉包，有漂亮的外壳，里面还得有汤有水、有滋有味，关键包子底还不能破。

2020年的生日

北京严冬的一天，早上母亲给我煮了碗桂圆汤驱寒，说起当年生我的往事。

我出生的20世纪70年代，老家大部分家庭还是习惯找接生婆到家里助产，去医院生孩子还是件奢侈的事，我也是这样出生在家里的。家里生产缺乏必要的医疗设施，一般都靠农耕文明衍传的"法术"来解决，据说我姐出生时，母亲难产，我爷爷就在院子里摔碗，碗一摔，我姐就顺利诞生了。当遇到靠唯心法术解决不了的，才会请医生，所以以前生孩子确实是人命关天的大事。

江苏老家有一习俗，在孕妇临产前一个月，家里就开始蒸一碗桂圆汤，蒸到婴儿落地后，给产妇喝。当年我落地后，外婆让爸爸把那碗桂圆汤端给母亲喝，老爸看到床上一片血红，吓得手一抖，把那碗蒸了一个月的桂圆汤掉在了床板上，洒了一地。至今，每每看到我有小恙，还有最需矫正的四环素牙，母亲就一声叹息，说我生下来就没有营养，因为她没喝到那碗桂圆汤，奶水不好。在我的青少年成长期，改革开放刚起步，家里没啥钱，矫正牙齿尚未普及，不像现在医疗科技发达。当然，老爸的胆小，在他摔落那碗桂圆汤那一刻，就被母亲彻底定性，永不平反。

我质疑那碗桂圆汤是否真的蒸了一个月，要是三伏天生孩子呢，这汤还不馊了？父亲说起码生我时的那碗是蒸了一个月，桂圆干不加水，每天随着中午煮饭的锅蒸一下，最后的桂圆汤就是标准的蒸馏水。那时候物质没今天丰富，夏天没有冰箱，降温一般靠井水，蒸一碗桂圆汤是可行的，孕妇只能靠食补。蒸桂圆汤现在已消失，因为电饭煲等电器的普及，无须花费那么长时间去熬制，科技缩短了时间、提高了效率，同时也让制作的仪式感消解。每天蒸一碗桂圆汤，更多的是一种仪式感，饱含着对新生命的期盼、对孕育生命的女性的敬仰。

2月27日是我阳历生日，与我同一天生日的还有光照、雪儿、安娜、冰冰等，还有在今天生日的张暴默大姐。离开父母去南京读大学之前，我一直过农历生日，进了大学才发现班上同学以过阳历生日与农历生日分成了两派，大城市同学只过阳历。那时，星座文化尚未侵入我们生活，我在农历与阳历生日中游走，如今也就是在双鱼与宝瓶之间徜徉。

2020年农历生日早于阳历，那天南京的雪终于飘起来了。早上父母还担心风雪会错过南京，因为我出生的那一天，天降大雪。小时候我第一次看《洪湖赤卫队》，韩英唱到那天大雪纷纷下我娘生我在船舱时，我泪如雨下，我认为唱的就是我。我没生在渔船上，外婆找的接生婆，我出生在家里，尽管当年老家的人民医院已有了妇产科。我是油性皮肤，母亲说这是因为我生在正月里，不能天天给我洗澡。母亲给我取名直接用了毛泽东诗词"暮色苍茫看劲松"中的"劲松"，她闺密们生的孩子不管男女都取名"劲松"。我长大后觉得此名太过直白，改个字，比如"岩松""青松"，就显得更有文化，母亲说直接叫"劲松"。

今年遭遇新冠肺炎战疫，生日从简。我姐用抖音发来了外甥的女儿精心排练的祝贺节目，早餐是母亲下的面条，北京很少吃到南方细碱面，我将葱油拌面与炸酱面进行了融合，我说这道面叫作"想念北京"。节前离京早，最近想念此刻在京的至爱亲朋，更惦记我北京家里智能电卡的存量能否坚持到战疫告捷那天。

在朋友圈发现于正老师和我同天农历生日，他一人在横店剧组做了三菜一汤，孤独出艺术。我给光照发了生日祝福，他与我同年同月同日生，他那天都忘了自己的农历生日，他说还在台北，暂时回不了上海。我说我们都因为这场战争留在了原乡。

我的两位外婆

外婆名叫何凤英，不能生育，收养了一男一女，女孩便是我的母亲，母亲的生母名叫陈桂英，我便有了两位外婆。陈姓外婆本是富贵人家，生有四个子女，何姓外婆原本是陈家的伙计，1949年后，陈家衰落，何姓外婆夫妇成为新中国社会中坚力量，两个外婆同在一个小镇，我的母亲就成了两个阶层的两位外婆的媒介，我从小也就集两位外婆的宠爱于一身。

1985年夏天，一放假我就去了南京姐姐家，从南通到南京的长途汽车要坐近六个小时，刚落脚就接到父亲的电话说外婆去世了，快回来。那时电话不普及，父亲说完这句就挂了电话，没容细问。我和姐姐也就立刻再坐车返回，又是六小时的烈日灼心，路上我们在猜是哪个外婆走了。陈姓外婆年长于何姓，守寡多年，曾随母亲的亲弟弟在农村插队干农活儿，返城后生活辛劳；何姓外婆衣食无忧，天天几圈麻将，那时《上海滩》等港剧进入内地，她一直在文化宫录像厅追看，我去南京那天，她还给了我五十元作为中考的奖励，笑着说《再向虎山行》大结局你到南京看不到了。

没想到走的却是何姓外婆，酷暑中她突发脑出血，走时才六十九岁。现在我的父母每天服用阿司匹林且时常唠叨，三十年前若懂养生，何姓外婆也就不会那么早走了。我的陈姓外婆一直帮小舅舅带孙子，晚年劳作，直到1996年辞世，享年九十岁。

20世纪70年代末，《白毛女》等老片曾大规模复映，那时我刚读小学，学校常组织包场看电影，《白毛女》已看过数遍。有次又组织看此片，我向老师多要了一张票，请我的陈姓外婆去看，我觉得她就是与喜儿一样的劳动人民。那天在影院，我们这些孩子们满影院乱跑，她很专注地看完。回家后，母亲得知我带陈姓外婆去看《白毛女》很惊讶，因为陈姓外婆从未进过电影院，勤劳是其秉性，不爱享受，直到晚年。那部长达一百五十分钟的黑白故事片《白毛女》，成为她晚年看过的唯一电影。

快乐老人

2020年我家的重大事件就是八十岁的父亲开始用微信了。

母亲比父亲小五岁，三年前，母亲开了微信号，她与同龄老人在各种群里发送信息，早上互道问候，朋友圈里点赞评论，微信让她大开眼界。有次她提醒我：小勇人很好，每条朋友圈他都给我们点赞，但他那位弟弟就从不点赞。小勇是与我同龄的老乡，朋友圈点赞成为母亲衡量晚辈们性格甚至为人处世的参照。我对母亲解释：年轻人工作都很忙，没空点赞，有的人根本就不看朋友圈，点赞评论与否不代表人家对您的热情程度。母亲说，假如是这样还好，要是每条朋友圈他都看但就是不表态，这种朋友最好别交往。母亲性格外向敏感，我合作的一位导演前年遭遇了舆论危机，朋友圈里充满各种诋毁那位导演的文字，母亲竟然把转发这些文字的好友全拉黑了。

微信运动步伐排名功能激发了母亲争先进欲望，有天她终于拿到了当天的排名第一，我说你们老人一万步不算什么，我微信朋友里跑到两万多步连个前三甲都进不去。一天母亲没出门，晚上我发现她的运动步伐竟然有三千多步，我问她怎么在家跑出那么多步，母亲望着父亲大笑，原来父亲拿着她的手机帮她在家不停用手甩，生生甩出了运动步伐，让母亲保持住了排名的先进。

刚用微信时，母亲就把在微信上看到的奇谈怪论说给父亲听，父亲坚信晚报与中央电视台，他总是用"报上没这么说"来回应，或者说等等《新闻联播》今晚怎么播。不用微信，父亲保持了甄别真假的清醒，但如今却寸步难行：他去物业缴费，他去医院挂号，全部被要求用微信、支付宝,他投诉了不收现金的现象。再不开微信,他就与人民为敌了。父亲微信号取名为"快乐老人",收到第一个微信红包时,他乐得都合不拢嘴了。

有天,父亲看电视里演越剧《梁山伯与祝英台》,突然说演得不真实,《楼台会》里梁山伯听说祝英台嫁给马文才后怎么脸还是通红的?母亲笑着问他那应该怎么演,父亲说以前的老戏班演这出戏,梁山伯一听噩耗就双手捂住脸,把手放下时,脸已从原本的红润转成惨白。父亲边说边笨拙地再现,给母亲带来一下午欢乐时光。

晚上我到家,母亲告诉我这一幕,我解释梁山伯吓得脸色惨白,可能那是用了川剧变脸的技法,我说没想到以前演舞台戏那么讲究逼真。母亲说20世纪四五十年代就是这样,外公那时开餐馆,有个剧团演《刘胡兰》,就向外公餐馆买了张肉皮贴在饰演革命烈士的演员身上,舞台上就动真火钳求逼真效果;演庄周梦蝶的《大劈棺》,就向镇上白事铺借台棺材放在舞台上。我惊讶地问母亲,那时演戏干吗要这么逼真,母亲说那时的县城还没有电影,《梁祝》被拍成电影后,老家还没有电影院,县城里很多人是骑自行车去几十里外的如皋县先睹为快的。当电影院开始普及后,舞台上这种逼真的表现手法就逐步消亡了。

母亲从小家境优越,外婆爱看戏,一进戏院就把母亲放在舞台台口,母亲的童年就与一台台整本戏相伴。父亲家道中落,是看开门戏长大的,开门戏就是在一出戏快结束时,戏园老板把门打开,让买不起票的人进场看个结局,当年父亲就是冲进戏园看开门戏的少年,他看的不是一出戏的戏剧高潮,他看到的全是不知何来的大悲大喜,他不知梁祝如何十八相送,就直接看了一遍遍断肠的楼台会。中华人民共和国成立后，政府对民间戏曲剧目进行内容革新，提高了戏曲演员社会地位，城隍庙里不再演戏，每个县城都有了千人大剧场，开门戏就彻底消亡了，看戏也要人人平等。

乘凉

我童年时，空调尚未出现，电风扇都是鲜见的奢侈品，出了梅雨季，一进三伏天，酷暑中只能到户外乘凉安睡。

那是在我老家的小镇上，青石板街上坐落万户千家。夕阳西下，每家先做的事就是去打井水，把每家门口的青石板打扫干净，把冰凉的井水浇上去降温，然后把竹床搬到门口，没有竹床的家庭就用门板搭成一张床，铺上凉席，一家人就可以在户外乘凉了。那时，电视机尚未出现，乘凉时最多听收音机，或邻居们拿着蒲扇串门，聊聊家常。一条街上，一张床连着一张床，全是乘凉的街坊。

我儿时的记忆里，躺在竹床上望星空，还会有萤火虫，当然蚊子们就被床下的蚊香给熏跑了，洗完澡，身上涂满上海六神花露水。乘凉时，就在竹床上睡着了，夜深时，都是被父母给抱回屋里的床上。早上醒来，青石街上露宿一夜的人并不多。

那时可口可乐尚未进内地，除了冰棍外，童年时的防暑饮料叫寒凉水，这是用色素、糖配置的饮料，那时没有家用冰箱，冰块只能购买，这种饮料就用井水降温，几分钱一杯，算是孩子们最爱的降温饮品了。酷暑水果就是西瓜，立秋这天一定要吃西瓜，我记得外婆说是因为我们吃了一年的猪肉，立秋吃西瓜可以将体内的猪毛烂掉。至今我都没明白西瓜与烂猪毛的关系，这个说法倒是很魔幻。不过立秋一过，我们家就不吃西瓜了。如今西瓜已是四季水果，青石板街上的萤火虫再也不见。

老家东临黄海，名为海安，已近江苏中部，学地理时才发现海南省也有个地名叫海安，位于琼州海峡，凭海临风。我想，这个地名寄托着海边的居民对平安的祈愿。

童年时，我随外婆到舅舅下放的农村住过。台风过境，家家都大门紧闭，外婆说这是龙王爷来抓人卷到大海里去。至于被旋风甩到大海里去，我现在觉得那是外婆的艺术夸张。不过，每次龙卷风一走，总有些传说在田野上流传，谁家的人被卷到天上去了，有回说谁家的猪圈屋顶被掀翻了，少了一头猪。长大后看了好莱坞大片《龙卷风》，我的脑海还盘旋着童年乡村里那只随风而逝的猪。在物质匮乏的年代，农家的猪算是一份财富。

正是因为物质匮乏，对灾难的预警只能完全靠人为望天的经验，即便受灾，也都没有特大的悲痛，因为家家都没太多财富，人没事便是平安。

1976年唐山大地震后，全国防震，老家农村家家也搭起了防震棚。有天晚上拉起了地震警报，全村的人都住进了地震棚，等待深夜蓝光闪过之后的大灾。我和外婆紧张得睡不着，这时邻居的老奶奶来串门，她穿着一身崭新的寿衣，这是子女为她百年之后准备的，她说万一等会儿被震死了也算走得整齐，没辜负孩子们的孝心。在外婆与她的聊天中我睡着了，睁开眼已是艳阳天，大人们已在田野里劳动，昨晚一切仿佛没有发生。

春节过后

正月十八，在我的老家，是元宵节落灯的日子，这一天，老家习俗是早上得吃碗面条，所谓上灯圆子落灯面。上灯是正月十三，这天家里要做汤圆吃，一到晚上，孩子们就可以把花灯点亮后拉出去玩了。

童年时，每年父母都会买个兔子形状的花灯给我，这种灯有四个轮子，可以拉着绳子在地上走，灯笼是用几支蜡烛点亮的。元宵节前后六天，每晚都可以拉出去玩，当然正月十五当天是最重要的一晚，不过，有时没等到这天，花灯早就没了。因为花灯用纸裱糊，里面蜡烛若被风吹或因花灯重心不稳就会倾斜，整个灯笼就会被烧毁。兔子灯一被烧，孩子们就大笑说这是在吃兔子肉了。除了兔子灯，还有像皮影戏那样的宫灯，利用灯的热量使空气流转，很薄的剪纸的各种动物造型被投影到灯纸上，像动物在奔跑。更复杂的是马灯，做一个马头、一个马后臀，绑在小孩身上，小孩子就像骑在了一匹闪亮的马背上。这就算当年花灯里的奢侈品了，因为花费大，另外，这种灯不敢轻易用蜡烛照明，怕起火烧到孩子，要花费电池与灯泡。物质匮乏时代的这三种花灯，伴随我的童年时光。

在江苏，元宵节除了吃汤圆，还吃春卷。正月初四接完财神，小镇街头巷尾都会出现很多打春卷皮的小商贩，一个板凳、一个火炉、一块铁板，现场把面粉打在烧热的铁板上，煎出一张张薄薄的圆形面皮，每家每户买回去包春卷，春卷馅儿大多用荠菜、淀粉、肉丝合成，咸鲜口味馅儿包完，往往还会多些春卷皮，我家都是把豆沙拿出来包些甜春卷。放完花灯、吃完春卷，这春节就算圆满结束了。

"舅舅安全了，你可以剪发了。"这是农历二月初二这天网络最流行的段子，源起于正月里不能剪发，否则要死舅舅的民俗。我首次听说这个民俗，还是二十年前我定居北京后，之前在江苏长大与生活，始终不知这个大忌。而在北京生活了二十年，确实每年龙抬头这天，北京各大理发馆全部爆满。

在江苏，农历腊月初八到正月结束，算是真正的春节。腊月初八以后，小孩子需要忌口，说话不能带"死"之类的丧字，图吉祥。春节前需要理发，一般过了元宵节，也都再理一次发，一直未听说在正月里不能理发的规矩。二月初二，在江苏老家却是所谓的女儿节，就是父母要把出嫁的女儿接回娘家来，吃个饭或住一宿，小时候一到这天，为女儿回家吃顿饭，家家忙活。如今餐饮业繁华，逢年过节都在外面餐厅吃饭，但江苏倒保留着母亲问候女儿的习俗，一到农历二月二，江苏餐厅的热闹，应该可与北方的理发店排长队比肩。

龙抬头又称春耕节，传说是龙抬头的日子，特别在干旱的北方以示敬龙祈雨，让老天保佑丰收。在多雨的南方则不同，在客家地区，二月二则是土地公公的生日，土地诞为给土地公公暖寿。一南一北，天上地下，均因自然环境差异，使得民俗迥然，但只有一点是相同的：不管是带出嫁女儿回娘家，还是为保舅舅平安而等到这天剪发，二月初二龙抬头，倒是与母系有着关联，不分南北。对此，龙抬头的另一个传说倒能解释。据传海龙王因思念失去的女儿，总在农历二月初二这天从海底抬头出来，望着失去女儿的方向，以寄思念。这个版本就与江南的女儿节呼应上了。从农耕文明而来的龙抬头，在当代依然散发着人情的余晖。

小芋圆躲猫情

外甥的女儿今年三岁，生她前，外甥夫妇当年都挺胖，亲戚们觉得未来的孩子也应该是圆滚滚的，便给她取名"小芋圆"。没想到她出生在新年元旦那天，三年来长势喜人，已是圆滚滚的小美女。她学会走路说话后有天到我家玩，她看到我家的衣柜门，就把我父母喊来，让他们进去，然后关上门，她自己在外面躲起来，她被发现后，就是一阵大笑。这是小芋圆自己主动做的游戏，没人教她，完全是天性使然。后来，她每回到我家，都会拉着我父母这样玩，我母亲说小芋圆又要躲猫情了。

躲猫情是我的家乡话，就是捉迷藏的意思。捉迷藏是孩童时最普及的游戏，好像我们到了小学时还在玩。这是典型的群体游戏，一个人无法完成，这个游戏动作主体是躲藏与追寻。孩童爱玩捉迷藏，潜意识中流露出对集体活动的需求，而人之初时只懂得躲藏与追寻中的无忧快乐，而其中的辛苦甚至苦难的精神世界，或许只能等到长大成人时方能体会与领悟。

捉迷藏在不同方言区有不同叫法，我家乡叫"躲猫情"，用猫的动物形象体现了孩童捉迷藏的动作特征，而一个"情"字，则把捉迷藏的乐趣更落在情感上，小芋圆与我父母的捉迷藏是祖孙情，幼儿园小朋友一起玩则是同窗情。在粤港地区则称捉迷藏为"伏哩哩"或"伏匿匿"，"伏"字概括了这个游戏的动作特征，而"匿"本义就是隐藏，"伏匿匿"倒很贴切。

我问母亲，我两岁多时会不会躲猫情，母亲说还不会，小芋圆这代孩子启智太早了。去年，小芋圆已参加了几个培训班，学习讲故事与跳舞。两岁多，已学会用手机拍照片，照片拍得不讲究，但意思全到了。当然，手机视频里的卡通片是她的最爱，对信息的首次认知是数字媒体，而非纸质媒介，时代变了。

老家的大马路

少年时故乡县城最繁华的是一条大马路，马路上坐落着县政府等办公部门、百货商店、新华书店、邮电局、文化馆、电影院和影剧院。电影院是全天放电影，影剧院是白天放电影，晚上演戏。大马路上只有一家国营饭店。大马路上的文化设施占据了绝大比例，提供物质生活的仅有百货商店与国营饭店两家，代表了计划经济时代人们的生活面孔：重精神生活，轻物质需求。

到了改革开放的20世纪80年代，大马路上才有了银行，添了一家卤菜熟食店，那家卤菜的味道就是比国营饭店的香。而豆腐店、酱园店、缝纫店、钟表刻字社、理发店、废品收购站等小店铺，则坐落在石板路的老街上，这些国营小店终被市场经济大潮冲击涣散。这是1988年离开家前的记忆。

这周回故乡祭祖，重走县城大马路。影剧院历经歌舞厅、电脑大卖场等变革后已荡然无存，电影院已被房地产大广告牌覆盖，牌下是电信手机店，只有一扇门是影院的入口。新华书店名存实亡。人民饭店已变成火锅店，百货大楼已成超市。政府办公部门早已搬到新区，留下的老楼成了门面房，银行、时装店、首饰金店、车行、眼镜店、餐馆、梳子店、性用品店等毗邻，这些专卖店，把人的衣食住行的所有欲望放大成一个个金字招牌，宣告物质享受时代的车轮滚滚，无可阻挡。

舌尖上的乡愁

2019年秋，在广州花园酒店吃早餐，发现已无猪肉菜肴，就连打卤面的菜码里都是牛肉末。广州文投林总请我们到珠江畔吃夜宵，他说最近猪肉涨价，特地为大家点了烤猪排，猪排上桌，基本就是烤猪排骨，不是上海面馆里炸猪排那一大块肉。海外友人回京宴请友人，点了鲍鱼红烧肉，说如今这道菜里的红烧肉要贵过小鲍鱼，大家笑道：二师兄终于登上高雅之堂了。

猪肉是中国汉族百姓最日常食材，也是农耕计划经济时代大多数乡镇居民的收入来源。父亲最近在家聊到他童年时与爷爷一起去卖猪的往事。某年端午节，爷爷打算把家里养的猪卖掉，顺便给过节改善一下伙食。他与父亲带着那头猪到了食品公司，收购人员给那头猪一量体温，发现那位二师兄正发高烧。爷爷让我父亲立刻通知在乡村里当干部的大伯，大伯托人找关系，给那头猪喂完退烧药，它的体温才降下来了，最后以二等猪价格被收购了。折腾一天已到晚上，拿着卖猪的钱也做不了晚饭，爷爷奶奶带着六个孩子，一人就着一个臭咸鸭蛋喝了碗粥，算过了端午。父亲不用微信等手机软件，他每天收看新闻联播、京宁两地晚报，近期就国内猪肉价格形势，抚今追昔。

我童年时去过舅舅当知青的乡村，见过大队里杀猪，吃的杀猪菜已经不记得了，还有印象的就是屠夫把猪的膀胱清洗干净，吹成气球，这成为我们儿童的玩具。现在很多有条件的城镇居民，还保留了养猪的习惯。一位杭州朋友每年就在老家临安的祖宅中养头猪，大约养到两百多斤后，就召集至爱亲朋相聚临安祖宅，吃杀猪菜。临安产竹，浙江杀猪菜多以竹笋作配料，临安湿冷，年末杀猪菜除了红烧还有烧烤，远比东北杀猪菜抓一把粉条扔进去乱炖要讲究。

傍晚，同事杨静递来一只热乎乎的葱油饼。

南方人都有吃下午茶，确切地说是吃下午茶食的习惯，家乡话叫晚茶，下午三四点后，上海王家沙等食品店前，全是买晚茶的长队，刚蒸出来的包子，清明的青团，端午的粽子，四季的蟹壳黄，买完到单位吃，在回家路上吃，或者直接放在晚饭桌上吃。人间炊烟，先在这下午茶食上点燃，再迈向那万家灯火。

杨静递来的那只葱油饼是在德香茶楼买的，一家开在南京市中心德基广场的粤菜小馆。广东茶点本身就精致，南京最早的粤式早茶是珠江路口的翠香阁，二十多年了还坚守在那儿。这两家都有鲜明的潮州菜特色。粤菜精致，特别是面点，所以后厨不大，适合开在寸土寸金的市中心，当然，粤菜价格与其他菜系比都略贵。粤式葱油饼，一只大不过女孩子一手掌，用白面粉和面加上葱花后油煎而成，粤式面点的甜味在发酵的面粉里，除了葱，这油也适中，符合粤菜清淡的性格。

江苏一带的葱油饼就更粗犷。

今年，扬州运河大剧院朋友带我到扬州的顾家厨房，这家餐馆的特色点心就是葱油饼。准确说那是葱油大饼，服务员上这道葱油饼时，都会顺带一把剪刀，得剪开来吃。其实，那饼已相当松软，用筷子也能分解了。这家葱油饼的仪式感还不止这把剪刀，在顾家厨房一楼大厅，做葱油饼的灶台就用透明玻璃隔开，直接展示在顾客眼前，和面、撒葱、油煎，全程公开，直径一米的大油锅，让顾客不得不青睐。这么大阵势，占地面积不小，要是放到租金贵的市中心商场里就不合算。扬州顾家葱油饼油多，咸鲜更重。

我老家的葱油饼更好吃，做法就是在扬州顾家葱油大饼上再加一道工序，就是把葱油饼做成厚饼油煎，最后用锅盖一压，压成酥，再浇上素油起锅，饼的四周都是葱油相伴的面酥，咸香扑鼻。这道葱油酥饼，我离开老家有多久，我就有多久没再吃到了。

我的老家，在扬州正东两百里。

那天，在顾家厨房里，我想，现在就从扬州出发，向东再走两百里，我还能遇见那道葱油酥饼吗？

艺考回忆录

应邀参加南京艺术学院的艺考面试评审，想起我的艺考往事。

那是龙年，我在县城高中埋头迎接高考。高中三年，我是学校最积极的文艺活动分子，文学社、影评社，还组织过一次我们学校百名歌手演唱会，凑了一百名同学模仿北京百名歌手演唱《让世界充满爱》，没有伴奏带，就把原声作为伴奏带，安排一同学控制录音机音高，音乐过门放大，原唱一出来就压低，公演时，基本分不清我们自己的声音与盒带里真歌手的原声，舞台上混乱不堪。演唱结束后台下却掌声如雷，我至今认为那是全校师生解脱后的宽容与真情。那时，高考就是独木桥，老师与家长齐心希望我们能上个好大学，我算是听话的，记得有回同学相约骑车去如皋看董小宛故居，被母亲给制止了，我后来倒是吃到了同学带回来的董糖，据说是小宛当年做给冒辟疆吃的酥糖，但我至今没去过小宛姑娘与情郎的故园如皋城。

高三那年有预考，好像是5月，我的成绩是班上前十名，看到成绩时我几近虚脱，至今噩梦都是关于预考，因为预考成绩决定了我是否能被南京大学免试入学。带着一堆作文比赛一等奖的证书，高中班主任李老师带着我从南通赶到了南京，那时公路很窄，路上起码六七个小时，要在江都停车吃饭。

到了南京大学中文系的办公楼，我已晕头，前几年我才弄明白当年中文系的那幢民国别墅住过的是赛珍珠而不是赛金花。是董健主任面试我，他一口山东话，我听得费力，我的回答让董先生的目光格外慈祥。上周在南艺，当我变成考官时，我明白了董先生当年目光中的含义。报名南艺编剧专业的考生近七千名，每位考生面试时长不少于三分钟，每每看到考生们紧张无措、应答出错，我总是心疼，突然想起三十多年前我到南大面试时，董健先生望着我时眼中的慈祥怜惜，那时我的应答估计令他失望了。他面试后，就交给我一张试卷，考试内容是汉语与文学常识，记得监考我的是夏文蓉老师，屋子里就我俩，还有窗外的蝉鸣。我经历的不算严格意义上的艺考，因为面试通过后，我就免试高考了。

毕业后，我认识了省电台的老乡冯新民，他与我同届，毕业于上海戏剧学院戏文系，我才知道考北电、中戏等艺术高校必经过程，心生钦佩。因为我的高三，是难以走出方圆十公里的，要离家千万里去艺考，难以想象。在南艺考场，我面对的考生八成来自省外，远的来自新疆、黑龙江、广西等地。问他们看过哪些文学作品，九成考生回答是余华的《活着》《许三观卖血记》，还有路遥、莫言等作品。细问考生对这几部作品细节的评析，有的考生未必能答出。据说这些都是艺考机构培训时推荐的书目，机构还推荐一些电影片目，让艺考生满嘴都是名著与艺术电影。显然，绝大多数考生是没有吃透这些经典的本质精神的，他们被机构培训成了僵化的背书机器。

那些未被艺考机构异化的考生，成为考场上难得的风景。有位山东男考生，他先坦陈自己因遗传有缺陷，每句回答他都从容稳定，我们丝毫未感觉他有口吃的疾患，他淡然的眼神令考官们难忘。不管他报考南艺最终成功与否，他在艺考中一次次战胜卑微与偏见的坚韧，应是他一生难忘的回忆。

三十年后来相会

2018年，接到高中班主任、语文老师李东平博士的电话，他说离开江苏海安中学已整整三十年，我们是他在这座省重点高中执教的最后一届学生，送完我们他就去当地另一所学校当校长，他建议今年我们这个班应该聚聚。

李老师是我们高二分文理科后的文科班主任，当年三十而立，意气风发，很像《新星》里的李向南，他的父亲是教育局局长，他的自信与魄力也源自教育世家的底气。三十年前，中国大学门槛很高，他鼓励我在高二迎考关键时刻仍积极从事文学社、团委等社会活动，不断参加全国作文比赛，我也因此当选为省团代会最年轻的团代表。这为我当年被免试保送南京大学中文系起到决定性作用。

师恩难忘，但我离乡多年早已淡漠了这份恩情。去南京读书，到北京北漂后，我再也没见过李老师。我父母倒是常在南通机场遇到他，他飞深圳，父母回北京，他们在休息室拉家常，聊的都是关于我的家常。父母告诉我，李老师已在深圳执教多年，父母将他的电话转给我，近十年前我常去港粤，竟一次都未去探望过他，关于他的消息一直只有父母转述的寥寥数语。

后来，我才得知李老师早在1995年就放弃家乡的远大前程，南下深圳应聘，被分到深圳市沙井中学，他用了十年时间将这个基础薄弱的学校打造为宝安区、深圳市与广东省一级学校、国家级示范高中。他获得深圳十佳校长、中国教育年度人物等殊荣，花甲之年，已是广东省政府督学的他离开了耕耘二十年的深圳，南下珠海出任新成立的容闳学校校长、容闳书院院长，将四十年教龄经验再付诸实践。他一直在挑战自我，我们还是他的学生：万水千山的旅途成为教室，砥砺前行的人生是永远的第一课。

二十年前我离开南京后，为数不多的几次回乡，都是老同学热情款待，家乡日新月异，内心总涌起一份感动。感谢留守的老同学们，将故土建设成游子归来的温暖港湾。这份温暖，在高中毕业三十年聚会上格外强烈。那天走进海中，我彻底迷失，老同学、恩师们穿越时光隧道而来，相认、回忆、感慨，还未回过神来，座谈会就开始了，作为主持人，我彻底乱了程序，还好有郁江等组委会的老同学，总算把这三十多人的大会给顺利完成了。

那天聚会，发现一半同学在老家工作，主要在银行、教育两大系统任职。老家特产是高考升学率，今年母校高考升学率与名校录取率达到新高，听现任校长昨日一番意气风发的介绍，略感不安。目前中国家庭按经济收入分层，大中城市高中应届毕业生选择出国留学者居多，高考升学录取率屡创新低。三四线城镇的高考升学率便成新高。聚会上与两位高中女学霸聊天，方知她们当年填志愿过高滑落到了二本，成为家乡的建设者。

听老同学说往事，每位都是改革开放四十年的见证人。严华同学说读书时到我家，我爸妈招待同学们吃西瓜，他第一次看到西瓜是用勺子挖到碗里吃的，觉得县城里的人太讲究了。

周旭章同学长我两岁，他家在农村开豆腐店，母亲做一块豆腐卖五分钱给他攒学费，他说当年高中学杂费是六元钱，羡慕我们县城同学穿得好、吃得好，他们寄宿生都是深蓝布衣，学校食堂里都是实心大馒头。他高考落榜后就在县城成家，进了工厂跑供销，熟悉业务后就自己开化工厂做原料贸易。如今他已成爷爷,把母亲从乡村接到县城,住上了老家最好的居民小区,四世同堂。他帮儿子做培训机构,家乡影院、路牌上都有他家开的培训机构的广告。同学会上,教数学的刘老师一见旭章就拉着他的手说:"对不起啊。"我问旭章老师为何对他说这句话,他说可能自己落榜了,老师觉得亏欠,他感慨道:老师真好!

那天未到场的还有约二十名老同学,他们或因生活左右,无法前来,他们的讯息与人生,大多无法从网络搜寻,这缺席的平凡,是一个等待我们去关心的世界。

陈凤同学已在天堂。几年前在微信里得到这个消息时,我还分不清她是我何时的同学,初中还是高中,但她当年的模样仍依稀记得。我初中有位同学也走了,叫葛军,我们初中群还给他的儿子捐了台笔记本电脑,好像在孩子考取大学时。陈凤的孩子多大,男孩还是女孩,我想有机会见见。

徐晨同学那天应该就在海安,离我们很近,却离我们很远。他一直是我同班,同在南大,记得他结婚时,他父亲大老远走到我的单位给我送请柬。徐晨回海安养病,遇到我爸妈总问我在北京好不好,我住望京时,还常接到他的电话,说要来北京看奥运。在奥运前夕,我搬了新居,房子出租了,就没了他的声音。我疲于奔波,也未问候他的日常。有回在老家,初中同学请我喝酒,酒后,我拉着两位老同学说,你们算是世俗里的一富一贵,最有责任有空去看看徐晨。他们后来去了没有,我也从未问过他们,因为我自己都没有去看过徐晨,即便每回来去匆匆,若有心,其实就有时间。

三十年,我们在日常中,体会着一次次无常。三十年的同窗会,召唤我们懂得用心去关怀彼此的平凡。

每到花时不在家

在南京认识一位"60后"大哥，他是江苏苏北人，年轻时参军，部队所在地离家一小时路程，他当年愿望就是先保家再卫国。1983年退役复员到了《南京日报》社的印刷厂，当年《南京日报》社在最繁华的新街口，印刷还是铅字排版，子夜上班、清晨下班，报纸随着朝阳从市中心散发到整个城市。与报社紧邻的还有百花剧场、胜利电影院等，如今这批文化建筑已荡然无存，取而代之的是南京最大的商业中心德基广场，德基将原胜利电影院的门面装饰在外墙上，算是对当年文化的一种纪念。当年，市中心集中的都是影剧院、报社等文化传媒机构，现仅存民国建筑大华电影院，其他都被商业新楼群掩盖。

从市中心迁出的文化传媒机构都落户到了新区，20世纪90年代南京城区扩到龙蟠路，《南京日报》与南京电视台就到那里盖了新楼，如今城区扩到河西新城，报社都迁到了河西。河西最大的文化设施当属江苏大剧院，大会堂、歌剧厅、剧场与音乐厅等俱全，占地面积二十七万平方米，这个亚洲最大的剧院综合体，让市中心的原南京人民大会堂等失去了七十多年的中心地位，民国老建筑的文物功能日渐突出。

行走在南京河西新城上，恍惚在上海浦东或深圳。金陵风情，藏于老城区散落的大会堂、影院、教堂、银行、邮局等民国建筑中。当年闹市口都有邮局，新街口中心唯一没拆并仍在使用的老建筑就是邮局，夫子庙1路公交终点站旁的邮局也是民国建筑，依然见证着城市变迁。"云暗山横日欲斜，邮亭下马对残花；自从身逐征西府，每到花时不在家"，古时邮亭驿站，如今的老邮局，在互联网时代，都成了游子的乡愁。

回南京与老领导周祥玲老师夫妇相聚，那天一见面他就问我现在还喝白酒吗，记得当年在单位聚餐，我喝断片了，第二天上班发现门牙磕掉半颗。我喝白酒的启蒙老师是当时南京广电局的高庆华局长，周主任告诉我高局长去年已病逝了。也就一年前，我还惦记着回南京去看看高局长。

20世纪90年代初，内地有线电视网开始建设，高局长一手办起南京有线电视台，"人类总是从无到有，有线电视覆盖全球"是我们当年的广告语，在南京大街小巷宣传安装有线电视，当年对有线电视的远景描述，其实就是对如今的互联网数字技术在家庭视听的应用。我第一次出差就是陪高局长去视察郊区抗旱新闻宣传，那年南京大旱，市级台出差也就是去了几个郊区，大伏天，一到县里就听汇报，中午就喝酒，那是我第一次喝白酒，高局长海量，我想不能在领导面前喝醉，在这样的意志下，酒过三巡，我还清醒，离席时还能搀扶着高局长。

高局长当年不拘一格降人才，启用我们这批刚从高校毕业的年轻人，从转播到自办节目，从新闻、社科到投资电视剧，他启用年轻的杨文军做制片人制作电视剧《小小生命树》，后又将何继昌老师请来保驾，未接触过电视剧的杨文军从此启航、励精图治，终成中国电视剧导演大师。

那时我们有线台是无名之辈，高庆华局长爱唱的歌是《小草》，"没有花香、没有树高，我是一棵无人知道的小草"，他唱这首歌，既有个体抒怀,又鼓舞着我们对有线电视未来的信心,因为创业时的条件很艰苦,那时内地刚对外开放。台里有位刘怀正主任,他与在香港发展的江苏籍女企业家结婚后,开着右方向盘的港式轿车来上班,当年就像外星人一般震惊了我们。

那个朴素年代,唱着《小草》的高局长,走了。

那时剧场

三十年前我到南京读大学，南京举办了首届中国小剧场戏剧节，那时中国话剧已陷入市场危机，此戏剧节虽被冠以"中国话剧的救亡行动"，但仍未抵御住时代大潮，剧场艺术被电视、歌舞厅等新兴消费形式侵占。当年新街口的百花小剧场，与之隔街对望的延安剧场，现在都已消亡于金陵饭店等高楼下。

南京杨公井也是当年剧场胜地，我曾在人民剧场连看三遍北京人艺的《天下第一楼》，站在过道边看完《哗变》。距之不远处有家省锡剧场，就是江苏省锡剧团的大剧场，设施较新，20世纪90年代初锡剧演出市场已渐萎缩，省锡剧场就用放映港片录像带来维持，拥有最新的大投影设备。当年省音像资料馆有美国奥斯卡获奖片资料片，我就以南大广播台的名义联合省音像资料馆举办奥斯卡影片南京高校展映周，放映地点就在省锡剧场，面向南京所有高校师生售票，每晚联放两部影片，票价两元，每回开票很快售罄。《非诚勿扰》主持人孟非当年还在印刷学院读大专，他通过中学校友辗转到省锡剧场看资料片。

大学毕业后我的工作单位就在省锡剧场南边的小火瓦巷，偶尔路过看望省锡剧场的陆阿姨，结交了更年轻的锡剧团学员，常聚在一起唱流行歌。离开南京后，与他们全部失联，据说大多数人都先后改行，离开剧团，也离开了南京。省锡剧剧场也不演锡剧了，就对外出租，改造成曼哈顿迪斯科歌舞厅。

20世纪90年代最主流的大众娱乐就是歌舞厅夜总会，从香港拷贝而来。南京首家卡拉OK歌厅开在中山东路上，老板叫王勃，他常跑北京做生意，受北京的日本歌厅影响很大。他后来将白下会堂改造成重炮迪斯科舞厅，成为20世纪90年代中期南京最大的迪厅，内地著名歌手都在这里举办过歌迷见面会。

那时，很多单位都将闹市门面出租给歌舞厅，南京上海路路口，江苏省中医院在医疗市场化改革未开始前，为增加收入，就把临街小楼出租，被与唱《血染的风采》的战斗英雄同名的徐老板租下，办起"豪门夜总会"，一楼餐饮，地下是歌舞厅包厢。徐总常赞助南京的歌手演唱会，指定餐饮赞助，门口拉一横幅：热烈欢迎著名歌星某某光临！当年在这里，中国轻音乐乐团李谷一团长与江苏电视台苏子龙台长签约，达成战略合作。

歌舞厅风光没过十年，撤离后遍地痕迹只留在故人心底。

如今，郭沫若题写的"江苏省中医院"矗立在上海路十字街头，医院门庭若市。近年中国党政部门大力繁荣剧场艺术，省锡剧场已更名为江南剧场，与小火瓦巷的紫金大戏院遥相呼应，成为江苏演艺集团的主力演出基地。那些年轻时的玩伴，没坚持到这一天。

把单身过成节日

11月11日是约定俗成的中国光棍节，这一天日期里有四个"1"的阿拉伯数字，形似四根光滑棍子。据传这个节日缘起于我的母校南京大学，20世纪90年代初，南大某男生宿舍的四位单身汉秉烛夜谈，讨论如何摆脱单身现状，进而确定在11月11日这天组织活动，让更多的单身汉参与其中。当年南京高校都集中在鼓楼市中心的东西向，有条11路公交车线路，正好贯穿各大高校，这个活动在南京形成影响后，进而影响全国高校。

那时，互联网未出现，高校学生交友主要靠校园舞会、老乡介绍甚至跨系选修课等，书信是主要媒介。那时，中国刚从计划经济转向市场经济，大学生恋爱还是有所禁忌的，若结婚就是违反校规校纪。我的大学同学小红就遭遇过这样的经历。

小红从江西到南京读书的路上认识了一位已在北京工作的老乡，两人相爱。某年五一节，小红从南京到北京看他，与宿舍女伴相约好归期。假期一过，小红仍未回校，那时通信不发达，座机电话都未普及。小红下落不明，同屋的女伴赶紧将此事向系里老师做了汇报，刚汇报完，小红却风尘仆仆出现在宿舍门口，原来是假期买不到火车票耽误了一天，那时北京到南京的绿皮火车一天只有一列。但系里不仅对小红进行了严格审查，还派老师到北京，到其男友的工厂进行了"外调"，对其男友进行了有关问询。小红同学当年是否因此被处分，记忆已模糊，但她大学毕业后就去了北京，男友给她在京落实好了单位，成为我们班最早结婚的女同学，如今儿子已硕士毕业。

光棍节出现在全面改革开放的20世纪90年代初,在互联网电子商务进入中国人生活方式后,又被演变成双十一网络购物节。确实,光棍节无法让天下单身汉一夜脱单,失落与坚持,化成购物的冲动,将精神刚需托付给物质行动,成为今天独特的群体大潮。

寻找董锋

说董锋同学联系不上了,我不相信。

董锋是我大学同学,南京市人,当年热爱崔健的音乐,喜欢穿戴一套当年新长征路上的服饰,最闪亮的就是帽子上的红星,他的五官戴帽子很帅,他的声音略沙哑,唇薄语速快。在十多年前的毕业纪念册里,他与我、张彤都属于失去联系的校友。去年我见到了张彤,我想我应该去找董锋。

我找了公安系统的朋友,查了江苏的相关网络资料,显示董锋服务处所是南京医学会,他没有二代身份证的信息,朋友告诉我一直没办二代身份证的有几种可能,我不愿意相信其中的任何一种可能,我觉得他可能出境了。在他的信息中,有一个张姓的电话,有一个住所地址。电话打过去永远不在服务区,春节过后我特地从南京路过,去了他登记的那个地址。

那天傍晚南京大雾,羊皮巷24号是闹市口残存的居民楼,楼下有传达室,问205室有没有人,大爷直接说你自己去看。205就在传达室上面,是个心理诊所的招牌。

"新点灵犀、心理咨询"的广告牌在铺满灰尘的门旁,门铃是脆亮的,音乐过后,门上的灰在水泥地面落了一线,门还是没有开。我转身摁了对门的门铃,洁净的门户打开,一位老太太听到我问对门后,把"没有人"三个字配合重重的关门声砸在了我面前,同时赠送了她房间里韭菜炒鸡蛋的菜香。我拨打了广告牌上的心理咨询电话,那是个空号。

走到中山南路，回头可见夜色中205的窗台，这是我目前找到董锋的唯一镜像。立刻发了新浪微博，从薛巍的留言中我才知道董锋毕业后其实分配到了江苏省公安厅工作，当然这条信息在我所寻找的那个系统中并没有显示。假如董锋当年因为执行任务而离开公安系统，比如205心理诊所就是一个联络站，后来任务结束，205就被组织故意废弃了。董锋其实还战斗在某处，此刻，他也许正在离我也就几公里的长安街的高墙里，听王同志描绘某国大使馆咖啡的味道。

越想越觉得自己是多么不靠谱，不把董锋同学的信息了解透彻就贸然去找，为了自己的那一丝文艺小情怀，一不留神却可能泄露了重要秘密。

多年后，我回南京，遇到省演艺集团的吴主任，她热情地帮我，因为羊皮巷是省话剧院的宿舍楼，通过省话退休干部资料，找到了董锋母亲的手机号，但那个电话一直无人接听。

现在，我几乎每天都从羊皮巷路口经过新街口，抬头便看到中山先生的亲切的身躯，在下班高峰的车海里，中山先生是那么淡定。其实在新街口繁华处，他老人家也曾几度消失，几度回归，那一如既往的表情，被后人摆布，也曾朝北，如今向南，也许中山先生平静的眼里早已看到董锋如今所在的位置，那就是南方！

南方，那是我们深情歌唱的地方：大海边，沙滩上，风吹榕树沙沙响，高山下，悬崖旁，风卷大海起波浪，我们的董锋，依然头戴红星，正和渔家姑娘在海边，练呀么练刀枪……

回家的路

我出生在江苏海安，第一次出远门是初中时的暑假，去南京姐姐家。20世纪80年代公路两车道，被绿荫夹着。开了三个多小时，在江都附近停车吃饭。路边只有一家餐厅，餐厅有炒菜，也有茶叶蛋、热水供应，乘客上洗手间，算是最早的服务站。司机在这家餐厅吃饭是免费的，路边有很多餐厅，就看司机选择了。继续西行，路还很长。一睁眼，车停在了泰山新村，我以为到了山东，一路带我的伯伯安慰我说，前面就是南京长江大桥了。

在南京读大学时，我常从汉口路骑自行车过长江大桥去珍珠泉野营。第一次从南京乘火车去北京看亚运会，20世纪90年代绿皮火车驶过长江大桥，我们买的站票，不知站了多久。大学毕业后进了南京市级单位，母亲听到我的选择后遗憾地说：你以后就没有常到南通出差的机会了。

20世纪90年代在南京市级单位工作，确实没机会跑遍江苏，倒是常去上海，从汉府街长途汽车站乘长途大巴。那时，常纠结去上海是乘火车还是坐大巴，时间都是三小时左右。宁沪铁路出了红色双层列车，前些年，我在香港工作，常在粤港线上看到类似当年的双层列车。

心有多大，舞台就有多大。1997年我常去北京，夕发朝至的火车，尽管一夜漫长，还是将我吸引到北漂大军。一年后，我辞去南京市级单位公职，一边在北京电影学院进修，一边做经纪人。去北京前，去浙江嘉兴办件事，从南京乘客车坐了七小时的长途。

那时，江苏《非常周末》节目很火，每周末我都会带明星到南京做直播，都是前一天晚上抵宁。禄口机场进城的机场高速比北京的远多了。有回看新闻说，在夜间，禄口机场高速路常被飞行员误认为是降落跑道，于是我们一度回避夜航去南京，改为次日早班机。南京多雾，航空抵达，常是起大早、赶晚集。1999年最后一天，我与章子怡及其哥哥来南京参加《非常周末》元旦直播，南京大雾飞机就迫降到了杭州，次日早晨，我们仨从杭州乘火车到上海南站，有线台派了辆依维柯将我们从南站接往南京，高速路上进了无锡段就是一片雨雾，车速缓慢，到了南京，距离当晚直播不到三小时。

北漂二十年，是北京、上海、香港的三城记，父母陪我定居北京。有了高铁后，才常回南京，把京沪路途在南京分个截点，回宁办些护照签注等琐事。南京到南通也有了火车，父母回海安首选南京作为中转。有年在蚌埠做电影首映，傍晚活动结束后，我们驱车送主持人从南京机场飞贵阳。从安徽入境江苏高速路段顺畅很多，那次我才知道南京已有了二桥、三桥，虽是夜行，但一路坦途，没有误点。去年回宁多，发现从市区去禄口机场的地铁，应是全国最便宜的机场地铁票价。

前年，连云港朋友邀去谈事，我说最近会从南京去上海，就到南京接我吧。司机接上我后直奔江北，我质疑说不是应该往东出城上京沪高速吗，司机说连云港在苏北，上海边上的那是张家港。三小时后到达，夜幕已临。次日中午上海约了事，连云港朋友一早开车送我南下，沿海高速过盐城先到海安，看望了亲戚，再由海安老同学派车将我直接送到上海市内。

我将连云港误为张家港的南辕北辙之错，被两位司机前后接力六小时弥补。他俩都分别安慰我说：快通高铁了，以后就方便了。

到了高铁开通的那一天，我会怀恋从连云港到上海的这次公路之旅，路途虽慢，却让我看到沿路首次见到的苏北风光，那曾被怠慢的时光，是我的原乡。

欲走还留

我是微信的首批用户，当年随便取了花名"苍井松"，个性签名写的是：我用身子和你说话。没想到没几年的工夫，微信成为大众软件，不少师长都有了微信，我说我还是改回真实姓名吧，大家一致反对说：留着，这名字记录着你的欲望。我说我是用我上半身的头脑与心灵在和大家说话。

后来微信有了备注名字功能，遇到几位大姐互加微信，为区分她们，只好用她们所拎包的颜色来备注，当时能分清，第二天就混淆了。认识一女孩，她聊学飞机上跳伞的经历，印象深，备注成"孙小姐跳伞"，也就记住她了。但识别微信数千好友，还得通过朋友圈。性格与职业使然，我是朋友圈活跃分子，观影观剧的感受顺手发完朋友圈，第二天整理一下，便成了这里的专栏文章了。朋友圈还是调研采风之地，影视戏剧的口碑、社会事件的舆情，若不点赞难以看到全部留言，所以我又成了著名的点赞狂魔。

上月发了与一位电影导演的合影，两百多位朋友点赞。但有位朋友这样给我留言："能不能有点新意？能不能有点自己的见解？像你之前捧的某某、某某之流，哪个入流，甚至可以说哪个不该死，别乱发朋友圈了。"此友一面之缘，是南方某民营公司老板，据说身家过亿，他用如此直白语言吐槽自己对2018年遭遇网络舆论危机的那位电影导演的看法，已非单纯的偏见。要感谢他向我表达出来了，朋友圈里还有多少人暗藏着这种对立甚至敌视？我萌发了明年退出并关闭朋友圈的心思。

冬至那天，国家大剧院制作人韦兰芬老师约见我，我俩一见面就互加微信，她说早就知道我，她微信朋友每回都会把我在大剧院看演出的观感从朋友圈里截图转给她，以文相知，萌发相识。我们初见，她的开场白，如一阵暖流。

不能因为敌对与仇视而逃避现实，美善与友爱总会让我们欲走还留。

立春

17年前非典时，我在北京报社，从上海探班电影《茉莉花开》后，转道河南安阳《孔雀》剧组，剧组已每天派发中药汤剂，雯丽姐劝我别回京，说北京已全城戒备。我坚持回京，当走出西站时，发现大街上确实无人。

在家办公，我是部门主任，部门二十多人每天向我汇报体温，我汇总后向报社领导报备，当年没有智能手机，全靠座机电话。我一人在家，把《走向共和》等长剧补了课，偶尔与江苏的父母通个电话，他们好像未被疫情影响。

非典解除，我披着长发进发廊，偶遇老同事雪儿，我一直以为她在美国生孩子，实际上，她就在离我几里地的国展住，在京生下了女儿，我震撼了！非典来袭，我以为雪儿也已安全在那没有非典的美国。就此，我写了我的电影剧本处女作，被一家影视公司买去，买完我的剧本没几个月，这家公司就倒闭了。那剧本几经周折，到处找专家提意见，当听说有人拍了部《北京遇到西雅图》后，我知道我的处女作无望搬上银幕了，我那剧本名叫《走路去纽约》。

那年五一，王峥开《艺术人生》策划会，把我们约到香山山顶，空气好。艺术家黄燎原那天认真对我说：非典后，中国将迎来一次文艺复兴，因为有良心的艺术工作者经过隔离的非常态后，会对生命与艺术重新思考。

非典很快过去了，一年又一年过去了，我们发现那只是黄燎原的豪言壮语而已。那年非典，在封闭的家中，我们对人生有了新的认识，但不幸的还是我们自己。因为在我们一旦获得自由时，世俗的习惯就是一个阻挡不住的巨轮，推着你走向不平静的世俗生活，难以再安静地想想非典隔离时的所思所想。

明天立春，北方还没什么春天迹象，可风就真的不一样了。

天佑中华。